D1640382

1781

Hans Trummer

Versuch, sich am Eis zu wärmen

Roman

Hoffmann und Campe

CIP-Kurztitelaufnahme der Deutschen Bibliothek

Trummer, Hans:
Versuch, sich am Eis zu wärmen: Roman / Hans
Trummer. – 1. Aufl., 1.–7. Tsd. – Hamburg : Hoffmann und
Campe, 1979.
ISBN 3-455-07780-3

Lektorat: Hans-Jürgen Schmitt
Gesetzt aus der Korpus Times Antiqua
Satzherstellung A. Utesch GmbH, Hamburg
Druck- und Bindearbeiten Graphische Betriebe Ebner Ulm
Printed in Germany

Ähnlichkeiten mit lebenden Personen sind zufällig und nicht beabsichtigt.

Kurz nach dem Ende des Zweiten Weltkrieges hatte Hermine Auer, die Tochter eines obersteirischen Malers und Anstreichers, ein flüchtiges Verhältnis mit einem englischen Soldaten. Als sie ihre Schwangerschaft feststellte, war der Soldat, von dem sie nicht einmal den Namen wußte, längst über alle Berge. In einer ersten Gefühlsaufwallung wollte Hermine Auer nach England reisen, um den Vater ihres Kindes ausfindig zu machen.
Der Gymnasiallehrer Johann Sonnleitner, der der ungewöhnlich kleingewachsenen und keinesfalls hübschen Tochter des Malermeisters schon seit Jahren vergeblich den Hof gemacht hatte, sah seine Stunde gekommen: in aller Förmlichkeit hielt er um ihre Hand an. Den Heiratsantrag verband er mit dem Versprechen, er werde das Kind, das sie erwartete, als sein eigenes betrachten. Nach kurzem Zögern willigte Hermine Auer in die Heirat ein.
Wenige Monate nach der Hochzeit – im Herbst 1946 – brachte Hermine Sonnleitner in der obersteirischen Kleinstadt Bruck an der Mur einen Knaben zur Welt, der auf den Namen Karl getauft wurde.

1

Es war Sonntagmittag. Johann Sonnleitner war ausnehmend gut gelaunt. Er hatte mit Karl den Zehn-Uhr-Gottesdienst in der Stadtpfarrkirche besucht. Anschließend waren sie auf einen Sprung im Kaffeehaus Kornmesser gewesen.

»Was gibt's denn zur Feier des Tages Gutes zu essen?« rief er schon im Vorzimmer.

»Heute gibt's einen Erbsenreis.« Hermine Sonnleitner stand in der Küchentür. Sie wischte sich die Hände am Geschirrtuch ab.

»Mmm.« Johann Sonnleitner hatte den Deckel vom Topf gehoben, in dem der Reis dampfte. Mit Wohlbehagen zog er den Kochgeruch ein.

»Gleich ist es soweit. Ich hab mich eh so getummelt«, entschuldigte sich seine Frau.

Johann Sonnleitner kramte umständlich im Geschirrschrank. Er wollte seiner Gattin helfen, den Tisch zu decken.

»Wo sind denn die Teller, Mausi?«

»Unten rechts. Aber laß nur, ich mach das schon.«

»Kommt gar nicht in Frage. Wofür steht denn der Papa da herum?« Er warf seiner Frau so etwas wie einen feurigen Blick zu.

Hermine Sonnleitner mußte lächeln. Ihr Mann war selten nett zu ihr. Und wenn das hin und wieder geschah – ein kleiner Handgriff, den er für sie tat, ein freundlich gemeintes Wort, das er an Karl richtete –, so versuchte sie darin einen Anflug von Zärtlichkeit zu sehen, ein – wenn auch ungeschicktes – Bemühen, sowohl ihr als auch ihrem Kind näherzukommen.

Johann Sonnleitner ging gewichtigen Schrittes mit den Tellern zum Tisch und verteilte diese auf die Eßplätze mit einem strahlenden Gesicht, als handele es sich um Weihnachtsgeschenke. Dann setzte er sich auf seinen Platz.

»So, Schatzi, jetzt fehlt nur noch das Essen!« rief er.

»Geh, Karli, leg schnell das Besteck auf!« Hermine Sonnleitner drückte es Karl in die Hand.

»No schau, wie der das kann, der Karli. Da kann ja der Papa noch was lernen«, sagte Johann Sonnleitner. Er gab Karl, der gerade das Besteck vor ihm hinlegte, einen Klaps auf den Hinterkopf. »Und weil du heute so brav bist, darfst du dir nach dem Essen einen Kaugummi holen.«

Während Hermine Sonnleitner das Essen servierte, sprang Johann Sonnleitner noch einmal auf, holte seine Geldbörse, klimperte mit dem Kleingeld, und legte dann einen Schilling neben Karl auf den Tisch.

»Für den Kaugummi!« sagte er mit Betonung.

Karl bedankte sich.

Das Essen lobte Johann Sonnleitner in überspitzten Formulierungen. Er ging sogar soweit, Karl den Reis mit der Gabel in den Mund zu führen.

Karl bekam einen roten Kopf. Er hatte das Gefühl, als würde der Blutandrang in seinem Kopf immer größer werden, so daß er ihm bald platzen müsse. Er schaute nicht links und nicht rechts; er starrte nur in den Teller vor sich.

Nach dem Mittagessen lief Karl die Treppe hinunter. Im Nachbarhaus befand sich zu ebener Erde ein Gasthof, neben dessen Eingangstor ein Kaugummiautomat angebracht war. Dieser blaue, runde Metallkörper mit dem gläsernen Aufsatz, in dem zwischen einem Haufen bunter Kaugummikugeln vereinzelt silbern und golden anderer Krimskrams schimmerte, hatte Karl schon lange fasziniert: Nachdem man den Schilling durch den Schlitz eingeworfen hatte, mußte man einen Drehgriff betätigen, durch den der Haufen im Inneren des Glases in eine leichte Bewegung geriet. Ließ man den Drehgriff los, fiel – in den meisten Fällen – eine Kaugummikugel in die Auffangvorrichtung. Ganz selten aber kam Begehrteres zum Vorschein; ein Schlüsselanhänger etwa, oder ein Spielwürfel aus Plastik. An diesem Tag kollerte ein goldfarbener Blechring raus, mit einem Totenkopf drauf. Karl, der sich unheimlich freute über diesen Ring, da er auf so einen schon lange gespitzt hatte, rannte die Treppe hinauf, um diese rare Trophäe seinen Eltern zu zeigen.

Die Küche war leer. Der Eßtisch war bereits abgeräumt. Herr und Frau Sonnleitner saßen im Wohnzimmer am »Kleinen Tisch« beim Kaffee. Herr Sonnleitner las die Tageszeitung. Frau Sonnleitner hatte sich eine Stickerei vorgenommen.

Johann Sonnleitner sah von der Zeitung auf, als ihm Karl mit ausgestreckter Hand den goldenen Ring hinhielt, in dessen Totenkopfverzierung mattschwarz die ovalen Augenlöcher gemalt waren.

»Was soll denn der Blödsinn!« bellte er. »Wo hast du denn den Kaugummi?«

»Aber Johann –« Frau Sonnleitner hatte die Stickerei auf die Knie sinken lassen.

»Du Hund ... du Schwein!« Die Augen traten ihm aus dem Kopf. Er schlug Karl ins Gesicht, so schnell, wie der gar nicht schauen konnte.

Der Ring flog in hohem Bogen durch die Luft. Karl rannte aus dem Zimmer.

»Diese Sau ... dieser Verbrecher ...!« tobte Johann Sonnleitner in einer Lautstärke, daß es seiner Frau durch Mark und Bein ging.

Sie wischte sich mit dem Handrücken die Tränen von der Wange und nahm die Stickerei wieder auf.

»Dieser Verbrecher ... der zieht einem nur das Geld aus der Tasche ...!« Johann Sonnleitner stürzte auf den dunkel gebeizten Wohnzimmerschrank zu, wo hinter Glas die Brockhaus-Enzyklopädie stand. Er öffnete die Hausbar und goß sich einen Kognak ein.

2

Nach der Geburt des Kindes, im Herbst 1946, hatte die Familie Sonnleitner am Hohen Markt in Bruck an der Mur im Hause Anton Auers (dem jüngeren der beiden Brüder Hermine Sonnleitners) eine kleine, aus Zimmer und Küche bestehende Mansardenwohnung bezogen. Anton Auer übte – wie sein verstorbener Vater – den Beruf eines Malers und Anstreichers aus. Den einzigen freien Raum im Erdgeschoß des Hauses, der nicht als Werkstatt diente, bewohnte Aloisia Auer, die verwitwete Mutter der Geschwister. Hermine Sonnleitner hatte wenig Zeit für das Kind gehabt. Sie war fast ununterbrochen mit irgendwelchen Stickereien beschäftigt gewesen, oder sie fertigte Blumen-Aquarelle an, die sie als Wanddekoration an steirische Gastbetriebe verkaufte. Eine Ausnahme bildeten die langen Spaziergänge, die sie – ungeachtet der Witterung – an zwei bestimmten Tagen der Woche in jenem Teil des nahe gelegenen Stadtwaldes unternahm, der als die Kalte Quelle bezeichnet wird. Bei einem dieser Spaziergänge hatte sie die Bekanntschaft von Maria Zach gemacht. Die beiden Frauen waren einander auf diesem – von Müttern mit Kinderwagen – selten begangenen Weg schon öfter begegnet: sie kannten einander »vom Sehen«. Als sie eines Tages zufällig zur selben Zeit vor den sich eben schließenden Bahnschranken an der Südbahnstrecke (die am Rande des Stadtwaldes vorbeiführt) zusammengetroffen waren, kamen sie miteinander ins Gespräch. Von nun an leisteten sich die Frauen auf den Spaziergängen Gesellschaft.

Maria Zachs Mann, Franz, war Angestellter in einem Frisier-Salon. Das Ehepaar hatte schon lange ein Kind gewollt. Doch erst als Maria Zach achtunddreißig Jahre alt war, hatte sich ihr Wunsch erfüllt; Konrad war einen Monat nach Karl auf die Welt gekommen. Obwohl Maria Zach mehr als zehn Jahre älter war als Hermine Sonnleitner, merkte man dieser sportlich und dynamisch wirkenden Frau den Altersunterschied kaum an. Anfangs behandelte Hermine Sonnleitner, die sich als Gattin eines Gymnasiallehrers gern als »Frau Professor« titulieren ließ, ihre neue Bekannte ziemlich von oben herab. Doch bald hatte sich herausgestellt, daß die Gattin des Friseurs – was die Bildung anlangte – der »Frau Professor« überlegen war. Maria Zach war eine Frau von regem Interesse: Sie wußte Bescheid über die Pflanzen und Gesteinsarten, die sie auf ihren Spaziergängen antraf; sie hatte genaue Kenntnis von den landschaftlichen und geschichtlichen Gegebenheiten der engeren und weiteren Umgebung von Bruck an der Mur; sie war Mitglied des Städtischen Gesangvereins und sie besaß, obwohl das Geld knapp war, eine ansehnliche Sammlung von Platten mit klassischer Musik. Die Bekanntschaft Hermine Sonnleitners mit Maria Zach blieb im großen und ganzen auf die Spaziergänge beschränkt. Mit zunehmendem Alter der Kinder mußten sich die Frauen allerdings daran gewöhnen, die Kinderwagen in einem gewissen Abstand nebeneinander herzuschieben, um zu verhindern, daß der lebhaftere Konrad dem Karl die

Haube vom Kopf riß und in den Schmutz warf oder ihn sonstwie attackierte.

Die einzige Person, zu der Hermine Sonnleitner einen engeren Kontakt hatte und die auch regelmäßig zu Besuch in die Mansardenwohnung am Hohen Markt kam, war Gertrude Kotnik. Hermine Sonnleitner und Gertrude Kotnik hatten sich bei der Geburt ihrer Kinder im Krankenhaus kennengelernt, wo sie Bettnachbarinnen gewesen waren. Sie hatten sogar am gleichen Tag entbunden; Frau Kotnik zwei Stunden früher mit einem Mädchen.

3

In den ersten Jahren seines Lebens verbrachte Karl Sonnleitner tagsüber die meiste Zeit im Zimmer seiner Großmutter, das eigentlich eine große Küche war, mit einem Bett darinnen. Manchmal kam es auch vor, daß er bei seiner Großmutter nächtigte. Dann hieß es, seine Eltern seien auf einem »Maskenball«. Darunter konnte er sich nichts vorstellen. Auch dann nicht, als ihm seine Großmutter einmal ein Foto zeigte, von zwei eigenartig angezogenen Menschen.

»Das ist dein Vater als Maharadscha«, sagte sie, indem sie auf die große Gestalt zeigte. »Und das ist deine Mutter als Zigeunerin.« Sie deutete auf die um vieles kleinere Gestalt. Drei Tage lang nur ging Karl in den Städtischen Kindergarten. Dann mußte ihn seine Mutter wieder herausnehmen, weil er sich – wie es die Kindergartentanten ausdrückten – »von den anderen Kindern willenlos jedes Spielzeug aus der Hand nehmen ließ, ohne sich drum zu raufen«. Außerdem wollte Karl nicht essen. Als ihn eine Tante mit sanfter Gewalt dazu zwang, erbrach er die kalte Milch mit den Bandnudeln darin.

Statt dessen hielt sich Karl – wenn es das Wetter erlaubte – in dem Garten auf, der zum Haus seines Onkels gehörte, und der von dem mit Maler- und

Anstreicherutensilien vollgestellten Hof durch einen morschen Bretterzaun getrennt war. In der Mitte dieses kleinen Geviertes, in dem das Gras wuchs, ohne jemals gemäht zu werden, stand ein Pfirsichbaum. In der Nähe des Zaunes wuchsen ein paar Ribiselsträucher. Da höchst selten jemand den Garten betrat, führte Karl hier ein von der Außenwelt abgeschirmtes, fast völlig ungestörtes Dasein. Hin und wieder erntete seine Großmutter aus dem Garten Ribisel, die sonst verfault wären, für ein Kompott, oder sie stach Löwenzahn aus, um daraus Salat zu machen.

Wenn Gertrude Kotnik mit ihrer Tochter Inge auf Besuch kam, zog Karl das Mädchen gleich in den Garten. Während die Mütter bei einigen Tassen Kaffee und kleiner Bäckerei den neuesten Stadtklatsch durchgingen, führte er ihr seine Entdeckungen vor: er riß einen Löwenzahn ab und zeigte ihr so, daß die Milch, die dabei aus dem hohlen Stengel floß, klebrig war; und indem er einen Kohlweißling einfing, führte er vor, daß die Flügel der Schmetterlinge mit einem Puder bestäubt waren, das auf die Finger abfärbte. Inge schenkte diesen Darbietungen kaum Beachtung. Um ihr Interesse doch noch zu wecken, ergriff Karl aufsehenerregendere Maßnahmen: Obwohl er dabei ein schlechtes Gewissen hatte, begann er, mit einem Stück Holz, Bienen langsam zu Tode zu quälen. Inge vermochte aber auch dem Todeskampf der Bienen nichts abzugewinnen. Das Mädchen, das in einem riesigen, schiefergrauen Gebäudekomplex, dem sogenannten Eisenbahnerbau, aufwuchs, hatte zur Natur wenig Beziehung. Im Hof des vierkantigen Blocks gab es keine Bäume, kaum Grünstreifen; sein Zentrum bildete eine große Sandkiste. Einige unter den Kindern, denen der Hof als Spielplatz diente, hatten Dreiräder oder

Tretroller. Sie wurden von der Mehrzahl der anderen grenzenlos beneidet. Der Konkurrenzkampf unter den Kindern fing damit an, daß die, die es verstanden, einen Freund oder eine Freundin zu ergattern, die im Besitz eines solchen Fahrzeuges waren, auf jene herabsahen, denen das nicht gelungen war. So war es nur verständlich, daß Inge Kotnik, wenn sie auf Besuch zu den Sonnleitners kam, nichts anderes im Kopf hatte, als möglichst bald Karls Tretauto zu erspähen, das für gewöhnlich irgendwo im Hof herumstand. Das teure Spielzeug bot ihm aber wenig Anreiz; er fand es langweilig, damit allein im Hof herumzufahren. Hatte Inge jedoch das Auto einmal ausfindig gemacht, war sie nicht mehr zu halten. Gewohnt, sich gegen andere Kinder durchzusetzen, war sie da, wo sie wenig oder gar keinen Widerstand vorfand, ungemein rechthaberisch. Obwohl Karl stets darauf bestand, ihr eine Runde vorzufahren, um zu zeigen, wie das Ganze funktionierte, zerrte sie ihn sogleich aus dem Auto und nahm es für die Dauer ihres Besuches in Beschlag. Und wenn sich – nach Stunden – Hermine Sonnleitner und Gertrude Kotnik umständlich in der Toreinfahrt verabschiedeten, versuchte Inge das Tempo ihrer Runden noch zu steigern, als könne sie dadurch etwas von dem schönen Gefühl, endlich einmal im Besitz eines dermaßen begehrten Spielzeuges zu sein, mit nach Hause nehmen.

Unvermittelt schrie Gertrude Kotnik, die über sich selbst verärgert war, weil sie nicht »weiterkam« und weil Viktor, ihr Mann, sicher schon von der Schicht daheim war und auf das Essen wartete, mit überschnappender Stimme und malmenden Zähnen: »Jetzt gehst du aber her, du Fratz, du elender, sonst kriegst du eine Tracht Prügel!«

Inge kam, erhitzt und mit geröteten Wangen. Gertrude Kotnik gab ihr links und rechts ein paar Ohrfeigen und riß sie an den Haaren, daß es ihr den Kopf hin und her schlug. Inge wurde ganz plötzlich blaß. Sie unterdrückte die Tränen und ging ein paar Schritte davon.

»Wirst du der Tante Hermine Auf Wiedersehen sagen!« schrie Gertrude Kotnik außer sich. Sie hatte das Kind mit kurzen, schnellen Schritten eingeholt. Sie zog es an der Hand zurück und stellte es vor Hermine Sonnleitner hin.

Inge murmelte den verlangten Gruß und machte die Andeutung von einem Knicks.

»Einen ordentlichen Knicks sollst du machen!« Die Mutter stieß sie in die Schulter.

Inge machte wortlos einen ordentlichen Knicks.

»So ein Lausmensch! Dir werd ich schon helfen! Ein Kind muß folgen, und wenn ich es erschlag ...!«

Gertrude Kotnik war eine jähzornige Frau. Einmal hätte sie Inge fast bewußtlos geschlagen, wenn nicht eine Nachbarin dazwischengegangen wäre. Inge bekam nicht nur die tagtäglichen Prügel von ihrer Mutter. Hatte sie etwas Besonderes angestellt, erfolgte die Züchtigung durch den Vater. Zu diesem Zweck lag auf dem Kasten im Schlafzimmer ein Streifen aus schwarzem, harten Gummi, der auf der einen Seite glatt und auf der anderen gerippt war. Die Art der Bestrafung – glatt oder gerippt – richtete sich nach der Schwere des Vergehens. Am härtesten war die Bestrafung, wenn Inge bei einer Lüge ertappt wurde.

»Je mehr Prügel die Kinder kriegen«, sagte Frau Kotnik, »desto lieber haben sie einen.«

Gertrude Kotniks Mann, Viktor, arbeitete beim Rangieren auf dem Frachtenbahnhof in Bruck an der Mur. Er riß sich darum, die Nachtschicht machen zu können, weil er dadurch in den Genuß der Nachtdienstzulage kam. Seine Arbeitskollegen nannten ihn einerseits einen »guten Kerl, von dem man alles haben kann«, andererseits – wegen seiner aufbrausenden Art – einen »närrischen Hund«. (Wenn jemand in seiner Nähe einen Apfel aß, verließ er den Raum, weil er die Geräusche, die beim Apfelessen entstehen, nicht ertragen konnte.) Obwohl Viktor Kotnik nicht minder jähzornig war als seine Frau und Inge nach Strich und Faden versohlte, liebte er sie – auf seine Art – abgöttisch. An Sonntagen unternahm er mit einigen seiner Kollegen Radausflüge, bei denen die Kinder mit von der Partie waren. Auf der Stange der schweren, schwarz gestrichenen Fahrräder – den typischen Eisenbahnerrädern – wurden kleine Metallkörbe befestigt, in denen die Kinder saßen. Mit den Händen hielten sie sich an der Lenkstange fest; auf diese Art und Weise durften sie »mitlenken«. An den heißen Sommersonntagen ging die Fahrt in Richtung Süden auf der Hauptstraße (der heutigen B 67, der »Gastarbeiterroute«) nach Pernegg ins Freibad. Dieses Freibad war größer und schöner als die damalige, direkt an der Mur-Mürz-Mündung gelegene Städtische Schwimmschule in Bruck an der Mur. Oder sie fuhren in Richtung Westen auf einer Nebenstraße, die am linken Murufer entlangführt, nach Oberndorf oder nach St. Dionysen, wo dann auf irgendeiner Wiese ein Picknick abgehalten wurde . . .

An den Tagen, an denen Viktor Kotnik Nachtschicht hatte, schlief er am Nachmittag, und man mußte sich in der Wohnung auf den Zehenspitzen bewegen. Das war einer der Gründe, warum Hermine Sonnleitner ihrer Freundin im Eisenbahnerbau nur selten einen Gegenbesuch abstattete. Zum anderen bot die Wohnung – selbst wenn Viktor Kotnik tagsüber arbeitete – den Kindern keine Möglichkeit zum Spielen, ohne dabei die Mütter beim Gedankenaustausch zu stören. Und Hermine Sonnleitner sah es nur ungern, wenn Karl zu den anderen Kindern in den Hof hinunterging. Denn von diesen »Rüpeln«, die sich dort herumtrieben, würde er »alles, nur nichts Gutes« lernen. (Außerdem würde er sich in der Sandkiste nur die Hose beschmutzen.) Frau Sonnleitner, der die Hand oft aus Nervosität »ausrutschte«, obwohl Karl kaum Anlaß zu einer Bestrafung gab, war der Ansicht, daß ihr Sohn – im Verhältnis zu Inge – »noch viel zu wenig Ohrfeigen« bekam. Allerdings gestand sie sich selbst manchmal ein, daß soviel Prügel, wie sie die Inge einstecken mußte, nicht einmal auf »eine Kuhhaut« gingen. Trotzdem meinte sie öfter: »Siehst du, Karli? Die Tante Trude erzieht die Inge richtig. Und die folgt auch aufs Wort; ohne jede Widerrede.«

Seinen Vater bekam Karl Sonnleitner damals kaum zu Gesicht. Johann Sonnleitner kam meist spät am Abend nach Hause, zu einer Zeit, da Karl schon schlief. Er unterrichtete am Gymnasium in Leoben Biologie und Physik. Den Weg in die etwa siebzehn Kilometer westlich von Bruck an der Mur gelegene, 45 000 Einwohner zählende Stadt, legte er mit dem Postautobus zurück. Die Unterrichtstätigkeit Johann Sonnleitners beschränkte sich jedoch nicht nur aufs Gymnasium; in seinen Fachgebieten hielt er Abendkurse an der Leobner Volkshochschule ab. Nach der Arbeit pflegte er direkt vom Autobus ins Kaffeehaus Kornmesser am Koloman-Wallisch-Platz in Bruck zu gehen, um sich beim Zeitunglesen zu entspannen.

An den Tagen, die Johann Sonnleitner zu Hause verbrachte, kam es häufig zu Spannungen zwischen ihm und seiner Frau. Er mied nach Möglichkeit den Kontakt mit ihrer Verwandtschaft, und sie litt unter diesem Zustand. Seiner Meinung nach war der Umgang mit einem Malermeister nicht standesgemäß; außerdem würden sie sich auf verschiedenen geistigen Ebenen bewegen. Trotzdem mußte es Johann Sonnleitner hinnehmen, unter dem Dach seines Schwagers zu wohnen, da es vorne und hinten an Geld fehlte. Dazu kam, daß der Bruder seiner Frau zur Sorte der labilen Menschen zu gehören schien, die Johann Sonnleitner bis in den Tod nicht ausstehen konnte. Oft traf er Anton Auer schon am Morgen, wenn er sich auf den Weg zum Autobus machte, betrunken in seiner Werkstatt an. Den Ton in der Familie schien offenbar die Frau des Malermeisters anzugeben, eine Blondine mit dem seltenen Namen Verra, die den ganzen Tag in einem Steyr 60 Kabriolett in der Stadt herumkurvte und das Geld zum Fenster hinauswarf. Aus ihrem Mann und ihrer neunjährigen Tochter Helga schien sie sich nicht viel zu machen.

Karl war ungefähr fünf Jahre alt, als ihn seine Cousine Helga eines Tages im Garten überraschte: sie hielt ihm von hinten die Augen zu und ließ ihn ihren Namen erraten. Bis zu diesem Zeitpunkt war Karl für Helga Luft gewesen. Er hatte sie jeden Tag mit ihren Freundinnen, die sie bis in die Toreinfahrt begleiteten, von der Schule heimkommen sehen; doch weder sie noch ihre Freundinnen hatten ihm je Beachtung geschenkt. Helga war ein springlebendiges Kind mit blonden Haaren, die zu dicken Zöpfen geflochten waren.

»Die Helga, die hat kein Sitzfleisch«, sagte die Großmutter immer. Und Frau Sonnleitner gab ihren

Senf dazu: »Die wird einmal ganz nach ihrer Mutter gehen.«

Helga führte Karl zum Bretterzaun, der den Garten vom Hof trennte, und dort, hinter dem Zaun, zog sie ihre Hose runter. Sie gab Karl zu verstehen, daß er sie am Hintern angreifen solle. Karl tat das, und Helga schien es zu gefallen. Währenddessen behielt sie durch eine Ritze im Zaun den Hof und das Haus im Auge.

Von nun an besuchte Helga Karl öfter im Garten. Mit der Zeit wurde ihr Verhalten immer unbekümmerter. Während sie Karl ihren Hintern hinhielt, lehnte sie am Zaun und unterhielt sich über diesen hinweg mit allen möglichen Leuten, die zu ihrem Vater in die Werkstatt kamen.

Von einem Tag auf den anderen war Helga verschwunden. Es hieß, ihre Mutter hätte sie in ein Internat gesteckt. Bald darauf ging Verra Auer, die nach Aussage von Hermine Sonnleitner ohnehin »keinen Schuß Pulver wert war«, mit einem Papierfabrikarbeiter nach Australien durch.

Nach diesem Ereignis trank Anton Auer noch mehr als früher. Wenn Karl, der zu seinem Onkel eine starke Zuneigung hatte, in die Werkstatt kam, stand dieser oft unbeweglich und wie traumverloren inmitten seiner Gerätschaften, und Karl mußte ihn wiederholt anreden, um sich bemerkbar zu machen. Anton Auer heiratete einige Jahre später ein zweites Mal. Und diese Frau richtete ihn vollends zugrunde. Er verkaufte das Haus in Bruck an der Mur und zog nach Wien, wo er, zwanzig Jahre später, total verarmt und dem Alkohol verfallen, an einem Magendurchbruch starb.

Im Spätsommer des Jahres 1953 übersiedelte die Familie Sonnleitner vom Hohen Markt in eine geräumige

Altbauwohnung am Koloman-Wallisch-Platz.

Im Herbst desselben Jahres trat Karl in die vierklassige Volksschule in der Theodor-Körner-Straße ein.

4

In seiner beachtlichen Ausdehnung bildet der Koloman-Wallisch-Platz den Hauptplatz von Bruck an der Mur. Hier befinden sich auch die Wahrzeichen der Stadt: der Eiserne Brunnen (erbaut 1626) und das Kornmesserhaus (errichtet 1499–1505). Letzteres gilt als einer der schönsten Profanbauten Österreichs.

Eine einzige Straße mündet von Westen her in den Hauptplatz ein: es ist die, von der muraufwärts gelegenen Leobner-Brücke ausgehende, Theodor-Körner-Straße. Den im Osten des Hauptplatzes liegenden Altstadtkern, der an den Ufern der Flüsse Mürz und Mur seine natürliche Begrenzung hat, zerschneidet die schnurgerade zur Minoritenkirche führende Mittergasse in zwei gleich große Teile. Diese wiederum werden von der parallel zur Mittergasse laufenden Herzog-Ernst-Gasse im Norden und der Rosegger-Straße im Süden gesäumt. Alle drei Straßen münden in die in Nord-Süd-Richtung verlaufende Wiener Straße. Noch bis vor wenigen Jahren wurde der gesamte Verkehr der Strecke Wien-Graz-Jugoslawien auf dieser schmalen, mitten durch die Stadt führenden Straße abgewickelt, die sich am jenseitigen Murufer mit der Bundesstraße 67 vereinigt; auf ihr rollt zur Ferienzeit der Gastarbeiter- und Urlauberstrom aus

Deutschland in Richtung Süden.

Bruck an der Mur zählte damals (1953) wie heute rund 18 000 Einwohner. Die am Zusammenfluß der Mürz in die Mur gelegene obersteirische Kleinstadt ist nicht nur einer der wichtigsten Verkehrsknotenpunkte in Österreich; Bruck ist auch Bezirkshauptstadt, Schul- und Industriestadt (die Industrie – die Mürztaler Papierfabrik AG und das stahlverarbeitende Unternehmen Felten & Guilleaume – ist am linken Mürzufer angesiedelt).

Die neue Wohnung der Familie Sonnleitner nahm das letzte Stockwerk in einem der stattlichsten Bürgerhäuser am Koloman-Wallisch-Platz ein. Der Blick aus den Fenstern der nach Osten gerichteten Wohnräume und des Schlafzimmers wurde beherrscht von dem über 1600 m hohen Rennfeld. Wenn das Rennfeld – was oft geschieht – von einer Dunstschicht eingehüllt ist, scheint sein Gipfel entrückt zu sein in eine seltsame, unerreichbar blaue Ferne. (In Wirklichkeit ist er nicht mehr als drei Gehstunden von der Stadt entfernt.) Zur Linken, auf dem niedrigen Bergrücken des Krecker, sah man die Befestigungsanlage, die in den vergangenen Jahrhunderten die Stadt beherrscht hatte: die Ruine Landskron mit dem charakteristischen Uhrturm. Der üppig bewaldete Krecker steigt gegen Westen langsam an und gipfelt in dem etwas mehr als 1000 Meter hohen Madereck. Am Südfuß des Krecker, zu beiden Seiten der Weinberger-Straße, stehen in gepflegten Gärten zahlreiche Villen und Einfamilienhäuser. Dieses Randgebiet der Stadt erfuhr im Laufe der Jahre, durch den raschen Neubau von gemeinnützigen Wohnbauten, eine immer größere Ausdehnung nach Westen, in Richtung Oberes Murtal. Zwischen der Weinberger-Straße und dem Hauptplatz befindet sich der, noch innerhalb der ehemaligen Befestigungsmauer liegende, Hohe Markt, dessen Zentrum der Kirchplatz ist. Hier steht die im 13. Jahrhundert erbaute, 67 Meter hohe Stadtpfarrkirche. Der Hohe Markt, der einige Meter über dem Niveau des Hauptplatzes liegt, ist mit diesem durch drei enge Gassen verbunden; die Anzengrubergasse, die mittlere von ihnen, führt vom Südportal der Stadtpfarrkirche direkt hinunter zum Eisernen Brunnen. Karls Zimmer lag unmittelbar neben der großen Wohnküche, auf der Rückseite des Hauses. Das einzige Fenster nahm fast die gesamte Breite des langen, schmalen Raumes ein. Es gab einen weiten Blick frei, der an schönen Tagen 40 km weit nach Westen reichte: an den in der Höhe von Leoben liegenden, mächtigen Kogeln der Mugl und der Hochalpe vorbei, bis zu den auch im Sommer schneebedeckten Gipfeln der Seckauer-Alpen.

Vom Haustor bis in die Volksschule in der Theodor-Körner-Straße betrug die Gehzeit für ein Kind zehn Minuten. Hermine Sonnleitner wußte genau, wann die Schule aus war. Sie rechnete die Gehzeit ein, und Karl mußte auf die Minute pünktlich zu Hause sein.

»Du hast von der Schule schnurstracks heimzukommen!« trichterte sie ihm wiederholt ein. »Du weißt genau, daß dein Vater es nicht mag, wenn du mit diesen Fratzen in der Gegend herumzigeunerst.«

Die Schule stellte an Karl keine besonderen Anforderungen; die Hausaufgaben erledigte er leicht und selbständig. Karl und Konrad Zach besuchten dieselbe Klasse. Inge Kotnik ging in die Parallel-Klasse, die eine reine Mädchen-Klasse war.

Während seiner gesamten Volksschulzeit hatte Karl in der Mehrzahl Mitschüler, mit denen er nie im Leben hätte spielen dürfen. Es waren die Kinder von Arbeitern, die in der Papierfabrik (genannt »Papierbude«) oder bei Felten und Guilleaume beschäftigt waren. Nach Meinung seiner Mutter seien diese Kinder »viel zu primitiv« und hätten außerdem »keine Kinderstube«.

Von allen Mitschülern Karls trieben es die Brüder Nikodim in der Klasse am schlimmsten. Der Jüngere der beiden spuckte den Lehrer an, wenn der ihm zu nahe kam; und er grunzte und Schaum trat ihm vor den Mund. Wenn der Lehrer Anstalt machte, ihn mit seinem Stock aus dünnem Bambusrohr zu schlagen, ergriff Nikodim die Flucht, und der Lehrer und Nikodim spielten im Klassenzimmer abfangen. Bei einem dieser Unterfangen stolperte der Lehrer und wäre sicherlich mit dem Gesicht auf der mit einer Metalleiste versehenen Kante des Podiums aufgeschlagen, wenn er nicht im letzten Augenblick den Stock ausgelassen und sich mit beiden Händen abgestützt hätte. Der Lehrer, der als Original galt, weil er sommers und winters kurze Lederhosen trug, unterbrach die Jagd auf Nikodim, um darauf hinzuweisen, wie wichtig es sei, immer die Hände frei zu haben, um sich im Falle eines Sturzes vor möglichen Verletzungen zu schützen. Nikodims älterer Bruder, der die Klasse schon zum zweitenmal machte, verprügelte Konrad Zach mehrmals auf dem Heimweg von der Schule, so daß er blutend nach Hause kam. Die Brüder Nikodim wurden am Ende der ersten Klasse in die Sonderschule abgeschoben. Ein anderer Schüler, der Sohn eines Freiherrn und Mittelschullehrers, wurde mindestens einmal in der Woche in die Schule getragen, weil er sich weigerte, zu gehen. Er war ein zartes und blasses Kind. Durch seine Haut schimmerten die blauen Adern auf seiner Stirn und an seinem Hals. In einem Halbjahr mußten für ihn ein halbes Dutzend neuer Schultaschen samt Inhalt angeschafft werden, weil er sie, wenn er den Schulweg unbeaufsichtigt zurücklegte, von der Grazer-Brücke in die Mur warf.

In den nachfolgenden Klassen wurde der Unterricht von einer Lehrerin geleitet, die pechschwarzes Haar und blendend weiße Zähne hatte. Sie aß ununterbrochen Äpfel. Sie hielt Äpfelessen für die gesündeste und gründlichste Art, die Zähne zu reinigen. Keine Zahnpaste, kein Zahnstocher sei geeigneter dafür. Tatsächlich hatte sie die weißesten Zähne, die Karl je gesehen hatte. Diese Lehrerin erwischte Karl, als er in seinem linierten Heft ein nacktes Mädchen zeichnete. Nachdem sie ihn vor der ganzen Klasse zur Rede gestellt hatte, schickte sie ihn zur Strafe aus dem Unterricht nach Hause.

Karl legte den Heimweg auf Umwegen zurück. Er kam weinend in der Wohnung an. Seine Mutter drang solange in ihn, bis sie den Grund der Bestrafung durch die Lehrerin erfuhr. Sie sagte nichts weiter als: »Geh jetzt in dein Zimmer.«

Hermine Sonnleitners Kontakt mit Maria Zach war abgebrochen zu einer Zeit, als sich die längst zur Gewohnheit gewordenen Spaziergänge erübrigt hatten: als die Kinder zu groß geworden waren, um weiterhin im Kinderwagen spazierengeführt zu werden, aber noch zu klein waren, um längere Wegstrecken zu Fuß zurücklegen zu können. Wenn sich die Frauen in der Folgezeit zufällig auf der Straße begegnet waren, hatten sie miteinander lediglich die üblichen Höflichkeitsfloskeln ausgetauscht. Der Umstand, daß Karl und Konrad nun Klassenkameraden waren, gestaltete die Beziehung der beiden Frauen enger. Sie kamen zudem dem Drang der

Kinder nach viel Bewegungsfreiheit nach und nahmen erneut die gemeinsamen Spaziergänge auf. Zwar wurden diese nicht mehr mit derselben Regelmäßigkeit durchgeführt wie früher, dafür waren es meist schon richtige Ausflüge, die in die Verlängerung der Kalten Quelle ins sogenannte Weidental führten, auf den zum Stadtwald gehörenden Kalvarienberg, in den Klosterwald, vom Heuberg über den Tausendersteig auf den Hochanger . . . kurzum: mit der Zeit gab es kaum einen leicht begehbaren Weg in den Wäldern rings um Bruck an der Mur, der den Frauen und ihren Kindern nicht bestens bekannt gewesen wäre. An manchen dieser Ausflugsziele gab es eine Jausenstation, und dort bekamen die Kinder zum mitgebrachten Schmalz- oder Butterbrot einen von den Wirtsleuten selbst fabrizierten Himbeersaft, der von ihnen seiner kräftigen, dunkelroten Farbe und seines süßen Geschmacks wegen besonders begehrt war. Meist war es Konrad, der sich mit Karl abseits des Weges durch die Büsche geschlagen hatte, schon auf dem Hinweg gelungen, sich irgendeine Verletzung zuzuziehen: aufgeschundene Knie oder Ellenbogen, zumindest aber zerrissene Hosen und Pullover waren an der Tagesordnung. Seine Mutter nannte ihn deswegen oft einen Wildfang. Konrad war für sein Alter groß und kräftig, in seinem ganzen Benehmen aber äußerst ungeschickt. In der Schule zog er wie magisch den Unmut seiner Mitschüler auf sich: er wurde von den Schwächeren gehänselt und von den Stärkeren verdroschen. Aus einem von niemandem erklärbaren Grund hatte er eine panische Angst vor Hunden jeder Rasse und Größe. Wenn er einen Hund nur in der Ferne erblickte, rannte er Hals über Kopf in die entgegengesetzte Richtung davon, als ginge es um sein Leben. Einmal wollten Karl und

Konrad auf einer Lichtung im Klosterwald ein Lager aufschlagen, um von da aus Indianer zu beobachten. Das Errichten des Lagers bestand hauptsächlich darin, das hohe Gras niederzutreten. Dabei geriet Konrad an ein Wespennest. Er raste den Hang hinunter, die Wespen hinterdrein. Unten am Weg fing ihn seine Mutter mit beiden Armen auf, sonst wäre er über den Weg hinaus in den tiefer gelegenen Wald gestürzt. Niemand außer Konrad wurde von den wie besessen herumschwirrenden Wespen gestochen; doch er mindestens von sieben oder acht – genau konnte das, bei den riesigen, ineinander übergehenden Schwellungen, nie festgestellt werden. Zu Beginn der zweiten Klasse wurde Konrad in Graz eine angeborene Verengung der Vorhaut operativ beseitigt, und er mußte längere Zeit vom Unterricht fernbleiben. Der harmlose Eingriff gab Anlaß genug für so manche Munkelei unter den Eltern der Mitschüler. Seit damals hielt sich hartnäckig das Gerücht, daß mit dem Zach »diesbezüglich« etwas nicht ganz in Ordnung sei.

Das naheliegende Gesprächsthema auf diesen Ausflügen war für Hermine Sonnleitner und Maria Zach die Schule, und alles was damit zusammenhing. Daneben schnitten sie wohl öfter die Tatsache an, daß ihre Männer reichlich wenig Zeit für die Familie übrig hätten – Johann Sonnleitner war beruflich überlastet, Franz Zach ging neben seinem Beruf verschiedenen ehrenamtlichen Tätigkeiten beim Brucker Sport-Club nach –, ansonsten aber war es tabu, über rein persönliche Angelegenheiten zu sprechen. Allerdings schien sich Maria Zach durch ihren Mann weniger vernachlässigt zu fühlen, da sie sich ihrerseits die Zeit genau einteilen mußte, um neben der Erziehung ihres Kindes allen ihren Interessen nachkommen zu können. Insgeheim beneidete Hermine Sonnleitner Maria Zach oft um ihre Ehe, von der sie annahm, daß diese so harmonisch verlief, wie sie sich das vorstellte: jeder der Ehepartner genoß zwar eine gewisse Freiheit, dennoch aber herrschte innerhalb der Familie ein inniges Zusammengehörigkeitsgefühl.

In das eheliche Verhältnis Gertrude Kotniks hatte Hermine Sonnleitner einen wesentlich tieferen Einblick. Gertrude Kotnik, die nach wie vor ihre einzige Freundin war, kam, seit die Sonnleitners die neue Wohnung am Koloman-Wallisch-Platz bezogen hatten, nun mehrmals die Woche auf »zehn Minuten« dort vorbei. Bei diesen Besuchen, die sich über zwei und mehr Stunden hinzogen, hatte Gertrude Kotnik oft eine derartige Wut im Bauch, weil sie sich am Vorabend wieder einmal »wegen einer Lappalie« mit ihrem Mann gestritten hatte, daß sie Hermine Sonnleitner ihr Herz ausschütten mußte. Dabei nahm sie kein Blatt vor den Mund. In ihrer Erregung machte sie auch nicht vor detaillierten Schilderungen aus ihrem Geschlechtsleben halt.

Heute kennt die Trude wieder keinen Bahnhof, dachte sich Hermine Sonnleitner. Der Schlag soll mich treffen, wenn ich solche Sachen in meinem ganzen Leben einem anderen Menschen erzähle. Sie hörte ihre Freundin mit offenen Ohren, aber gemischten Gefühlen an: zu einem Teil tat es gut, erneut die Bestätigung zu haben, daß es »schließlich und endlich nirgends so ist, wie es sein soll«, zum anderen wäre sie selbst – wenn schon von einer Harmonie mit ihrem Mann, von der sie immer geträumt hatte, nicht im entferntesten die Rede sein konnte – wenigstens gern zu einer ähnlichen Heftigkeit der Gefühle ihrem Johann gegenüber fähig gewesen. Gertrude Kotnik konnte sich mit Viktor – wie sie selbst sagte – »wie Katz und Hund streiten«, im »Handumdrehen« war alles wieder »in Butter«. War sie an einem Tag noch so sehr über ihn hergezogen, am nächsten Tag kam sie glückstrahlend hereingeschneit, voll des Lobes über ihn: was für »ein feiner Kerl« er in Wirklichkeit sei, und daß sie ihn im Grunde genommen »irrsinnig gern« hätte. Trotz, oder gerade wegen dieser Gefühlsschwankungen sprühte Gertrude Kotnik vor Leben.

Hermine Sonnleitner hingegen kam sich wie lebendig begraben vor. Sie lebte dahin, peinlich berührt von dem künstlichen Gehaben ihres Mannes, tagelang deprimiert nach seinen immer häufiger werdenden Wutausbrüchen, zu denen – in seinen Augen – meist Karl den Anlaß gab. Ihr blieb nur ein winziger Funken Hoffnung: daß sich nämlich »im Laufe der Jahre alles irgendwie einrenken« werde.

Die Türglocke läutete.

Hermine Sonnleitner, der so elend zumute war, daß sie niemanden sehen und nichts hören wollte, war fest entschlossen, nicht aufzumachen.

Beim Frühstück war es wegen eines harmlosen Scherzes von Karl – sie wußte gar nicht mehr, worum es sich eigentlich gehandelt hatte – zu einem Auftritt gekommen, wie schon lange nicht. Johann Sonnleitner hatte schließlich Frühstück Frühstück sein lassen und war wutentbrannt aus der Wohnung gegangen. Vor wenigen Minuten erst hatte sich Karl auf den Schulweg gemacht.

Es läutete zum wiederholten Mal.

Hermine Sonnleitner ging an die Tür.

»Ja, Servus, Hermi! Ich hab gesehen, daß der Schlüssel steckt und hab mir gedacht, die wird doch nicht ohnmächtig geworden sein.« Vor der Tür stand Gertrude Kotnik, quietschvergnügt.

Hermine Sonnleitner ließ die Freundin widerstrebend eintreten. Während sie in der Küche den Kaffee aufstellte, wich ihr Gertrude Kotnik nicht von der Seite. Sie ließ des langen und breiten eine Neuigkeit vom Stapel, die einstweilen unter ihnen bleiben müsse – »Mach mich nicht unglücklich Hermi und erzähls irgend jemandem weiter!« flehte sie –, die aber morgen todsicher *das* Stadtgespräch sein würde. An einem anderen Tag hätte sich Hermine Sonnleitner jede Pikanterie dieser Geschichte in allen Einzelheiten zergliedern lassen, heute aber ging ihr das Ganze bei einem Ohr rein und beim anderen raus. Gertrude Kotnik, der es nicht entgangen war, daß Hermine Sonnleitner verweinte Augen hatte und offensichtlich nicht ganz auf der Höhe war, vermied es zunächst geflissentlich, nach der Ursache zu fragen. Einmal nur hatte sie dergleichen in einer ähnlichen Situation gewagt und daraufhin die kurze und bündige Antwort bekommen: »Schau, Trude: Jeder hat sein Pinkerl zu tragen; aber ich sag dir nur eins: je weniger die Leute über einen wissen, desto besser ist es.« Als sie bei der zweiten Tasse Kaffee angelangt waren, wurde es Gertrude Kotnik schließlich doch zu bunt: sie redete sich die Seele aus dem Leib und ihre Freundin saß mit geistesabwesendem Gesicht da, nippte ab und zu an der Tasse und tat, als sei sie Luft.

»Ich weiß, Hermi, es geht mich eigentlich nichts an ...« Sie versuchte ihrer Stimme einen einfühlenden Klang zu geben. »Aber sag: bist du mit dem Johann übers Kreuz?«

Hermine Sonnleitner betupfte sich mit der Serviette die Lippen. Die bloße Andeutung ihres häuslichen Kummers Gertrude Kotnik gegenüber kostete sie eine riesengroße Überwindung ... Doch mit wem sonst konnte sie darüber reden? Sie hatte es schon so satt, immer alles widerspruchslos schlucken zu müssen.

»Wenn ich ehrlich bin, Trude –«

»Mein heiliges Ehrenwort, Hermi! Es bleibt ganz unter uns«, drängte Gertrude Kotnik voller Neugierde.

»Also, wenn ich ganz ehrlich bin: leicht hab ich es nicht mit meinem Mann . . . Aber was bleibt mir denn anderes über? Ich muß ihn nehmen, wie er ist, weil er schließlich für uns sorgt . . . und mehr . . . mehr kann ich bei Gott nicht verlangen . . .«

Gertrude Kotnik konnte ihre Enttäuschung kaum verbergen. Sie hatte maßlos aufregende Enthüllungen erwartet, wenn ihre Freundin endlich einmal auftaute. Was sie eben gehört hatte, war ja nicht der Rede wert gewesen. Außerdem vermochte sie überhaupt nicht einzusehen, wo es da ein Problem gab.

»Mach dir nichts draus, Hermi«, meinte sie obenhin. »Die Männer sind alle gleich. Die mußt du mit Glacéhandschuhen anfassen, sonst hast du Feuer am Dach.«

5

Inmitten des oststeirischen Hügellandes liegt – eine Autofahrstunde von der steiermärkischen Landeshauptstadt Graz und zwei Stunden von Bruck an der Mur entfernt – ein Ort namens Kirchberg.

Als im Sommer des Jahres 1954 die Familie Sonnleitner zum ersten Mal hier ihre Ferien verbrachte, war Kirchberg ein gottverlassenes Nest mit zwölfhundert Einwohnern; einem Gemeindeamt, einer Kirche, einer Volks- und einer Hauptschule, vier Kaufhäusern und sechs Gasthöfen. Das einzige Kino, das es hier früher im ganzen Umkreis gegeben hatte, diente als Räumlichkeit für Ballveranstaltungen und die seltenen Theateraufführungen der dörflichen Laienspielgruppe.

Erst mit dem Einsetzen des Fremdenverkehrs am Ende der fünfziger Jahre sollten nacheinander ein Schwimmbad, Tennisplätze, ja sogar ein Schilift mit einer Flutlichtanlage entstehen, der vorwiegend von älteren Leuten und Kindern benutzt werden würde ...

Die in der Mehrzahl bäuerliche Bevölkerung lebt vom Anbau von Kartoffel, Weizen, Obst und Kukuruz.

Zu den angesehensten Bürgern von Kirchberg zählte Dr. Ferdinand Auer, der ältere Bruder Hermine Sonnleitners.

Dr. Auer hatte sich hier – nach seiner Verehelichung mit einer aus einem Nachbardorf stammenden Kaufmannstochter – als praktischer Arzt niedergelassen. Seine Frau Emma hatte zwei Töchter zur Welt gebracht: Erika, die um zwei Jahre jünger war als Karl, und Adelheid, die 1950 geboren worden war. Der Vermittlung Dr. Auers war es zu verdanken, daß die Sonnleitners in Kirchberg für eine geringe Summe Geldes ein kleines Bauernhaus pachten konnten, das ihnen fortan als Feriendomizil diente. (Jahre später würde Johann Sonnleitner dieses renovierbedürftige Haus, zu dem ein ansehnliches Stück Grund gehörte, für einen Spottpreis erwerben.)

Während seines Urlaubs kapselte sich Johann Sonnleitner in diesem Bauernhaus völlig von der Umwelt ab. Hermine Sonnleitner, die anfangs zu niemandem im Dorf – außer zu ihrer Schwägerin – Kontakt hatte, blieb nichts anderes übrig, als sich umso emsiger ihrer Handarbeit zu widmen. Sie stickte und strickte in der Bauernstube, und im nebenanliegenden Schlaf- und Studierzimmer arbeitete ihr Mann »auf tausend«, wie er es nannte. (Woran ihr Mann in den Ferien so intensiv arbeitete, konnte sie freilich nie ergründen.)

Unter der einfachen Bevölkerung von Kirchberg war sich Johann Sonnleitner seiner Stellung als Professor noch bewußter als sonst. Wenn er sich – was höchst selten vorkam – durchs Dorf bewegte, tat er, als bemerke er die Leute nicht, die ihm auf der Straße begegneten. Es konnte aber auch passieren, daß er vor lauter Freundlichkeit überschäumte. Dann grüßte er lauthals nach allen Seiten und schwenkte schon von weitem den Hut. Ein Bauer, der ihn an einem solchen Tag sah, erzählte später im Wirtshaus, daß ihm heute der Professor vor Höflichkeit »fast auf das Fuhrwerk gesprungen sei«.

Wenn es nach Johann Sonnleitner gegangen wäre, hätte Karl am besten den ganzen Tag bei seiner Mutter in der Bauernstube zubringen sollen. Weil Ferien waren und weil Hermine Sonnleitner wußte, daß ihr Junge die meiste Zeit bei ihrem Bruder war, drückte sie jedoch beide Augen zu und ließ ihm »freien Lauf«. Oberstes Gebot aber war, daß er pünktlich zum Mittagessen erschien. Sie wußte, daß ihr Mann größten Wert darauf legte, während der Ferien im Kreise der Familie zu speisen, und sie wollte alles vermeiden, was eventuell einen Familienkrach heraufbeschwören hätte können.

Für den achtjährigen Karl war Kirchberg eine neue Welt. Trotz seiner Schüchternheit hatte er sich hier jedoch von einem Tag auf den anderen eingelebt. Ausschlaggebend dafür war, daß ihm Dr. Auer, sein Onkel, vom ersten Augenblick an seine ganze Sympathie entgegenbrachte. Karl wurde von der Familie des Arztes mit einer selbstverständlichen Herzlichkeit behandelt, als hätte er schon immer zu ihr gehört. Und Tante Emma, die Frau des Doktors, hatte geradezu einen Narren an ihm gefressen.

Dr. Auer lebte in sehr beengten Verhältnissen im Wohngebäude des Gottlieb Brunner, einem der größten Bauern in Kirchberg. Hier befand sich auch seine Ordination. Dr. Auer hatte zwar der Ordnung halber fixe Ordinationszeiten, doch hielten sich weder er noch seine Patienten daran. Der Arzt war meist im Wohnzimmer seiner Privatwohnung zu finden, die angeräumt war mit Büchern, Zeitungen und Zeitschriften jeder Art. In diesem Wohnzimmer herrschte tagsüber ein ständiges Kommen und Gehen: Bekannte und Patienten drückten sich die Klinke in die Hand. Die Frau des Doktors war ständig damit beschäftigt, Getränke aufzutischen und wieder wegzuräumen, einen Imbiß herzurichten . . . Dr. Auer war in der ganzen Gegend wegen seiner Gastfreundschaft berühmt.

Die Wohnung war auch der Treffpunkt der Freundinnen von Karls Cousinen Erika und Adelheid; und die Kinder des Gottlieb Brunner – Manfred und Blandine – fühlten sich in den von Dr. Auer gemieteten Räumen genauso zu Hause wie in dem von ihren Eltern bewohnten Teil des Gebäudes. Mit Manfred, dem gleichaltrigen Bauernsohn, verstand sich Karl auf Anhieb. Manfred war um mehr als einen Kopf größer als Karl und von robuster Statur. Er war überaus geschickt und praktisch veranlagt. Eine Vielzahl der verschiedensten Verrichtungen, die mit der Arbeit auf einem Bauernhof zusammenhingen, erledigte er mit derselben Fertigkeit wie ein Erwachsener. Karl klebte ihm von früh bis spät auf den Fersen, und Manfred leitete mit viel Geduld das »Stadtkind«, das überall mithelfen wollte, bei der Arbeit an.

Den größten Eindruck auf Karl machten die Tiere. In Kirchberg sah er zum ersten Mal in seinem Leben eine Kuh aus nächster Nähe. Er blieb minutenlang vor der Kuh stehen und schaute sie an. Dann hielt er ihr zögernd ein Büschel Gras vors Maul: Er erschrak, als die rauhe Zunge über seine Hand fuhr. Die Kuh kaute gleichmütig. Karl hörte, wie ihre Kiefer die saftigen Grasstengel zermalmten. Er war gerne bei den Kühen im Stall. Er mochte die Wärme und den starken Geruch der Tiere in diesem halbdunklen Raum; und die Geräusche. Das Schnauben, das Rascheln von Stroh, das leise Klirren von Ketten . . . und hin und wieder lautes Prasseln, wenn eins der Tiere Wasser abließ . . . eine Kuh schlenkerte mit dem Schwanz. Der Dreck, der in den langen Haaren am

Schwanzende war, spritzte Karl mitten ins Gesicht. Karl wurde darüber ganz fröhlich. Er fuhr sich mit dem Hemdsärmel übers Gesicht und zerschmierte dabei den Dreck nur noch mehr.

Ende Juli, Anfang August war Getreideernte. Das Getreide wurde von den Erwachsenen mit Sensen und Sicheln geschnitten. Das »Band'llegen« war Aufgabe der Kinder. Aus wenigen Gerstenhalmen wurde ein »Bandl« gedreht, mit dem man das geschnittene Korn zu einer Garbe band. Die Garben wurden auf dem Feld aufgestellt und mehrere Wochen lang getrocknet, schließlich wurde das Korn eingeführt und gedroschen. Bei der »Schnitt« gab es eine für diese Gegend ganz spezielle Kost: das sogenannte »Mostbrot«. In eine große Schüssel mit verdünntem, gezuckertem Apfelmost wurden Brotscheiben geworfen; das Ganze wurde gut umgerührt; das Brot weichte auf und soff sich an; zu zehnt oder fünfzehnt saß man um die Schüssel herum und löffelte das »Mostbrot« in sich hinein. Zum ersten Mal in seinem Leben berauschte sich Karl auch ganz bewußt an den Geräuschen und Gerüchen seiner Umwelt: in der Kälte des frühen Morgens wischte die Sense durchs taubenetzte Futter; er atmete tief den Duft des frisch geschnittenen Klees ein. Bei der Arbeit am Feld und im Stall machte es ihm ein unheimliches Vergnügen, einfach nur mit dem Werkzeug zu hantieren, das glatte Holz des Gabelstiels in der Hand zu spüren ... die Bewegungsabläufe beim Garbenaufstellen, beim Rechen, beim Stallausmisten, erfüllten ihn mit einer nie gekannten, unbändigen Freude. Er ging mit Feuereifer überall zur Hand. Die Leute mochten ihn gern. »Für ein Stadtkind«, lobten sie ihn, sei er »flink wie ein Wiesel«. Da Lob bisher für ihn ein Fremdwort gewesen war, spornte es ihn nur noch mehr an. Er arbeitete, glücklich, mit Blasen auf den Händen. Und am Abend war er so müde, daß er wie ein Stück Blei ins Bett fiel.

Außer zum Schlafen hielt sich Karl nur beim Mittagessen im Haus seiner Eltern auf. Obwohl er durch die viele Bewegung im Freien einen Appetit entwickelte wie nie zuvor, brachte er die Mahlzeit nur mit Mühe hinunter; im Dorf war es üblich, zwischen den Hauptmahlzeiten ausgiebig zu jausnen. Das war beim Dr. Auer so, auch beim Brunner und erst recht bei der Arbeit auf dem Feld. Der Aufenthalt bei seinem Onkel übte auf Karl auch nicht zuletzt deshalb einen so außerordentlichen Reiz aus, weil es hier selbst zur einfachen Jause schier im Überfluß Dinge gab, die er noch nie vorher gegessen hatte: Hagebuttenmarmelade, Sardellenpaste, Würste, verschiedenen Käse . . . und beim Brunner-Bauern, bei dem sich das ganze Leben in der Küche abspielte, schob ihm Manfreds Mutter jedesmal, wenn er reinkam, ein ordentliches Stück Speck und den Laib selbstgebackenen Brots über den massiven Holztisch; Karl fand großen Gefallen daran, mit dem riesigen Messer Brot vom Laib zu säbeln und auf dem Schneidbrett das eisenharte, aromatische Geräucherte zu schneiden . . . und kein Mensch fand etwas dabei, wenn er sich nach dem Jausnen die fetten und vom Mehlstaub weißen Hände – anfangs noch verstohlen, schließlich immer ungenierter – in die Hose schmierte.

Nachdem Karl zu Hause das Mittagessen bis auf den letzten Bissen hinuntergeschlungen hatte – er mußte alles »ratzekahl« aufessen, sonst durfte er »keinen Schritt vor die Tür« – konnte er es kaum erwarten, daß man ihm erlaubte, vom Tisch aufzustehen. Im nächsten Moment war er »eine Wolke«. Er trachtete danach, so schnell wie möglich außer Reichweite des Hauses zu kommen. Manchmal konnte es nämlich passieren, daß ihn – er hatte schon die Gartentür hinter sich zugeschlagen – die laute Stimme seines Vaters aufhielt: »Sofort! Stante Pede!!« mußte er zurückkommen, um »eine Stunde zu ruhen«. Johann Sonnleitner wachte in diesem Fall persönlich darüber, daß sein Sohn genau eine Stunde und keine Minute weniger ruhte. Karl, der sich vorstellte, wie Manfred in der brütenden Hitze auf ihn wartete und dabei immer ungeduldiger wurde, lag auf seinem Bett wie auf Nadeln; die eine Stunde dauerte eine Ewigkeit. Wenn er dann außer Atem zum ausgemachten Treffpunkt kam, war Manfred längst weg. Karl ging zerknirscht in die Wohnung seines Onkels und lungerte dort herum, bis sein Freund irgendwann einmal auftauchte. Da Karl nie den wahren Grund seines Zuspätkommens angab, sondern immer eine fadenscheinige Ausrede gebrauchte, begannen sowohl Manfred als auch die Leute am Feld ihn bald für unzuverlässig zu halten. Doch Karl war und blieb für die Landbevölkerung das »Stadtkind«, und dem nahm man diese vermeintliche Untugend nicht weiter übel; es wurde nur einfach nicht mehr mit ihm gerechnet: kam er, war es gut, kam er nicht, konnte man auch nichts machen.

Es war an einem lauen Sommerabend gegen Ende August. Dr. Auer kam gerade von einer Visite, die er auf einem entlegenen Gehöft gemacht hatte, zurück. Er setzte sich auf die Bank, die unmittelbar neben dem Eingang zu seiner Ordination in dem schmalen Rasenstreifen stand, der an der langen Straßenfront des Brunnerschen Hauses entlanglief. Dr. Auer hatte kaum Platz genommen, als Gottlieb Brunner aus der Toreinfahrt trat. Er sah den Doktor auf der Bank sitzen, und er beschloß, ihm für eine Weile Gesellschaft zu leisten. Da zum Versorgungsgebiet des Arztes nicht nur Kirchberg, sondern auch die umliegenden kleineren Dörfer gehörten, war er bei den Bauern, die sich – außer bei festlichen Anlässen – kaum von ihrem Hof wegbewegten, als Überbringer von Neuigkeiten ein beliebter Gesprächspartner. Während die beiden Männer nun eine Unterhaltung begannen, betrachteten sie zugleich das Leben und Treiben, welches sich vor ihren Augen auf der Dorfstraße abspielte. Die staubige Straße, auf der tagsüber unaufhörlich die Fuhrwerke knarrten, wurde in diesen frühen Abendstunden von der Dorfjugend bevölkert. Die jungen Burschen und Mädchen benutzten sie – indem sie in Gruppen auf und ab schlenderten – als Promenade, zwischen ihnen tollten die Kinder herum . . . die älteren Dorfbewohner saßen auf den Bänken vor ihren Häusern oder zeigten sich in den ebenerdig gelegenen Fenstern . . .

»Schau, Doktor, wer da kommt!« Gottlieb Brunner wies mit der Hand auf eine Traube von Kindern, die hinter einem uralten Herrenfahrrad herlief, das sich, wild hin und her schwankend, einen Weg durch die flanierenden Menschen bahnte. Der Lenker des Fahrrades war Karl. Seine Beine waren zu kurz, um die Pedale zu erreichen, wäre er regelrecht im Sattel gesessen oder auch nur auf der Stange geritten. Er fuhr also unter der Stange, das heißt: um in die Pedale treten zu können, stieg er von links in den Rahmen des Farrades hinein; sein Körper, dessen Hände verkrampft die Lenkung hielten, wurde von der Stange, die sich gegen seine rechten Rippen preßte und dort beim Fahren schmerzhaft auf und ab rieb, wie zu einem U gebogen. Zudem streifte die rechte Wade, an der er jedoch vorsorglich den

Stutzen hinuntergeschoben hatte, fortwährend die ölige Kette. Da es bei dieser Fahrweise besonders schwierig war, das Gleichgewicht zu halten, bewegte sich Karl mit dem großen Fahrrad dermaßen torkelnd die Dorfstraße entlang, daß man meinen konnte, er würde jeden Augenblick heftig stürzen. Tatsächlich konzentrierte sich Karl derart darauf, nicht umzufallen, daß er nichts hörte und auch nichts sah, ausgenommen das kleine Stück Boden, das sich jeweils unmittelbar vor seinem Vorderrad befand. Seinen Vater, Johann Sonnleitner, der sich auf einem seiner seltenen Abendspaziergänge befand, bemerkte er erst, als er ihn um ein Haar anfuhr; vor Schreck fiel Karl mit dem Rad gleich um. Ungeachtet der vielen Leute, die diese Szene aufmerksam verfolgt hatten, ließ Johann Sonnleitner über den zu seinen Füßen am Boden in dem Rad verstrickten Karl ein Donnerwetter sondergleichen los: wie er, sein Sohn, es habe wagen können, das ihm strikte auferlegte Radfahrverbot zu mißachten! Unter dem Wortschwall, der sich nun über Karl ergoß, half ihm Manfred, sich vom Rad zu lösen und aufzustehen. Und um ein für alle Male zu lernen, was Gehorsam sei, würde er, Karl, damit er es gleich wisse, am nächsten Tag in strenge Klausur gehen! Johann Sonnleitner drehte sich auf dem Absatz um und ging aufgebracht und mit vom Zorn hochgerötetem Gesicht in Richtung auf sein Haus davon.

Karl stand, umringt von seinen Freunden, die versuchten, ihn mit sich fortzuziehen, auf der Straße wie ein begossener Pudel. Von Seiten der Dorfbevölkerung schlug ihm eine Welle der Sympathie entgegen: daß der »Stadtbub« so still und so voller Hemmungen war, war ja kein Wunder bei dem Vater ... Professor Johann Sonnleitner war es jedenfalls mit diesem Auftritt in aller

Öffentlichkeit gelungen, seinen Ruf als »totaler Spinner« vollends zu festigen.

Dr. Auer und Gottlieb Brunner, die von ihrer Bank aus alles beobachtet hatten, schüttelten in stillem Einverständnis die Köpfe, ohne ein weiteres Wort über diesen Zwischenfall zu verlieren.

Am nächsten Tag bekam niemand im Dorf Karl zu Gesicht. Am darauffolgenden Tag tauchte er wie immer in der Ordination seines Onkels auf. Kein Mensch verlor ein Wort darüber, daß er zum ersten Mal bei der schon zur Tradition gewordenen Vormittagsjause gefehlt hatte.

Der Sommeraufenthalt in Kirchberg ging dem Ende zu. An einem seiner letzten Ferientage stieg Karl mit Manfred über die Hühnerleiter in den Brunnerschen Hühnerstall ein. Das Durcheinander, das durch ihr Eindringen entstand, erheiterte die Kinder über alle Maßen. Es schien, als würden die Hühner fast zu Tode kommen bei dem Versuch, laut gackernd durchs Hühnerloch ins Freie zu entkommen. Kaum hatte sich der Staub, den die Hühner aufgewirbelt hatten, gelegt, kaum hatten sich die Augen an das Dämmerlicht gewöhnt, da fielen Manfreds und Karls Blicke auch schon auf die Nester mit den Eiern. Manfred griff sich eins der großen, braunen Eier, wog es kurz in der Hand und schleuderte es dann mit voller Wucht an die Wand; das Ei zerplatzte, Dotter und Eiklar rannen langsam die Wand runter. Manfred trat an ein anderes Nest. Diesmal nahm er zwei Eier raus, eins drückte er Karl in die Hand . . . in einem wahren Rausch knallten sie nun ein Ei nach dem anderen an die Wände des Hühnerstalls – solange bis sämtliche Nester leer waren.

Die angerichtete Bescherung wurde natürlich binnen

kurzem entdeckt und dem Bauer gemeldet. Manfreds Vater nahm die Übeltäter gehörig ins Gebet. Allerdings kam er am Abend desselben Tages mit Dr. Auer überein, diesen groben Streich vor Johann Sonnleitner zu vertuschen. Damit sollte verhindert werden, daß Karl womöglich die letzten paar Tage in Kirchberg in Klausur verbrachte. Die Geschichte mit den Eiern kam Johann Sonnleitner nie zu Ohren.

Rechtzeitig zum Schulbeginn kehrte die Familie Sonnleitner vom Ferienaufenthalt in Kirchberg nach Bruck an der Mur zurück.

6

Der Sommer in Kirchberg bewirkte in Karl Sonnleitner eine bedeutsame Veränderung: der Achtjährige hatte in diesen zwei Monaten erfahren, daß es Menschen gab, deren natürliches Verhalten sich wie Tag und Nacht von der Gespanntheit unterschied, die bei ihm zu Hause herrschte. Daß die Leute ihre Gefühle mehr oder weniger unverfälscht zur Schau stellten, zog Karl gleichermaßen an und verunsicherte ihn. Er fühlte sich in der Nähe dieser Menschen geborgen wie nie zuvor; allerdings nur, solange sie ihm nicht mehr als das unbedingt notwendige Maß an Aufmerksamkeit schenkten. Eine harmlose Frage hingegen – überraschend und direkt an ihn gerichtet – konnte ihn völlig aus der Fassung bringen; er wußte nichts zu sagen, er schämte sich, rote Flecken überzogen sein Gesicht.

Nach diesem ersten Sommer auf dem Lande rückte die Umwelt in der Stadt von Karl Sonnleitner etwas ab. Er saß mit unbeteiligtem Gesicht in der Schule, als ginge ihn das Ganze nichts an. (Trotzdem gehörte er nach wie vor zu den besten Schülern der Klasse.) Beim Indianerspielen mit Konrad Zach in den herbstlichen Wäldern war er nur mit halbem Herzen dabei. Es gab auch nichts, was ihn mit Konrad verbunden hätte. Manchmal kam ihm Konrad sogar richtig blöd vor: wenn der nämlich unbeholfen durchs Unterholz brach und sich dann bei seiner Mutter über die zugezogenen Verletzungen ausweinte. Maria Zach war meist sehr ungehalten über die Ungeschicklichkeit ihres Sohnes; oft stellte sie Konrad Karl als Beispiel hin.

Hermine Sonnleitners Verhalten ihrem Sohn gegenüber wurde in zunehmendem Maße von Milde und Nachsicht bestimmt. Die Frau überließ sich ganz dem Kummer, den ihr das Zusammenleben mit ihrem Mann bereitete. Wenn sie ihrem von der Schule heimkommenden Kind die Türe aufmachte, brauchte sie oft ihre ganze Kraft dazu, ein paar belanglose Fragen zu stellen – was es in der Schule Neues gegeben hätte? und welche Note der Konrad auf die Schularbeit bekommen hätte? –, um nicht hemmungslos in Tränen auszubrechen. Karl, der instinktiv den Seelenzustand seiner Mutter erahnte, glaubte ihr zu helfen, indem er sie sowenig wie möglich für sich in Anspruch nahm.

An den Wochentagen bekam Karl seinen Vater nun fast nie mehr zu Gesicht. Dafür nahm ihn Johann Sonnleitner jeden Sonntag vormittag zum Hochamt in die Stadtpfarrkirche mit. Karl langweilte die ihm endlos scheinende Zeremonie von ganzem Herzen. Während er von einem Fuß auf den anderen trat, hörte er, wie sein Vater die verschiedenen Gebete mit unterschiedlicher Lautstärke mitbrummte. Kreuzzeichen und Kniebeugungen machte Karl mit einiger Verspätung den Erwachsenen nach, zwischen denen eingepfercht er stand. Manchmal befiel ihn vom langen Stehen eine leichte Übelkeit. Doch wenn dann am Schluß der Messe auf der Empore über ihm die Orgel besonders laut dröhnte und alle Menschen »Großer Gott wir loben Dich« sangen, überkam ihn plötzlich eine tiefe Rührung; er wünschte sich nichts sehnlicher, als daß dieser Zustand, in den ihn dieses Lied versetzte, für immer anhalten möge; und einige Augenblicke lang kam er sich unverwundbar und unsterblich vor.

Noch während des Aufbrausens der Schlußakkorde begann sich die Menschenmenge, in der Karl beinahe erdrückt wurde, dem Ausgang zuzuschieben. Die aus der Kirche strömenden Gläubigen bildeten erst vor dem Hauptportal und allmählich auf dem ganzen Kirchplatz kleine Gruppen von miteinander plaudernden Menschen. Johann Sonnleitner steuerte sehr rasch durch diese Menschenansammlung hindurch, wobei er den Hut blindlings einmal nach links, einmal nach rechts schwenkte und zu jedem Schwenk den massigen Oberkörper ruckartig nach vorne neigte. Vor lauter Eile schien er Karl ganz zu vergessen, der schließlich zu laufen anfing, um mit dem Vater Schritt halten zu können. Auf diese Weise brachten sie auch noch die Anzengruber-Gasse, die vom Kirchplatz zum Koloman-Wallisch-Platz hinunterführt, hinter sich. Als das Kaffeehaus Kornmesser in Sicht war, fiel Johann Sonnleitner unvermittelt in ein betont gemütliches Tempo. Indem er die Hand seines Sohnes ergriff, sagte er: »So, Karli, und jetzt sei schön brav und gib dem Papa die Hand.«

An der Hand seines Vaters betrat Karl das Kornmesser. Ein herbeigeeilter Kellner half dem Herrn Professor, der hier Stammgast war, aus dem Mantel. Nachdem sich Johann Sonnleitner aus dem Zeitungsständer einen Stapel Zeitungen ausgesucht hatte, nahm er mit seinem Sohn in einer rotgepolsterten Fensternische Platz. Durch die große Glasscheibe sah man den Eisernen Brunnen, die Mariensäule ... auch das Haus, in dem Karl mit seinen Eltern wohnte.

Johann Sonnleitner vertiefte sich sofort in die Zeitungslektüre. Manchmal brüllte er vor Lachen kurz auf oder schüttelte auch nur ärgerlich den Kopf und zitierte eine Stelle aus der Zeitung, als wollte er Karl um dessen Meinung fragen. Karl saß beschämt da, weil er nichts von dem verstand, was sein Vater ihm vorlas. Johann Sonnleitner hatte auch gar keine Antwort erwartet; er blätterte schon weiter und fiel wieder in tiefes Schweigen.

Draußen auf dem Platz bewegten sich gelassen die sonntäglich gekleideten Menschen. –

Immer häufiger tauchten in Karl Bilder auf vom vergangenen Sommer in Kirchberg. Diese Bilder waren umso intensiver, je leerer ihm im Augenblick das Leben in Bruck an der Mur vorkam. In der Erinnerung konnte er erlebte Bruchteile einer Sekunde beliebig lange auskosten; einzelne Begebenheiten ließen sich in tausend Varianten immer wieder neu durchleben. Da die Vergangenheit Karls Gedanken ungleich mehr beschäftigte als die Gegenwart, verflossen Herbst und Winter in der Stadt wie nebenher.

Die ersten Sonnenstrahlen des Frühlings gingen Karl Sonnleitner durch und durch; vor lauter Wohlbehagen vermeinte er zu spüren, wie sich sein Körper in dieser warmen, dufterfüllten Luft nach allen Richtungen hin endlos ausdehnte. In den Unterrichtspausen strich Karl abseits der anderen Kinder durch das noch dürre Gras am Rande des Schulhofes. Dem knisternden Gras haftete schon der Geruch des Sommers an ... Das Läuten der Glocke irritierte Karl; nur widerwillig ging er in den kühlen Klassenraum zurück.

Für Johann Sonnleitner stand es fest wie das Amen im Gebet, daß sein Sohn einmal den Lehrberuf ergreifen werde. »Selbstredend« werde Karl also am Ende der vierten Klasse Volksschule zur Aufnahmeprüfung ins Realgymnasium antreten.

Neben den vielen Kindern aus den sogenannten besseren Kreisen bildeten die Kinder von Arbeitern, die sich um die Aufnahme ins Gymnasium bewarben, eine verschwindend kleine Anzahl. Unter diesen Kindern waren auch Konrad Zach und Inge Kotnik.

»Geradeheraus« wie es ihre Art war, meinte Maria Zach zu Hermine Sonnleitner, daß ihr Bub es auf jeden Fall einmal mit dem Gymnasium versuchen wolle; tue er dort ordentlich weiter, sei es gut, komme er nicht mit, sei auch nichts verhackt; dann müsse er eben in die Hauptschule überspringen. Auf keinen Fall aber könne er ihnen später den Vorwurf machen, sie hätten ihm nicht eine bessere Schulbildung ermöglicht.

Die Eltern von Inge Kotnik waren lange Zeit im Zweifel gewesen, ob sie das Mädchen nicht lieber in den A-Zug der Hauptschule schicken sollten. Das Gymnasium würde schließlich eine erhebliche finanzielle Belastung darstellen. Noch dazu, wo Viktor Kotnik in der letzten Zeit kränkelte und keine Überstunden, geschweige denn Nachtdienst machen konnte. Außerdem sei für ein Mädchen die Schulbildung gar nicht so wichtig; früher oder später würde es ja doch heiraten. Dann kämen die Kinder ... der Haushalt ... und für das Gelernte gäbe es sowieso keine Verwendung mehr. Den Ausschlag hatte schließlich Inge Kotniks Ehrgeiz gegeben. Tagelang war sie ihrem Vater mit dem Wunsch in den Ohren gelegen, doch ins Gymnasium gehen zu dürfen. Schließlich hatte Viktor Kotnik nachgegeben.

Die Prüfung fand an einem wolkenlosen Tag im Juni statt. Karl war an diesem Tag sehr unkonzentriert. Durch die Fensterscheibe betrachtete er den blauen Himmel und gab solange zerstreute Antworten auf die an ihn gerichteten Fragen, bis der Prüfer ungeduldig wurde: was es denn da draußen so Besonderes zu sehen gebe? Trotzdem bestand Karl den Test; er »rutschte gerade eben noch durch«. Auch Konrad Zach und Inge Kotnik bestanden die Prüfung mit Erfolg.

Inge Kotniks riesige Freude darüber, daß sie im Herbst nun tatsächlich als eines der wenigen Mädchen ins Gymnasium käme, wurde durch den Umstand getrübt, daß an diesem Tag ihr Vater ins Landeskrankenhaus nach Graz eingeliefert wurde.

Wie in jedem Jahr kehrte die Familie Sonnleitner auch diesmal – es war der Herbst des Jahres 1957 – erst kurz vor Schulbeginn von Kirchberg nach Bruck an der Mur zurück. Johann Sonnleitner hatte seinem Sohn während des Sommers wiederholt prophezeit, daß in der neuen Schule ein »anderer Wind wehen« werde.

Mit gemischten Gefühlen betrat Karl am ersten Schultag zusammen mit seiner Mutter den imposanten Schulbau.

In der Klasse, der Karl zugeteilt worden war, sah er unter den vierzig oder mehr Schülern keinen einzigen seiner alten Schulkameraden. Auch Konrad Zach, den er am liebsten herbeigezaubert hätte, um sich unter all den neuen Gesichtern nicht ganz so verlassen vorzukommen, war in einer Parallel-Klasse untergebracht worden.

Gleich am ersten Tag wurde in Anwesenheit der Mütter, die sich um den Tisch des Klassenvorstandes, einer Lehrerin mit schwarzgelockten Haaren und einem kräftigen, schwarzen Flausch auf der Oberlippe, scharten, die Sitzordnung eingeteilt. Karl kam ziemlich weit vorne zu sitzen: in einer Bank mit einem schiefen Pult, in der die Kinder zu zweit saßen. Karls Nachbar war ein kleiner, dicklicher Junge mit einem zarten, schmalen Gesicht, das gar nicht so recht zu seiner Statur paßte. Die Stoppelfrisur gab ihm dennoch ein etwas drolliges Aussehen. Der Junge, der sehr umgänglich zu sein schien, versuchte immer wieder mit Karl freundschaftlich anzubändeln. Doch der suchte mit seinen Blicken nach seiner Mutter, deren kleine Gestalt er zwischen den vielen Frauen am Podium lange nicht ausmachen konnte. Endlich hatte er sie gefunden: sie unterhielt sich blendend mit einer Dame, von der sie um mehr als Hauptеslänge überragt wurde. Die Dame wirkte sehr vornehm. Sie trug einen auffallenden Hut mit einer breiten, geschwungenen Krempe.

Die beiden Frauen schienen sich dermaßen gut zu unterhalten, daß sie gar nicht bemerkten, daß die Lehrerin die Schüler und Mütter schon entlassen hatte, und daß sich das Klassenzimmer langsam leerte.

»Na, Karli, hast du dich schon mit dem Sigi angefreundet?« Hermine Sonnleitner wandte sich endlich an ihren Sohn, der schon eine Zeitlang neben ihr gestanden war.

»Aber Frau Professor, das sieht doch ein Blinder, daß unsere Herren Söhne vom ersten Augenblick an ein Herz und eine Seele waren!« Die fremde Dame tat sehr überschwenglich.

Sie beugte sich zu Karl herab.

»Nicht wahr, Karli, ihr werdet sicher ganz ganz dicke Freunde werden?«

Sigi lachte Karl freundlich an. Karl schaute verlegen zur Seite.

Auf der Straße schritten die beiden Frauen gemächlich nebeneinanderher, wobei der Redefluß für keine Sekunde abriß; es ging an der Schlosserschule vorbei bis zum Kirchplatz. Dort blieb man stehen, um sich zu verabschieden. Doch dann beschloß die »Frau Ingenieur« die »Frau Professor« bis zum Hauptplatz hinunter zu begleiten; es sei »ja gehüpft wie gesprungen«.

Vorm Haustor der Sonnleitners angelangt, wurden die Frauen erst so richtig miteinander warm . . .

Karl und Sigi standen etwas abseits. Sigi holte eine Zündholzschachtel aus dem Hosensack, schob sie auf: drinnen lag ein Stein. Sigi drehte den Stein mit seinen mädchenhaften Fingern hin und her. Das Sonnenlicht fiel drauf und es war, als ob der Stein Funken sprühe. Sigi nannte Karl den Namen des Steines, und von wo er ihn her hätte. Karls Neugierde war geweckt: er hatte noch nie einen derartigen Stein gesehen. Vor allem aber imponierte ihm, wie Sigi mit der größten Selbstverständlichkeit seinen Namen aussprach; einen Namen, der sich so fremd anhörte, daß er – Karl – ihn sofort wieder vergaß.

Sigi nahm mit seinem glitzernden Stein Karl für sich ein. Die neue Schule hatte nun – mit Sigi als Sitznachbar – schon viel weniger Beunruhigendes an sich.

Es war wenige Wochen nach Schulbeginn. Sigi hatte Karl bis vors Haustor begleitet, wo sie noch eine Weile herumstanden. Sie würden heute ohnehin früher als gewöhnlich zu Hause sein, da die letzte Unterrichtsstunde ausgefallen war. Als Karl an der Wohnungstür läutete, dauerte es einige Zeit bis er hörte, wie seine Mutter im Vorzimmer nach dem Schlüsselbund kramte. Dann sah er ihren Schatten in der Milchglasscheibe; die Tür wurde geöffnet.

»Du bist schon da??« Hermine Sonnleitner war sehr erstaunt. Karl wollte durch die Küche in sein Zimmer gehen, um die schwere Schultasche loszuwerden: erschrocken blieb er stehen: am Küchentisch saß – ganz in Schwarz – Gertrude Kotnik. Sie blickte Karl kalt an. Er brachte schließlich ein »Grüß Gott« heraus und zog sich so schnell wie möglich in sein Zimmer zurück.

Karl war schon fast mit seinen Schulaufgaben fertig, als seine Mutter ins Zimmer kam. Sie setzte sich zu ihm an den Tisch.

»Stell dir vor, Karli –« Hermine Sonnleitner warf einen geistesabwesenden Blick in das Schulheft, das aufgeschlagen dalag.

»Stell dir vor, Karli: der Onkel Viktor ist gestorben!«

7

Nachdem die erste Woge des Mitgefühls für die traurige Lage ihrer Freundin verebbt war – Gertrude Kotnik würde nun, nach dem Tod ihres Mannes, wieder ihrem alten Beruf als Modistin nachgehen müssen, um sich und ihre Tochter durchbringen zu können –, stellte sich bei Hermine Sonnleitner eine Art von Befriedigung ein: sie war es ja nicht, die den Mann verloren hatte; ganz im Gegenteil: ihr Mann lebte, er arbeitete, er brachte genügend Geld nach Hause ... und sie brauchte sich um nichts anderes zu kümmern, als um das »bißchen Haushalt« und die Erziehung ihres Sohnes. Das Unglück, das über Gertrude Kotnik hereingebrochen war, bewirkte, daß Hermine Sonnleitner das eigene Unglücklichsein, das ihr im Verhältnis dazu so geringfügig vorkam, eine Zeitlang leichter ertrug.

Überhaupt war Hermine Sonnleitner in letzter Zeit wie ausgewechselt. Sie war meist heiter gestimmt, manchmal sogar richtig beschwingt, und es hatte den Anschein, als sei sie durch nichts aus der Ruhe zu bringen. Wenn ihr Mann sie in guter Laune mit dem Kosenamen »Mausi« bedachte, ging sie – anders als früher – darauf ein und bezeichnete ihn ihrerseits als »Schatzi«. Ließ er seine üblichen Schimpftiraden vom

Stapel, indem er sie »Hure«, »Sau« oder »Schlampe« nannte und ihren Sohn einen »Arsch mit Ohren«, dann versuchte sie, das auf die leichte Schulter zu nehmen: »Mein Gott, er wird sich halt in der Schule geärgert haben.« Dieser Umschwung in Hermine Sonnleitners Verhalten war zu einem guten Teil auf den Umgang zurückzuführen, den sie neuerdings pflegte: auf die Bekanntschaft mit Sigis Mutter, Franziska Gollob.

Vom Sehen (und dem Namen nach) kannte Hermine Sonnleitner Franziska Gollob natürlich längst. Jahrelang war sie ihr auf der Straße durch ihre ausgesprochen extravagante Kleidung aufgefallen. Erst im vergangenen Frühjahr begegnete sie ihr zufällig auf dem Kirchplatz, wo jeden Vormittag ein Markt abgehalten wurde. Mit ihrem »lauten Organ« hatte Franziska Gollob – als sei sie weit und breit der einzige Kunde – sämtliche Verkäufer des Standes für sich in Anspruch genommen. Während sie dies und das hatte ein- und dann wieder auspacken lassen, weil sie plötzlich umdisponieren wollte, hatte Hermine Sonnleitner es nicht lassen können, aus den Augenwinkeln immer wieder verstohlene Blicke auf das Frühjahrskostüm dieser Frau zu werfen. Hermine Sonnleitner hatte Franziska Gollob aufrichtig um ihre Eleganz und Selbstsicherheit beneidet. Neben ihr war sie sich damals beinahe wie ein Aschenbrödel vorgekommen.

Wenige Tage danach hatte Hermine Sonnleitner beim gemeinsamen Kaffeeklatsch mit Gertrude Kotnik wie unbeabsichtigt das Gespräch auf Franziska Gollob gebracht. Da sie wußte, daß ihre Freundin »überall das Gras wachsen hörte«, hatte sie gehofft, Näheres über diese Frau in Erfahrung zu bringen. Hermine Sonnleitner hatte so getan, als sei ihr der Name nicht genau geläufig gewesen: »Mir liegt er auf der Zunge . . . Na, Trude du weißt schon: die, die immer so tolle Sachen anhat ...«

»Toll! Ha, daß ich nicht lache!« Es schien, als habe Gertrude Kotnik nur auf dieses Stichwort gewartet. »Lauter alte Fetzen sind das, die sich diese affektierte Nocke selber umändert ... die hat's grade notwendig! Ein Arbeiterdirndl ist sie, weiter nichts ... und jetzt reißt sie einen Kren ... wie die sich schon schraubt beim Gehen ...!«

»Was ist denn ihr Mann von Beruf?«

»Er? Der Gollob? Ingenieur ist er, in der Papierfabrik ... eins kann ich dir nur sagen, Hermi: Hut ab vor *ihm.* Er soll ein ganz ein patenter Kerl sein. Und äußerst intelligent. Auf seinem Gebiet ist er eine Koryphäe. Stell dir vor: Er ist gelernter Schlosser und hat sich nach dem Krieg bis zum Ingenieur hinaufgearbeitet. Gut, nach dem Krieg hats mehr Möglichkeiten gegeben; und er ist um ein Haus jünger als mein Viktor. Der hätte ja auch mehr werden können ... aber trotzdem: da muß man – ob man will oder nicht – objektiv sein.«

Im Handumdrehen hatte Hermine Sonnleitner erfahren, die Gollobs hätten noch bis vor kurzem in der Arbeitersiedlung an der Mürz gewohnt; »aber was heißt hier gewohnt: gehaust« hätten sie dort, »wie die armen Sünder«; er, Alfons Gollob, habe einen schweren Autounfall gehabt und sei monatelang im Spital gelegen; sie hätten überhaupt jahrelang »vor lauter Not nicht scheißen« können, Franziska Gollob habe aber die Nase immer noch hoch getragen. Die Informationen über die Gollobs waren aus Gertrude Kotnik nur so hervorgesprudelt. Unverhohlen hatte sie ihren Neid auf Franziska Gollob, die allein dank dem Ehrgeiz und der Intelligenz ihres Mannes eine bessere gesellschaftliche Stellung einnahm als sie selbst, zur Schau gestellt; sie hatte an dieser Frau kein gutes Haar gelassen. Hermine Sonnleitner, die sich trotzdem eine gewisse Bewunderung für Franziska Gollob nicht hatte verwehren können, hatte nicht im Traum daran gedacht, daß sie sich ein knappes halbes Jahr später zu deren Bekanntenkreis würde rechnen dürfen.

Schon zum dritten Mal gaben sich Hermine Sonnleitner und Franziska Gollob beim Obermayer ein Stelldichein. Frau Gollob verfügte bei diesem Treffpunkt der Damen der besseren Gesellschaft seit langem über einen eigenen Tisch, selbstverständlich »ganz hinten«; »ganz hinten« hieß: der Tisch befand sich in einem Anbau des Kaffeehauses (in einer Art Wintergarten), der für gewöhnliche Gäste nicht so ohne weiteres zugänglich war. Ein Platz im Wintergarten des Obermayer war nicht nur deshalb so begehrt, weil man hier unter »seinesgleichen« war, sondern vielmehr auch wegen seiner geradezu »sagenhaften« Aussicht, die man von da aus – diskret geschützt durch dunkelblättrige Topfpflanzen – auf die belebte Theodor-Körner-Straße hatte. Drohte bei Kaffee und Kuchen wirklich einmal der Gesprächsstoff auszugehen, so genügte es, einen Blick aus dem Fenster zu werfen: ganz sicher, in diesem Augenblick ging draußen auf der Straße jemand vorbei, der – womöglich in beiden Händen schwere Einkaufstaschen nach Hause schleppend – nicht ahnen konnte, daß er gerade eine Plauderei in Gang setzte, welche ihn für die nächste halbe Stunde zum Gegenstand mehr oder weniger boshafter Äußerungen machte.

Als Hermine Sonnleitner vor wenigen Tagen zum ersten Mal den Wintergarten im Schlepptau Franziska Gollobs betreten hatte, waren ihr die Damen zunächst mit eisiger Zurückhaltung begegnet. Hermine Sonnleitner war sich völlig deplaziert vorgekommen. Am liebsten hätte sie wieder kehrtgemacht.

Im Raum blieb unausgesprochen, um wen es sich bei dieser neuen Bekannten der Frau Ingenieur wohl handele. Franziska Gollob hatte die peinliche Situation souverän überspielt; sie war der Damenrunde die Antwort nicht lange schuldig geblieben. Als die Serviererin gekommen war, um die Bestellung aufzunehmen, hatte sie so laut, daß es nicht zu überhören gewesen war, gefragt: »Und was möchten Sie, *Frau Professor?*« Das Eis war gebrochen. Die Reserviertheit der Damen hatte sich im Nu in wohlwollende Aufnahmebereitschaft verwandelt. Aber wer hätte denn riechen können, daß diese kleine, unscheinbare Person, die nach nichts aussah, die Frau eines Professors war?

Nun, da Hermine Sonnleitner von der Damengesellschaft akzeptiert wurde, fand sie es beim Obermayer ausgesprochen gemütlich. Sowohl die Serviererinnen als auch die Bekannten Franziska Gollobs hofierten sie mit »Frau Professor« . . . Hermine Sonnleitner fühlte sich sehr geschmeichelt. Allerdings mußte sie bald feststellen, daß sie mit dem, was die Damen ausschließlich bewegte, nämlich mit dem »Neuesten vom Neuen«, in keiner Hinsicht auf dem laufenden war. Umso mehr verwunderte es sie, daß die Damen ganz Ohr waren, wenn sie hin und wieder den zaghaften Versuch unternahm, etwas anzubringen, was sie von Gertrude Kotnik aufgeschnappt hatte. Hermine Sonnleitner wäre am liebsten den ganzen Tag beim Obermayer im Wintergarten sitzengeblieben. Sie konnte sich beim besten Willen nicht erinnern, wann sie jemals zuvor mit soviel Zuvorkommenheit behandelt worden war.

Franziska Gollob schaute auf ihre Armbanduhr: erschrocken rief sie, es sei jetzt »höchste Eisenbahn«. Das bedeutete – wohl oder übel – auch für Hermine Sonnleitner den Aufbruch. Sie hatte eigentlich Zeit in Hülle und Fülle: ihr Mann kam erst am Abend nach Hause, und Karl hatte heute um zwei Uhr Schulschluß . . . aber so vertraut war ihr die neue Umgebung doch noch nicht, daß sie allein hiergeblieben wäre.

Das Kaffeehaus, das am Vormittag bis auf den letzten Platz besetzt gewesen war, begann sich übrigens rasch zu leeren; die meisten Frauen mußten nach Hause, um ihren Männern und Kindern rechtzeitig ein Mittagessen auf den Tisch stellen zu können.

»Was glauben Sie, Frau Professor! Mein Holder macht mir die Hölle heiß, wenn das Essen nicht auf die Minute pünktlich auf den Tisch kommt!« Franziska Gollob stand mit Hermine Sonnleitner vor der Auslage des Obermayer; sie war schon auf dem Sprung. »Heut kriegt er aber nur ein scharf abgebratenes Schnitzel und ein paar Kartoffeln aus dem Kelomat. Aus, Schluß! Ich bin ja nicht blöd und tu mir jeden Tag die stundenlange Kocherei an. Schließlich wollen wir Frauen ja auch was vom Leben haben. Hab ich nicht recht, Frau Professor?«

»Genau!«

»Also dann. Bis übermorgen! Und vergessen Sie nicht auf Ihren Herren Sohn, Frau Professor. Der Sigi freut sich schon irrsinnig darauf, dem Karl seine Flugzeugmodelle vorzuführen.«

Schon Stunden vor ihrem Antrittsbesuch bei Franziska Gollob war Hermine Sonnleitner im »Ausnahmezustand«. Sie wußte schon nicht mehr, wann sie irgend jemand anderen außer Gertrude Kotnik einen Besuch abgestattet hatte; die hatte sich auch schon eine Ewigkeit lang nicht mehr blicken lassen. Na ja, und wenn schon ... Hermine Sonnleitner zog sich mit besonderer Sorgfalt die Lippen nach. Wenn sie es sich genauer überlegte, ging ihr die alte Freundin gar nicht ab; ganz im Gegenteil: irgendwie war sie ihr in letzter Zeit direkt auf die Nerven gegangen. Das ständige Sempern, wer alles schuld habe am Tod ihres Mannes; keinen Menschen weit und breit habe der Herrgott so gestraft wie sie; eine Ungerechtigkeit sei das, die zum Himmel schrie ... Sicherlich, es war tragisch, in diesem Alter allein mit einem Kind dazustehen. Aber wer konnte wissen, was einem selbst noch alles blühte. »Das Leben ist und bleibt nun einmal kein Honiglecken.« Hermine Sonnleitner stülpte die schmalen, knallrot angemalten Lippen nach innen, preßte sie für einen Augenblick zusammen, und schaute dann prüfend in den Spiegel. »Solang ich die Trude kenn, hat die einen Neid und einen Haß auf alle, denen es nur um eine Spur besser geht als ihr selbst.« Je mehr Hermine Sonnleitner über Gertrude Kotnik nachdachte, desto unbegreiflicher war es ihr, wie sie so lange Jahre fast ausschließlich nur mit dieser Frau hatte verkehren können. »Na, und jetzt kommt man mit ihr überhaupt auf keinen grünen Zweig mehr. Sie ist immer derart geladen, geht in die Höhe wie ein Hühnerdreck, so völlig ohne Grund, daß man oft direkt erschrickt. Die entpuppt sich immer mehr zu einer richtigen Furie.« Hermine Sonnleitner drehte den Lippenstift zurück und verstaute ihn in ihrer Handtasche. »Wie dem auch sei ...« Es war Zeit zum Gehen. Genaugenommen war es eigentlich noch zu früh. Aber Hermine Sonnleitner hatte nur eine ungefähre Ahnung, wie lange sie in die Goethe-Gasse, die eine Seitengasse der Oberdorfer-

Straße sein sollte, brauchen würde. Sie wollte nicht unhöflich sein und sich gleich beim ersten Mal verspäten. Außerdem mußte sie unterwegs noch ein paar Blumen kaufen.

Die Oberdorfer-Straße führt vom Jahn-Platz, der an den Eisenbahner-Bau (in dem Gertrude Kotnik wohnte) angrenzt, zirka einen Kilometer weit nach Westen bis zu einem alten Gut, dem Paula-Hof. In Hermine Sonnleitners Erinnerung lagen zu beiden Seiten der Oberdorfer-Straße Schrebergärten, brachliegende Äcker; hier und dort stand ein Einfamilienhaus. Sie wußte nur vom Hörensagen, daß seit einiger Zeit in dieser Gegend ein Wohnhaus nach dem anderen in die Höhe schoß. Und in einem dieser Neubauten bewohnte seit kurzem die Familie Gollob eine Drei-Zimmer-Genossenschaftswohnung.

Die Goethe-Gasse und das betreffende Haus – pastellgrüner Verputz, vierstöckig, mit breiten, dreiteiligen Fenstern und französischen Balkonen – fand Hermine Sonnleitner auf Anhieb. Vom Eisenbahner-Bau bis hierher war es ja nur ein Katzensprung. Wenn sie das gewußt hätte, hätte sie sich nicht so abgehetzt. Nun war sie erst zu früh dran. Um die Zeit bis drei Uhr zu überbrücken, spazierte sie mit Karl ein Stück auf der Oberdorfer-Straße stadtauswärts. Sie kam aus dem Staunen nicht heraus: da hatte sich in der Tat einiges verändert. Es gab zwar noch immer die Schrebergärten und die Einfamilienhäuser. Doch die wurden zwischen den großmächtigen Wohnhausanlagen fast erdrückt. Eine Reihe weiterer Häuser stand bereits im Rohbau. Hermine Sonnleitner fragte sich verwundert, wo denn die vielen Menschen, die jetzt hier lebten, wohl früher gewohnt haben mochten. Es war an der Zeit, kehrtzumachen. Auf dem Rückweg schärfte sie Karl noch einmal ein, daß er sich ja ordentlich benehmen, ihr ja keine Schande machen solle. Wenn er etwas angeboten bekäme, habe er »bitte« und »danke« zu sagen. Wehe ihm, wenn sie sich mit ihm genieren müsse; dann habe sie ihn zum letzten Mal irgendwohin mitgenommen.

Im Stiegenhaus wickelte Hermine Sonnleitner die Blumen aus. Das Seidenpapier stopfte sie in die Handtasche. Die Blumen drückte sie Karl in die Hand. »Wenn die Frau Gollob die Tür aufmacht, machst du einen Diener, sagst schön »Grüß Gott« und gibst ihr die Blumen!«

Das Türschild ING. A. GOLLOB, das unter dem Spion einer Tür im zweiten Stock angebracht war, war nicht zu übersehen. Hermine Sonnleitner drückte mit Bedacht auf den Klingelknopf. Fast im selben Moment wurde die Tür geöffnet.

»Ich hab Schritte im Stiegenhaus gehört und hab mir gedacht, Pünktlichkeit ist eine Zier! Das kann nur die Frau Professor sein.« Franziska Gollob reichte ihrem Besuch die Hand. Dann beugte sie sich zu Karl hinunter. »Was für ein wunderhübscher Strauß! Noch dazu von einem richtigen, kleinen Kavalier!« Mit den Blumen im Arm richtete sie sich wieder auf. »Das wäre doch wirklich nicht notwendig gewesen, Frau Professor. Sie machen sich meinetwegen Auslagen . . . Aber bitte, kommen Sie weiter . . . wir stehen hier zwischen Tür und Angel . . .« Sie schloß hinter ihrem Besuch die Tür.

»Das Vorzimmer ist zwar keine Reitschule . . .«

Hermine Sonnleitner fand das Vorzimmer in der Tat etwas beengt: überhaupt wenn sie es mit dem ihren verglich. »Ich finde es ausgesprochen entzückend«, sagte sie.

Franziska Gollob wandte sich an Sigi, der in der Wohnzimmertür stand. »Marsch Sigi! Zisch ab wie ein geölter Blitz und hol aus der Küche eine Vase!« Sie öffnete eine Tür neben der Garderobe. »Hier ist das Bad, falls es sie interessiert.«

Hermine Sonnleitner steckte den Kopf hinein. Sie erblickte auf engstem Raum einen Waschtisch, eine Sitzbadewanne. Über der Wanne war ein Strick gespannt, von dem tropfende Unterwäsche hing.

»Das Bad ist zwar klein, aber Hauptsache, es erfüllt seinen Zweck«, hörte sie hinter sich Franziska Gollob sagen.

»Da haben Sie wohl recht. Ohne Bad ist das eine echte Misere.« Hermine Sonnleitner hatte die Badezimmerbesichtigung abgeschlossen. »Das ist halt der Nachteil bei den Altbauten. Was glauben Sie, Frau Ingenieur, wie dringend wir uns ein Bad wünschen; Platz wär ja genügend vorhanden. Aber der Einbau kostet ein Vermögen.«

Die Frauen hatten sich ins Wohnzimmer begeben. Franziska Gollob überließ Sigi den Blumenstrauß, den er flugs in eine Vase steckte. Die Vase stellte er auf den Wandverbau, der unter dem breiten Fenster entlanglief.

»Also diesen Wandverbau, den finde ich ja ganz toll«, staunte Hermine Sonnleitner.

»Sie werden glauben, ich lüg Sie an: den hat mein Mann nicht nur selbst gezimmert; sogar furniert hat er ihn selber.«

»Allerhand! Da gehört schon was dazu. Von meinem Mann könnt ich das nie im Leben verlangen. Zu so was hat er zwei linke Hände. Aber das trifft – seien wir doch ehrlich – ja auf die meisten Männer zu, die geistig einer hohen Beanspruchung ausgesetzt sind.«

»In dem Fall ist mein Mann die berühmte Ausnahme von der Regel. Unsere Bekannten sagen immer: der Alfi, der ist nicht nur im Büro ein Aß. Der Alfi, der hat auch goldene Hände; was immer der diesbezüglich in Angriff nimmt, das gelingt ihm; und zwar hundertprozentig.«

Hermine Sonnleitners Blick blieb auf den schmiedeeisernen Konturen eines kurvenreichen, nackten Mädchens mit einem Pferdeschwanz hängen, das eine schmiedeeiserne Palme umarmte; das Ganze war an der Wand über dem eingebauten Kachelofen angebracht. Sie konnte sich nur wundern: wie man wohl auf die Idee kam, sich so etwas in die Wohnung zu hängen! Noch dazu als Blickfang im Wohnzimmer!

»Diese Figur finden alle besonders originell. Mein Mann hat sie in einem Wirtshaus gesehen. Sie hat ihm so gut gefallen, daß er sie aus dem Gedächtnis nachgemacht hat.«

»Wirklich: sehr originell!«

»Und hier ist das Schlafzimmer!«

In dem halbdunklen Raum – die Rouleaus waren heruntergelassen – konnte Hermine Sonnleitner nur erkennen, daß das Doppelbett offensichtlich nicht ordentlich gemacht, sondern nur aufgeworfen war.

»Da dürfen Sie nicht so kritisch hinschauen, Frau Professor.« Franziska Gollob drängte ihren Gast sachte ins Wohnzimmer zurück. »Es ist aus lauter alten Sachen zusammengestoppelt. Aber so ein Schlafzimmer ist ja quasi ein toter Raum.«

Dafür war das Kinderzimmer funkelnagelneu eingerichtet: ein riesiger Einbauschrank, ein in ein Wandelement integriertes Bett, Regale; alles von Alfons Gollob in »Eigenregie« angefertigt. Auf den Regalen Flugzeugmodelle, neben dem Bett eine Wandergitarre. Vor dem

Fenster ein Schreibtisch wie für einen Erwachsenen; der allerdings stammte aus einem Einrichtungshaus in Graz.

Sigi stand mit den Hausschuhen auf dem Bett, das mit einem strapazierfähigen Schottenmusterstoff überzogen war. Er reichte Karl von einem Regal ein Flugzeug herunter. Hermine Sonnleitner traute ihren Augen nicht: da stand doch der Bub glatt mit den Schuhen auf dem Bett!

Aus der Küche hörte man das Zischen von Wasserdampf.

»Der Kaffee blubbert schon! Los, Sigi, laß das jetzt liegen und stehen und hilf deiner Mutter beim Servieren!«

In der Kochnische, die vom Wohnzimmer durch einen geblümten Plastikvorhang getrennt war, drückte Franziska Gollob ihrem Sohn ein Tablett mit Ovomaltine und Kuchen in die Hand. »Und jetzt verzupft euch in dcin Zimmer!« Sie schob den Vorhang zur Seite, um Sigi mit dem Tablett durchzulassen. »Wir Damen möchten nämlich für eine Weile unsere Ruhe haben.«

Franziska Gollob und Hermine Sonnleitner hatten auf der Wohnzimmergarnitur aus schwarzem Skai Platz genommen; auf dem niedrigen Tisch standen Kaffee mit Schlagobers und Marmorkuchen. Hermine Sonnleitner bezeichnete sowohl den Kaffee als auch den Kuchen mehrmals als »ein Gedicht«.

»Wie ich höre, sind Sie mit der Frau Kotnik sehr gut befreundet«, ließ sich jetzt Franziska Gollob vernehmen.

»Befreundet ist vielleicht zuviel gesagt«, schränkte Hermine Sonnleitner ein. »Man trifft sich halt hin und wieder zu einem Schalerl Kaffee.« Sie konnte sich leicht denken, daß die einzigen Bekanntschaften, die sie »bis dato« gepflegt hatte – nämlich die mit Gertrude Kotnik und die mit Maria Zach –, nicht gerade eine besondere Empfehlung für ihren neuen Bekanntenkreis darstellten. Auf gar keinen Fall wollte sie deswegen bei Franziska Gollob in Mißkredit graten.

»Und ich habe geglaubt, sie wären wunder wie dick miteinander.«

»Keine Spur. Sicher: ich kenn die Frau Kotnik schon seit einer Ewigkeit. Seit der Geburt unserer Kinder. Wir sind im Krankenhaus im selben Zimmer gelegen. Die Inge und der Karli haben am selben Tag Geburtstag.«

»Was sagen sie übrigens zum Tod ihres Mannes?«

»Eine Tragödie. Furchtbar, was im Leben so alles daherkommen kann . . . Gott sei Dank ist die Inge noch zu jung, um das richtig zu verstehen.«

»Aber die Inge wird älter. Das Eine können Sie mir glauben, Frau Sonnleitner: jedes Kind kommt einmal in das Alter, in dem es Dinge beschäftigen, mit denen es nur zum Vater gehen kann.«

Hermine Sonnleitner nahm einen Schluck Kaffee. »Bevor ich von zu Hause weggegangen bin«, sagte sie ablenkend und stellte das Zwiebelmusterporzellan vorsichtig auf den Tisch zurück, »da hab ich mir noch gedacht: in der Haut von der Frau Kotnik möcht ich jetzt auf keinen Fall stecken.«

»Das kann man wohl sagen.« Franziska Gollob nahm ihrerseits einen Schluck von dem Kaffee. »Unter uns gesagt, Frau Sonnleitner: zu beneiden war der arme Mann – selig soll er ruhen! – an der Seite dieser Frau sicherlich nicht. Die ist im ganzen Eisenbahner-Bau bekannt wie ein bunter Hund. Sie soll eine Zange allerersten Ranges sein.«

»Ich will mir nicht die Zunge verbrennen, Frau Gollob. Denn wenn ich böses Blut machen wollte, könnte ich

Ihnen Sachen erzählen, da würden Ihnen die Augen übergehen. Aber nichts liegt mir ferner als schmutzige Wäsche zu waschen.«

»Gut, ich kenne die Frau Kotnik nur vom Sehen. Die Leute reden halt.«

»Es ist kein leichtes Auskommen mit ihr, das stimmt. Wenn sie ihren kritischen Tag hat, hält man am besten seinen Mund und denkt sich seinen Teil. Es hat halt ein jeder so seine Mucken.«

»Schön und gut. Aber wenn diese Mucken so weit gehen, daß diese Frau ihr Kind wegen jeder Kleinigkeit halb tot prügelt . . .«

»In ihrem Jähzorn kann die Frau Kotnik wirklich äußerst unangenehm werden. Die Wut reagiert sie dann an der Inge ab, die ja meist in Reichweite ist. Wenn ich denke, wie oft ich ihr schon in den Arm gefallen bin, um das Kind in Schutz zu nehmen . . .«

»Ich frage Sie, Frau Sonnleitner: Was kann denn ein Kind für die Launen seiner Eltern? Natürlich bekommt auch der Sigi oft eine gezischt, daß ihm Hören und Sehen vergeht. Manchmal, da kocht es in mir, und ich glaube, ich muß ihn an die Wand picken. Aber da kann ich mich eisern beherrschen . . .«

»Um Gottes Willen, Frau Ingenieur! Genug, genug, ich kann sonst nicht schlafen!«

Franziska Gollob hatte ihrem Gast den letzten Rest Kaffee eingegossen. »Ausnahmsweise, Frau Professor. Wir treffen uns schließlich nicht jeden Tag.« Sie reichte Hermine Sonnleitner das Preßkristall-Tablett mit dem Marmorkuchen. »Und der Kuchen muß auch noch weg. Ich kann ihn mir ja nicht aufselchen.«

»Mit Übermacht, nur mit Übermacht, Frau Ingenieur.« Hermine Sonnleitner nahm sich »ein Stückerl«

vom Tablett und legte es auf ihren Teller, wo sie es geziert entzweibrach. »Was wohl unsere Kinder machen! Die sind so still; man hört sie überhaupt nicht. Hoffentlich stellen sie nichts an.«

»Keine Sorge. Der Sigi wird dem Karli seine ganzen Schätze zeigen. Er hat so einen Haufen Spielsachen, daß sie damit für Stunden beschäftigt sind.«

»Der Sigi kommt mir für sein Alter überhaupt sehr vernünftig vor.«

»Ich glaube auch, daß er das ist. Mein Mann gibt sich auch sehr viel mit ihm ab.«

»Dazu hat meiner leider wenig Zeit. Wenn der nach Hause kommt, liegt der Bub meist schon im Bett.«

»Auf mich macht der Karli einen ausgesprochen ruhigen und stillen Eindruck.«

»Da haben Sie wohl recht. Dem muß man jedes Wort wie einen Wurm aus der Nase ziehen. Er ist sehr in sich gekehrt. Da geht er ganz nach mir. Ich war in seinem Alter genauso.«

»Das ist immer noch besser als das Gegenteil.«

»Na und ob. Wenn ich an den Konrad denke – den Konrad Zach, na, ich sag Ihnen, das ist so ein richtiges Quecksilber . . . und derart verspielt . . .«

»Die Mutter von dem Konrad . . .?« Franziska Gollob dachte einen Augenblick lang angestrengt nach, »das ist doch die Frau des Friseurs, hab ich nicht recht?«

»Genau.«

»Wissen Sie, mein Mann geht zu ihm Haareschneiden, weil er ihn vom Fußballplatz her kennt. Die beiden sollen ja eine ganz komische Ehe führen; er verbringt die meiste Zeit auf dem Sportplatz, und sie ist angeblich im Städtischen Gesangsverein. Er ist doch ein einfacher Mensch. Ein Arbeiter eben. Und sie? Ich habe den

Eindruck, sie ist ein bißchen hochtrabend?«

»Ach, ich kenn sie eigentlich nur vom Spazierengehen. Jetzt wo die Kinder in getrennten Klassen sind, seh ich sie kaum mehr. Dazu sind unsere Interessen zu verschieden. Sie geht viel ins Konzert. Singt selber mit, bei den Oratorien. Alt, glaube ich, oder Sopran? Ich kenn mich da ehrlich gestanden nicht so genau aus. Sie fährt sogar nach Graz in die Oper.«

»Daß es das trägt? Bei seinem Einkommen?« Franziska Gollob konnte nur ungläubig den Kopf schütteln.

»Ich frag mich auch oft, wie die das machen.«

»Wie dem auch sei: das ist halt ein bißchen zu hoch für uns, gelt, Frau Professor?«

Hermine Sonnleitner schaute Franziska Gollob fragend an.

»Ich meine, ich höre auch gern hin und wieder gute Musik; eine beschwingte Operette zum Beispiel . . .«

»Ah, jetzt verstehe ich. Da bin ich einen Moment auf der Leitung gestanden. Ja natürlich . . .«

» . . . aber die klassische Musik, geschweige denn eine Oper, verstehen . . . so richtig verstehen . . . sicher, wenn man sich enorm konzentriert . . .«

»Hauptsache, die Frau Zach versteht sie.«

Franziska Gollob verschluckte sich fast an ihrem Kaffee. Sie mußte laut herauslachen. Hermine Sonnleitner wurde vom Lachen Franziska Gollobs angesteckt. Sie war selbst erstaunt über die Schlagfertigkeit, die sie soeben an den Tag gelegt hatte. Es dauerte eine ganze Weile, bis sich die Damen wieder beruhigt hatten.

»Es muß halt ein jeder nach seiner Façon glücklich werden. Hab ich nicht recht, Frau Professor?«

Dem konnte Hermine Sonnleitner nur beipflichten.

Es trat eine Pause im Gespräch ein. Ein paar Sekunden

lang hing jede der Frauen ihren eigenen Gedanken nach.

»So, Frau Ingenieur, ich glaube . . .« Hermine Sonnleitner richtete sich im Fauteuil auf.

»Sie werden doch nicht schon gehen wollen, Frau Professor?«

»Oh doch. Ich muß. So leid es mir tut. Mein Mann kommt heute etwas früher.«

»Zu schade. Ich habe schon lange nicht mehr einen so reizenden Nachmittag erlebt . . . aber in Bruck kann man sich ja Gott sei Dank nicht aus den Augen verlieren.«

Franziska Gollob hatte den Arm um Sigis Schulter gelegt. Mutter und Sohn standen in der Wohnzimmertür und schauten Hermine Sonnleitner zu, wie die im Vorzimmer Karl den Schal um den Hals legte, die Kappe aufsetzte, ihm den Mantel anzog.

»Bei diesem heimtückischen Wetter kann man nicht genug aufpassen«, erklärte Hermine Sonnleitner die Tatsache, daß sie Karl wie einen Waldesel anzog.

»Aber, aber, Frau Professor, da darf man nicht so zimperlich sein.«

Sigi legte mit einer altklugen Gebärde seinen Arm um die Hüften seiner Mutter und lehnte sich an sie.

»Mein Mann«, fuhr Franziska Gollob fort, »fährt mit unserem Buben auch im Winter jede Woche ein-, zweimal schwimmen, hinüber nach Kapfenberg ins Hallenbad. Beim Heimgehen gehts immer schnell schnell, weil diese Wasserratten die Badezeit bis zur letzten Minute ausnutzen; und dann bleibt keine Zeit zum Föhnen. Der Sigi kommt oft mit waschelnassen Haaren nach Hause . . .« Franziska Gollob fuhr ihrem Sohn mit der Hand durch die Stoppelfrisur. »Sag einmal Sigi: hast du dich schon jemals verkühlt?«

Sigi schüttelte den Kopf.

»Wie Sie sehen, schaut der Sigi aus wie das Leben. Er ist pumperlgesund.«

»Ich bin da trotzdem lieber vorsichtiger.« Hermine Sonnleitner knöpfte Karl den Mantel zu.

»Ehrlich gestanden, Frau Sonnleitner, ich auch. Aber mein Mann steht auf dem Standpunkt, daß ein Kind auf keinen Fall verweichlicht werden darf. Und ein Bub muß besonders hart erzogen werden. ›Hart aber gerecht‹ ist seine Devise. Vom Drei-Meter-Brett muß der Sigi köpfeln wie ein Großer. Ob er will oder nicht: er muß einfach ... wie sagt dein Vater immer?« Franziska Gollob wartete offensichtlich darauf, daß Sigi eine bestimmte Antwort gäbe.

Sigi sagte gar nichts.

»Ein Indianer kennt keinen –«

Es läutete.

Franziska Gollob ging öffnen.

»Servus, Frau!« Da stand Alfons Gollob.

»Servus, Mann!«

Alfons Gollob ging geradewegs auf Hermine Sonnleitner zu. Er fixierte sie mit einem Blick aus seinen kugelrunden, blaßblauen Augen, von dem er glaubte, er mache ihn unwiderstehlich.

»Ich darf dir meine neue Bekannte vorstellen ...«

Alfons Gollob hatte bereits die Hacken zusammengeschlagen.

» ... die Frau Professor Sonnleitner.«

Er verbeugte sich. »Küß die Hand, gnädige Frau.«

Hermine Sonnleitner sah auf den Mann hinunter, der vor ihr einen Buckel machte. Sie war enttäuscht. Von Alfons Gollob hatte sie sich ein anderes Bild gemacht: groß, schlank ... Jetzt, als er aufrecht vor ihr stand, bemerkte sie, daß er nur um ein paar Zentimeter größer war als sie selbst und ein ganzes Stück kleiner als seine Frau; außerdem war er ziemlich korpulent.

»Ich hoffe, du hast der Frau Professor eine Kostprobe aus meinem Medizinschrank angeboten?« Alfons Gollob hatte diese Frage an seine Frau gerichtet, ohne auch nur für eine Sekunde den Blick von Hermine Sonnleitner abzuwenden.

»Aber Alfi, du weißt doch genau, daß ich meinen Damen nie alkoholische Sachen kredenze.«

»Dann darf also ich Sie vielleicht noch zu einem Gläschen Kognak überreden?« Er senkte seinen Blick noch ein wenig tiefer in die erstaunten Augen seines Gegenüber.

»Alfi, du siehst doch . . .«

»Schweig, Frau!«

Franziska Gollob war verstummt. Nur ihre Augen funkelten den Gatten an.

Hermine Sonnleitner riß sich aus ihrer Erstarrung. »Ein andermal vielleicht, Herr Ingenieur . . . heute wirklich nicht mehr . . .« Sie nahm Karl an der Hand. »Also dann . . .«

Während die Frauen im Begriff waren, sich voneinander zu verabschieden, begann Alfons Gollob sich demonstrativ spielerisch mit Sigi zu balgen. Mit einem raschen Griff nahm der Vater den Sohn in den Schwitzkasten, hob ihn aus; Sigi hing in der Luft, sein Kopf war krebsrot.

Franziska Gollob war es höchst peinlich, wie sich ihr Mann vor ihrer Bekannten produzierte. Sie lief fast so rot an wie ihr Kind. »Also Alfi! Ich bitte dich! So laß doch das arme Kind los! Sei doch nicht immer so grob!« Nur mit Mühe konnte sie den Zorn in ihrer Stimme dämpfen.

Alfons Gollob löste den Griff.

Sigi kämpfte mit den Tränen.

»Du wirst doch jetzt vor deinem Freund nicht losheulen.«

Alfons Gollob gab Sigi mit der Faust einen freundschaftlichen Stoß. »Wie lautet unser Wahlspruch?«

Sigi wischte sich die Tränen aus den Augen.

»Na los: sag der Frau Professor unseren Wahlspruch!«

Sigi zwang sich ein Lächeln ab. »Ein Indianer kennt keinen Schmerz.«

»Na also.« Alfons Gollob legte seine Hand auf Sigis Kopf. Mit einer Drehung der Hand stellte er Sigi vor Hermine Sonnleitner hin; er solle sich jetzt schön verabschieden. Während der allgemeinen Verabschiedungszeremonie ruhte Alfons Gollobs gespreizte Hand, deren pechschwarze Trauerränder Hermine Sonnleitner in die Augen stachen, unerschütterlich in Sigis Stoppelfrisur.

Mit Herzklopfen probierte Hermine Sonnleitner, ob der Schlüssel steckte. Er steckte. Ihr Mann war also schon zu Hause. Da würde sie wieder ihr Sanctus kriegen! Auf ihr Klingeln öffnete Johann Sonnleitner. Er war abgespannt wie immer, schien ansonsten aber relativ zugänglich zu sein. Hermine Sonnleitner fiel ein Stein vom Herzen. Sie beeilte sich, das Kartoffelgulasch aufzuwärmen. In »Null komma Josef« werde es auf dem Tisch stehen; es sei mittags schon prima gewesen, und aufgewärmt schmecke es noch besser.

Johann Sonnleitner hatte mit keinem Wort gefragt, wo seine Frau denn mit Karl gewesen sei. Und Hermine Sonnleitner hatte es sich im Laufe der Zeit angewöhnt, ihrem Mann nur mehr »das Zehnte« zu erzählen, da er in seinen Tobsuchtsanfällen alles umdrehte und ihr aufs

Gemeinste vorhielt. Doch nun, als er so friedlich am Küchentisch saß und mit sichtlichem Appetit das Gulasch verzehrte, kam sie unwillkürlich auf den Besuch zu sprechen, den sie heute gemacht hatte. Franziska Gollob heiße die Dame; sie sei eine »ausgesprochen reizende Person«. Ihr Mann sei Ingenieur in der Papierfabrik.

Hermine Sonnleitner hatte die Hoffnung nicht ganz aufgegeben, ihren Mann eines Tages vielleicht doch zu ein wenig gesellschaftlichem Umgang bewegen zu können: hin und wieder Gäste einzuladen, um mit ihnen gemeinsam Karten zu spielen . . . Gertrude Kotnik und Maria Zach hatte sie da gar nicht aufs Tablett zu bringen gewagt; deren Männer hätten ihrem Gatten zu wenig geistigen Widerpart geboten. Aber wer weiß: wenn sie ihm Alfons Gollob richtig schmackhaft machte?

Wo er denn studiert habe, der Herr Ingenieur, wollte Johann Sonnleitner wissen.

Dieses Thema hätten sie nicht angeschnitten. Sie vermute aber, daß Alfons Gollob kein Diplom-Ingenieur, sondern nur ein Fachschul-Ingenieur sei, jedoch in einer enorm verantwortungsvollen Position mit »weißichwievielen« Leuten unter sich, er sei faktisch die rechte Hand des –

»Ein Schmalspuringenieur also!« Johann Sonnleitner grinste übers ganze Gesicht. Damit war für ihn das Thema Gollob ein für alle Male erledigt.

8

Gegen Ende Mai des Jahres 1959 war die Hitze zwischen den Häusern in der Stadt sehr groß, und es war eine Stille in den Straßen, die die Hitze noch unerträglicher zu machen schien. Karl rollte mit dem Fahrrad auf dem goldgelben, eingewalzten Schotter der Weinberger-Straße dahin. Hier, zwischen den Gärten, in denen die Villen und Einfamilienhäuser der Brucker Bürger stehen, war hin und wieder ein leiser Windhauch zu spüren; ein Windhauch, der den Geruch des nahen, regungslos in der glühenden Sonne stehenden Mischwaldes des Krekker herantrug. In der brütenden Hitze erzeugten die Reifen auf dem eingewalzten Schotter ein beständiges, beruhigendes Geräusch. Das plötzliche Zirpen einer einzelnen Grille schmerzte beinahe im Kopf. Karl fuhr hinein in den Schatten, den ausladende Bäume auf die Straße warfen. Er kam aus dem dunklen Schatten heraus, und die Sonne knallte mit unvermittelter Heftigkeit auf seine nackten Arme. Er hörte hinter sich einen herannahenden Lkw, bog von der Straße ab, und hielt in der Einfahrt einer Gärtnerei an, um das Fahrzeug vorbeizulassen. Fast über die gesamte Straßenbreite eine braune Flüssigkeit versprühend, näherte sich der Spritzwagen der Stadtgemeinde.

Damals waren nur die Überlandstraßen und die wichtigsten Straßen im Stadtzentrum asphaltiert. Alle anderen Straßen wurden geschottert, der Schotter eingewalzt. Um die Straßendecke zu festigen und die Staubentwicklung zu unterbinden, wurden diese Straßen ein- oder zweimal in der Woche mit einer kaffeebraunen, manchmal noch warmen Lauge besprüht, die ein Abfallprodukt der Mürztaler Papierfabrik AG war.

Der Spritzwagen hatte Karl kaum passiert, als er sich aufs Rad schwang, um ihm in einigem Abstand zu folgen. Der scharfe Geruch der Lauge drang ihm in die Nase; er mochte diesen Geruch. Er fuhr einen schwungvollen Slalom zwischen den braunen Pfützen. Je schneller er fuhr, desto lauter wurde das klingende Geräusch, das die feinen Stahlsplitter verursachten, die von den nassen Reifen gegen die Innenseite der Kotflügel geschleudert wurden; seine nackten Waden stach der Splitt wie feine Nadeln.

Das Einfahrtstor zu Anton Auers Haus, das am Ende der Weinberger-Straße stand, war sperrangelweit offen. Karl gab ein Handzeichen und fuhr in den Hof hinein. Er bremste vor der separaten Eingangstür seiner Großmutter; er lehnte das Rad an die Wand. Im Hof standen die Malerutensilien herum, als seien sie schon längere Zeit nicht benützt worden. Keine Menschenseele war zu sehen.

Karl machte fast jeden Tag einen Sprung bei seiner Großmutter vorbei. Er hing an dieser Frau, deren Aussehen – vor allem bestimmt durch überaus dichtes, schlohweißes Haar – sich für ihn ebensowenig zu verändern schien, wie ihre stets gleichbleibende Güte. Er saß eine Weile auf ihrem Bett, das ein Kopf- und ein Fußende aus einem Messinggestell hatte und sah zu, wie sie mit sparsamen Bewegungen die verschiedenen Arbeiten im Haushalt erledigte. Dann stellte sie ihm Kuchen und Kakao auf den mit einem karierten Plastiktischtuch bespannten Eßtisch. Die wenigen Worte, die sie an ihn richtete, sagte sie mit einer sehr leisen Stimme, was in ihrer Furcht begründet war, aus Schwerhörigkeit zu laut zu sprechen; man mußte ihr deshalb vieles von den Augen ablesen.

Bei seiner Großmutter fühlte sich Karl geborgen; sie war die einzige erwachsene Person, in deren Nähe er nicht dem Zwang zu unterliegen brauchte, der von den ihm unverständlichen Regeln ausging, die die übrige Erwachsenenwelt für ihn erstellte. Die Großmutter überrumpelte ihn niemals mit Fragen, die er nicht beantworten konnte; sie brachte ihn nie in Verlegenheit, indem sie Erwartungen in ihn setzte, die er nicht imstande war zu erfüllen. Sie war in ihrem Zimmer zugegen, wann immer er sie besuchen kam; und ohne das geringste Aufheben darüber zu machen, war sie einfach gut zu ihm.

Sigi Gollob riß die Beine in die Höhe, sackte gleichzeitig im Sattel ein; aus Ungeschicklichkeit pflügte er mit dem Fahrrad mitten durch eine Pfütze. Er fuhr schon eine ganze Weile in der Weinberger-Straße auf und ab, in der Hoffnung, Karl zu treffen. Aus Erfahrung wußte er, daß dieser früher oder später hier auftauchen würde. Es gelang ihm kaum, mit Karl in der Schule etwas Fixes für den Nachmittag auszumachen. Karl wich immer aus: er wisse nicht, ob er weg dürfe; es könne sein, daß er seiner Mutter bei diesem oder jenem helfen müsse ... Vor der Einfahrt des Malermeisters stieg Sigi auf den Rücktritt. Tatsächlich stand jetzt im Hof, an die Hausmauer gelehnt, Karls schwarzes Sportrad. Um sich die Zeit zu vertreiben, und damit er seinen Freund ja nicht verpasse, versuchte Sigi nun auf der Straße, direkt vor dem Haus, so kleine Kreise wie möglich zu fahren, ohne dabei mit dem Fuß den Boden zu berühren. Diese Übung brachte ihn fast ununterbrochen in Sturzgefahr. Er konnte die Stürze nur dadurch abwenden, daß er einmal den linken, einmal den rechten Fuß auf den Boden stellte. – Ein wenig später fuhren Karl und Sigi im Schrittempo zunächst am Stadtkino vorbei, an dem in einer langen Reihe von Schaukästen die Kinobilder für den ganzen Monat aushingen. »Rendezvous am Wolfgangsee«: Während Karl noch Mühe hatte, für sich selbst dieses erste, ihm völlig unbekannte Wort des Filmtitels zu buchstabieren, las Sigi laut den Titel ab, wobei er mit der größten Leichtigkeit dieses komplizierte Wort ganz anders aussprach als es da geschrieben stand. Einen Augenblick lang empfand Karl, wegen seiner ihm so klipp und klar vor Augen geführten Unwissenheit, schmerzhaft ein Gefühl, als sei er getrennt vom Leben der anderen; aus einem Reflex heraus lenkte er vom Trottoir weg, trat kräftig in die Pedale. Sigi hatte Mühe, mit seinem roten, funkelnagelneuen Drei-Gang-Rad zu folgen. Solange sie im Stadtgebiet waren, hielt sich Sigi dicht hinter Karl. Als sie die Oberdorfer-Straße erreicht hatten, verlangsamte Karl das Tempo und sie fuhren auf dieser breiten, weniger befahrenen Straße nebeneinander her.

Das Radfahren bereitete Karl ein besonderes Vergnügen; ein Vergnügen, das er indirekt Sigi verdankte. Alfons Gollob hatte nämlich seinem Sohn zu Ostern den »letzten Schrei auf dem Fahrradsektor« – ein Jugendsportrad mit einer Drei-Gang-Nabe – geschenkt. Hermine Sonnleitner hatte diese Tatsache ihrem Mann gegenüber erwähnt und beiläufig gemeint, wie »generös« der Herr Ingenieur doch sei. In einem jähen Anfall von Großmut hatte Johann Sonnleitner seiner Frau sofort Geld gegeben: sie möge für den Karli auch ein solches Fahrrad besorgen; sein Sohn solle dem Sigi in keiner Weise nachstehen. Das Geld hatte zwar nicht für ein Drei-Gang-Rad gereicht, wohl aber für ein gebrauchtes, schwarz lackiertes Tourenrad, mit dem Karl zufrieden war. Daß das Rad keine Gangschaltung besaß, spielte im übrigen gar keine Rolle, da Karl durch seine äußerst geschickte Fahrweise Sigis Vorteil des besseren Rades bei weitem wettmachte.

Die Jungen hatten jetzt den Paula-Hof erreicht, einen verwahrlosten Gutshof, dessen gelber Verputz abbröckelte und dessen hohe Bogenfenster meist mit dunkelgrünen Balken verschlossen waren. Die auf dem Anwesen stehenden Kastanienbäume waren so riesig, daß sie auch noch die vorbeiführende Straße beschatteten: rechter Hand zweigte ein Weg ab, hinein in das Urgental (von dem aus man auf das Madereck gelangen konnte); links ging es den steilen, granitstöckelgepflasterten E-Werkhügel hinunter zum Kanal, wo man über eine Brücke auf die Mur-Insel kam; geradeaus führte eine Landstraße in sanft geschwungenen Kurven nach Oberndorf und von dort weiter nach St. Dionysen.

An manchen Tagen fuhren Karl und Sigi nach links. Dann ließ sich Karl – sehr rasch eine immer höhere Geschwindigkeit erreichend – den E-Werkhügel hinab. Ganz unten, kurz vor der Einfahrt zur Brücke, war der Straßenboden gewellt, und es prellte ihm bei diesem Tempo beinahe die Lenkstange aus den Händen. Karl ließ das Rad jenseits des Kanals auf dem mit einer feinen schwarzen Schlacke bedeckten Weg auslaufen; der Wind sauste ihm um die Ohren. Er drehte sich zu Sigi um, und der bremste gerade zaghaft, um bei der Einfahrt zur Brücke nicht zu stürzen. Auf der Mur-Insel fuhren sie zwischen den Müllhalden herum, fingen in den Tümpeln, die sich aus dem Grundwasser der Mur bildeten, Molche. Das Wasser in den Tümpeln war schon nach kurzer Sonnenbestrahlung lauwarm; unter der Wasseroberfläche waren die Hände, die bei der Jagd nach den Molchen mit unendlicher Behutsamkeit bewegt werden mußten, groß und schwammig.

An diesem Tag fuhren die beiden geradeaus in Richtung Oberndorf auf jener schmalen Landstraße, deren linker Rand mit einer dichten Reihe von Akazienbäumen bepflanzt ist, die eine natürliche Begrenzung bildet gegen die Böschung, welche dahinter zwanzig Meter tief in die Ebene des Kanals abfällt. Durch das Gewirr von Blättern, Ästen und den dünnen, grobrindigen Stämmen der Akazien hindurch, schimmerte dunkel und gleichsam statisch das schnurgerade Band des Kanals. Der etwa einen Kilometer lange Kanal schneidet den um vieles längeren Bogen der Mur ab; das vom Wasser umschlossene Land wird die Mur-Insel genannt. Mit dem Rad ist es vom Paula-Hof nach Oberndorf ein Katzensprung. Oberndorf ist lediglich ein Gehöft mit einem Wirtshaus, das nur an Sonntagen offenhält. Unmittelbar hinter Oberndorf senkt sich die Straße in einer langen Gerade bis auf das Niveau der Mur.

Mit großem Schwung erreichte Karl jenen tiefsten Punkt und brauste mitten hinein in einen Mückenschwarm, der hier an der Nähe des Wassers tanzte. Er kniff die Augen zusammen und spürte die Mücken in seinen Augen, die sofort zu tränen begannen. Irgendwie brachte er das Rad am Straßenrand zum Stehen. Sigi, der wesentlich langsamer unterwegs gewesen war, konnte dem Mückenschwarm leicht ausweichen. Er hielt neben Karl, zog ein Taschentuch aus dem Hosensack. Als er die krampfhaft geschlossenen Augenlider seines Freundes berührte, zuckte dieser zurück. Schließlich ließ Karl es aber doch zu, daß ihm Sigi mit dem Zipfel seines Taschentuches die Mücken aus den Augenwinkeln wischte.

In dem um diese Tageszeit gänzlich leeren Gastgarten des Landgasthauses Zirbisegger in St. Dionysen, leisteten sie sich mit dem »Fünfer«, den die Großmutter Karl beim Weggehen zugesteckt hatte, ein Hanna-Perle. Danach fuhren sie ein Stück in den Kotz-Graben hinein, bis zu jenem stillgelegten Sägewerk, das auf Karl eine geradezu magische Anziehungskraft ausübte. Im Sägewerk war es dunkel, ausgestorben. Es dauerte eine Weile, bis sich Karls Augen an das Dämmerlicht gewöhnt hatten. Er stieg über morsche Bretter, balancierte über noch intakte, massive Balken; er zerstocherte Spinnweben, ergriff liegengelassenes Werkzeug, entriß es förmlich der dicken, hellen Staubschicht, die auf allem lastete; dunkel, fast schwarz waren die Stellen, mit scharfen Konturen, wo diese Gegenstände wer weiß wie lange unberührt gelegen waren. In dieser Düsternis war ein kleines, scheibenloses Fenster ein helles Viereck; in ihm bewegten sich die von der Sonne beschienenen, lichtgrünen Blätter eines Ahorns. Als Karl nach geraumer Zeit hinaus ins Freie trat, empfing ihn die Natur mit einer Intensität, daß er einen Augenblick lang wie betäubt dastand; erst als Sigi, der unten am Bach gewesen war, ihn anrief, nahm die Umwelt langsam wieder ihre gewohnte Gestalt an.

Das zweite Schuljahr im Realgymnasium neigte sich dem Ende zu. Das tägliche In-die-Schule-Gehen empfand Karl als lästig, der Unterricht ödete ihn an. Mit so vielen Klassen noch vor sich, konnte er sich das Leben nicht mehr anders vorstellen, als eine endlose Kette ereignisloser Schultage, unterbrochen nur von den glühenden Sommern in Kirchberg. Die Hemmungslosigkeit seiner Mitschüler – in den Pausen und in den Stunden der Lehrer, die nicht fähig waren, sich durchzusetzen, brach das reinste Chaos aus – und ihre gleichzeitige Anpassungsfähigkeit – bei den gefürchteten Professoren herrschte dann mit einem Male mustergültige Disziplin – befremdete ihn. Karl und Sigi, die auch in dieser Klasse nebeneinander saßen, beteiligten sich nie an den Raufereien in der Pause, noch daran, jenen Lehrer, der nach einer Schußverletzung eine Silberplatte im Kopf trug, in jeder seiner Stunden bis an den Rand des geistigen und körperlichen Zusammenbruches zu treiben. In den Unterrichtsstunden, in denen das gefahrlos geschehen konnte, schlugen sie unter der Bank den Atlas auf, entwarfen Routen von Expeditionen, die sie unternehmen würden, wenn sie einmal die Schule hinter sich gebracht hätten, rechneten aus, wieviel Wasser in die Wüste mitgeführt werden müßte. Während Karl ganz in dieses Spiel vertieft war, folgte Sigi doch immer mit einem Ohr dem Unterricht, zeigte nebenher auf; wurde er gefragt, kam prompt die richtige Antwort. Manchmal passierte es, daß Karl aufgerufen wurde: Der wurde erst blaß, dann zeichneten sich rote Flecken auf seinen Wangen ab – er wußte keine Antwort; im Klassenzimmer waren vereinzelte Lacher zu hören. Im großen und ganzen blieb Karl aber von solch überraschenden Fragen verschont. Haus- und Schularbeiten erledigte er zur

Zufriedenheit seiner Professoren. Er gab keinen Anlaß zu klagen. Und Johann Sonnleitner, der es sich nicht nehmen ließ, persönlich zu den Elternsprechtagen zu gehen, bekam nichts Negatives über seinen Sohn zu hören; Karl galt allgemein als ein stilles, ja verschlossenes, jedoch als ein außerordentlich gut erzogenes Kind.

Seit Anfang Juni die Städtische Brucker Schwimmschule geöffnet hatte, waren Karl und Sigi an jedem Nachmittag, an dem es nicht gerade in Strömen regnete, hier anzutreffen. Von seiner Wohnung am Koloman-Wallisch-Platz aus, brauchte Karl mit dem Rad nur durch die Schiffgasse bis zum Gösser-Bier-Depot zu fahren und dann den Mur-Kai entlang, an dessen Ende – am Zusammenfluß der Mürz in die Mur – das öffentliche Bad gelegen war.

Karl stieg aus dem olivgrünen Wasser »des Tiefen« – so wurde das Herrenbassin genannt. Er ging über die rauhe Betonfläche, die das Schwimmbecken umgab, zur Liegewiese. Er holte sich den Kamm aus seinen Badesachen, ging sich kämmen. Zwischen den grün gestrichenen Kabinen, die die viereckige Liegewiese säumten, hingen Spiegel. Im Spiegel kam Karl sein eigenes Gesicht gar nicht wie sein eigenes Gesicht vor: es war vom Chlorwasser so sauber gewaschen und kalt; um die Lippen herum war es blau, fast violett; seine Augen waren rot geädert. Karl hatte seinen Kamm wieder bei seinen Badesachen verstaut. Jetzt berührte er mit den Oberschenkeln die Liegepritsche: im ersten Moment waren die Bretter so siedend heiß, daß es ihm kalt den Rücken hinunter rieselte; im Nu wurden die Bretter angenehm warm. Er saß am Rande der erhöhten, über eine Treppe erreichbaren Liegepritsche und ließ die Beine runter baumeln. Von hier aus hatte er einen guten Überblick über die beiden Bassins und die Liegewiese; vor allem aber über das Herrenbassin, das direkt in seinem Gesichtsfeld lag. Gerade warf sich Sigi, der bei einem »Eckengangerl« mitmachte, mit lautem Aufklatschen ins dunkelgrüne Wasser. Er war bei diesem Abfangspiel unermüdlich. Karl war es unvorstellbar, wie es jemand solange im Wasser aushalten konnte, ohne dabei zu erfrieren. Sigi stand schon wieder am Beckenrand: mit seiner Körperfülle und seiner braunen, naßglänzenden Haut erinnerte er ihn an eine Seerobbe. Karl saß da, blinzelte in den glitzernden Wasserspiegel, ließ die Sonne auf sich einwirken. Auf der Innenseite seiner Oberschenkel bildeten sich blaßrote, blauumränderte Flecken. Es genügte, die Lage der Schenkel auf dem heißen Holz um ein paar Millimeter zu verändern, um erneut am Rücken jene wohligen, eiskalten Schauer zu spüren. Mädchen, die, mit hochgezogenen Schultern einen Schrei aussto-ßend, zur Seite sprangen, um den von einem satten Bauchfleck verursachten Wasserspritzern zu entgehen, streiften seine herabhängenden Beine.

Als Sigi endlich aus dem Wasser kam, drehten sie auf den heißen Plattensteinen, die rings um die Liegewiese als Zugang zu den Kabinen angelegt worden waren, ein paar Runden. Wenn die Steine zu heiß wurden, wichen sie in das gelbe, stachelige Gras der Wiese aus. Konrad Zach gesellte sich zu ihnen. Auf seinem Rücken prangte der feuerrote Abdruck einer Hans-Hass-Flosse; den hatte er dem älteren der Brüder Nikodim, der Konrad seit der Volksschule mit seinem Haß verfolgte, zu verdanken. Sigi watschelte als kleinster zwischen ihnen daher, ließ ungeschickt seine Badehaube um den Zeigefinger kreisen, redete unaufhörlich. Konrad gab keinen Ton von sich. Karl hörte Sigi geduldig und interessiert zu, warf manchmal etwas ein. Doch irgendwie hatte er ein Gefühl, als sei das Leben nicht Sigi und auch nicht Konrad und schon gar nicht die Leute, die da im Bad herumlagen, sondern als müsse das Leben ganz woanders sein.

Wenn am späten Nachmittag die Sonne hinter der Ruine Landskron verschwunden war, an deren Fuß sich die Städtische Schwimmschule befand, lag das Bad mit einem Mal in tiefem Schatten. Es kostete Karl eine große Überwindung, noch einmal in das nun fast menschenleere Bassin zu steigen, dessen Wasseroberfläche sich rasch geglättet hatte. Auch haßte er das anschließende Umkleiden: klatschnaß, mit tropfender Badehose auf den klitschigen Holzbrettern im diffusen Licht der Kabine ... Doch wenn er dann so durch und durch sauber, noch unterkühlt und auf eine angenehme Weise müde, auf seinem Fahrrad saß und spürte, wie ihn die Abendsonne beim Fahren langsam aufwärmte – dann hatte er genau jenen Zustand absoluten Wohlbefindens erreicht, den er sich herbeigewünscht, den er gleichsam angestrebt hatte. Beim Nachhausefahren machten Karl und Sigi einen Umweg über die Murvorstadt. Sie fuhren über die Murbrücke, und der Fluß war tatsächlich blutrot in der untergehenden Sonne. Am Bahnübergang in den Stadtwald legten sie Groschenstücke aus Aluminium auf die Schienen, die dann heiß und plattgewalzt unter den Güterzügen hervorsprangen.

Im Stiegenhaus begegnete Karl einem etwa gleichaltrigen, ihm unbekannten Mädchen. Als er ihm ausweichen wollte, wollte es ihm ebenfalls ausweichen: sie standen sich – beide rot bis über die Ohren – regungslos gegenüber. Schließlich senkte das Mädchen den Kopf, machte einen Schritt zur Seite, ging die Treppen hinunter. Zwei Stufen auf einmal nehmend, hastete Karl nach oben. Er stand eine ganze Weile vor der Wohnungstür, bis er draufkam, daß er ja läuten mußte, um eingelassen zu werden.

In dieser Nacht träumte Karl von einem Mädchen, das genauso aussah, wie jenes Mädchen aus dem Stiegenhaus; nur war es älter. Es trug einen sehr kurzen Rock. Es stieg in einen Zug, und der Rock schob sich höher, gab ein schlankes, nacktes Bein frei. Es war ein plötzlicher, heftiger Schmerz und gleichzeitig warm auf seinem Bauch, und Karl erwachte, und das Bild des Mädchens verblasste in der Schwärze, die ihn umgab. Die Pyjamahose klebte feucht auf seinem Bauch. Im Wieder-Einschlafen wälzte sich Karl vom Rücken auf den Bauch, als wolle er diesen nassen Fleck unter sich begraben. Als er am nächsten Morgen erwachte, fühlte sich die Hose dort, wo sie naß gewesen war, nur ein wenig steif an; Karl war erleichtert: seine Mutter, die die Wäsche wusch, würde nie erfahren, was ihm in der vergangenen Nacht zugestoßen war.

9

Karls Onkel, der praktische Arzt Dr. Ferdinand Auer, führte in Kirchberg ein den Rahmen der ländlichen Verhältnisse sprengendes, exzessives Leben. Es gab Zeiten, in denen er sich bis fast zur Bewußtlosigkeit betrank und täglich achtzig Zigaretten rauchte. Von einem Tag auf den anderen hörte er vorübergehend mit dem Rauchen auf und trank noch mehr. Oder er stoppte das Trinken und rauchte ununterbrochen. Seit Jahrzehnten war er bei keinem Zahnarzt mehr gewesen, und so waren seine Zähne nur noch schwarze Stummel. Er hatte eine Wunde am Bauch, die er, da sie ihm beim Zuwachsen immense Schmerzen bereitete, immer wieder aufstocherte; gegen die nässende Wunde trug er eine Bauchbinde. Dr. Auers große Schwäche waren die Frauen. Bei jeder Gelegenheit tätschelte er sie ab, ganz locker, als sei es unabsichtlich. In einem sorgsam versperrten Teil des Wohnzimmerschranks bewahrte er neben einer kostbaren »Enzyklopädie der Erotik« eine große Anzahl von Pornofilmen und -fotos auf, einschlägige Magazine, die damals Raritäten waren, alle möglichen Instrumente: z. B. blasbare Penisse mit Stacheln etc.

Als Arzt genoß Dr. Auer in dieser Gegend einen

ausgezeichneten Ruf. Er hatte sein Leben lang geschuftet und viel verdient, doch war ihm das Geld in den Händen zerronnen. Statt in einem komfortablen Eigenheim wohnte er völlig unstandesgemäß in Untermiete beim Gottlieb Brunner. Er besaß eine riesige Bibliothek, interessierte sich sehr für Geschichte. Als erster im Dorf legte er sich einen Fernsehapparat zu und eine Filmkamera mit allem Drum und Dran. Er war berühmt wegen seiner Gastfreundschaft und stand mit den Dorfbewohnern in gutem Einvernehmen. Trotzdem hatte er zu niemandem – schon gar nicht zu den anderen Honoratioren – einen wirklich engen Kontakt. Er kam sich den übrigen Einwohnern von Kirchberg immer irgendwie überlegen vor.

An einem Sonntagnachmittag im Sommer des Jahres 1959 ergab es sich, daß Erika, die ältere Tochter Ferdinand Auers, mit Karl und Manfred Brunner allein in der elterlichen Wohnung war. Wichtigtuerisch schaute sie nach, ob die Eingangstür wohl verriegelt sei, schloß zusätzlich auch noch die Wohnzimmertür von innen ab; wie wenn sie ihn herbeigezaubert hätte, hielt sie plötzlich einen Schlüssel in der Hand: zum ersten (und einzigen) Mal konnten sich die Kinder Zugang zu jenem versperrten Teil des Wohnzimmerschranks verschaffen. In fieberhafter Eile blätterten sie zunächst die zahlreichen Bände der Enzyklopädie durch. Beim Anblick der vielen nackten Leiber, die da auf den Hochglanzfotos vor seinen Augen vorbeiflirrten, wurde es Karl brühheiß. Die Stille im Raum wurde hin und wieder von der Stimme Manfred Brunners unterbrochen, der zu manchen dieser Bilder einen Kommentar abgab. Karl verstand zwar nicht den Sinn von Manfreds Worten; es klang aber genauso technisch als würde der irgendeine Verrichtung auf dem Hof erklären. Dann war da eine Schachtel mit einem Haufen braungetönter Fotos im Postkartenformat, die teilweise schon vergilbt waren. Von diesen Fotos, auf denen dicke, nackte Frauen mit viel Schminke im Gesicht auf Hockern posierten, ging ein intensiver, eigentümlicher Geruch nach Parfüm und längst vergangener Zeit aus. Zuunterst in der Schachtel stießen sie zu ihrer Überraschung auf eine ganze Serie von Fotos, die Tante Emma, Erikas Mutter, im Unterrock mit entblößter Brust zeigte; Fotos, auf denen Ferdinand Auer zusammen mit seiner Frau zu sehen war, beide kaum bekleidet, in unnatürlichen Stellungen, als seien sie bei der Ausübung von schwierigen Turnübungen erstarrt. In Karl hinterließen diese Fotos einen unauslöschlichen Eindruck. Sie schmälerten jedoch in keiner Weise die Zuneigung, die er schon immer für seinen Onkel gehabt hatte. Karl war von diesen Fotos nicht schockiert worden. Für ihn waren sie nicht mehr als eine aufregende Andeutung, daß es im Leben der Erwachsenen geheimnisvolle Bezirke geben mußte, die aus irgendwelchen Gründen den Kindern verschlossen blieben.

In diesem Sommer schloß sich Karl häufig Ferdinand Auer an, wenn er auf den umliegenden Gehöften seine Visiten abhielt. Dr. Auer, der, halb im Scherz, halb im Ernst, oft über seine »Weiberwirtschaft« daheim räsonierte, nahm Karl gern auf seine Fahrten über Land mit. Er, der selbst keinen Sohn hatte, hegte durchaus väterliche Gefühle für den Sohn seiner Schwester und fühlte sich auch dafür verantwortlich, daß man die Erziehung dieses Kindes soweit wie möglich günstig beeinflußte. Dr. Auer war von Haus aus gegen eine Verbindung seiner Schwester mit diesem »halblustigen Lehrer«

gewesen. Obwohl er von seiner eigenen Schwester auch nicht gerade die beste Meinung hatte – seiner Frau gegenüber pflegte er sie als »hysterische Kuh« und als »Giftzwerg« zu bezeichnen –, so hatte er doch eindringlich – aber im Grunde vergeblich – versucht, ihr die Heirat auszureden: damit sei weder ihr und schon gar nicht ihrem Kind gedient. Zu seinem Bedauern fand Dr. Auer seine trüben Prognosen für diese Ehe in der Zwischenzeit bestätigt. Daß unter den gegebenen Verhältnissen in erster Linie das Kind leidtragend war, lag für ihn auf der Hand.

Dr. Auer nahm Karl also unter die Fittiche, ohne ihn dabei auch nur im geringsten in seinen Freiheiten, die er in Kirchberg in vollen Zügen genoß, einzuengen. Wohl gerade deswegen wurde Karl im Laufe der Zeit immer anhänglicher, suchte immer häufiger den Kontakt zu seinem Onkel. Dieser Umstand mußte in Karls Elternhaus Auswirkungen gezeigt haben. Denn eines Tages kreuzte Johann Sonnleitner fuchsteufelswild in Dr. Auers Ordination auf: Was sich der »Herr Schwager« denn eigentlich einbilde, daß er ihm, einem erfahrenen Pädagogen, bei der Erziehung seines Sohnes ins Handwerk pfusche? Er solle zuerst einmal gefälligst darauf schauen, daß seine eigenen »Gören« nicht »total verluderten«. Noch ehe Dr. Auer etwas erwidern konnte, hatte Johann Sonnleitner die Ordination schon wieder verlassen. Ferdinand Auers Befürchtungen, daß Johann Sonnleitner Karl in Zukunft womöglich im Umgang mit ihm und seiner Familie Hindernisse in den Weg legen oder diesen gar ganz unterbinden werde, erfüllten sich nicht. Wie gewöhnlich tauchte Karl am nächsten Vormittag bei ihm in der Wohnung auf; er schien von dieser Szene überhaupt nichts zu wissen. Da sich dieser Vorfall weder wiederholte, noch ein ähnlicher ereignete, sah Ferdinand Auer keinen Grund, seinen Neffen nicht wie üblich auf seinen Fahrten mitzunehmen.

Während Dr. Auer den Krankenbesuch machte, trieb sich Karl in den Ställen oder sonst irgendwo im Hof herum. Nach der Visite saß man gewöhnlich noch ein wenig in der niedrigen Bauernstube zusammen. Am Eßtisch, auf dem Brotkrumen waren und verschüttete Milch, krochen große Fliegen herum; der Fliegenstreifen, der von der Stubenlampe hing, war ganz schwarz vor lauter Fliegen. Es roch nach Hühnerdreck, der auf dem Bretterboden zertreten war. Man setzte dem Doktor und Karl eine ordentliche Jause vor; und Karl bekam wie sein Onkel ein Glas Schnaps, wenngleich ein kleineres. Danach ging es weiter auf den schmalen, von Autos kaum befahrenen Straßen und Wegen in der hügeligen Landschaft der Oststeiermark.

Karl fuhr leidenschaftlich gern im Auto mit. Dabei war er meist recht gesprächig. Ferdinand Auer war der einzige Erwachsene, dem Karl sich beinahe frei von der Leber weg mitteilte. Dr. Auer besaß das richtige Gefühl dafür, mit dem Jungen umzugehen. Er zeigte immer ehrliches Interesse an dem, was sein Neffe sagte, er gab ihm recht oder brachte seine Einwände an. Auf keinen Fall belehrte er ihn von oben herab, wie Erwachsene eben Kinder und Halbwüchsige ständig zu belehren pflegen; Dr. Auer nahm seinen Neffen für voll. So verhemmt Karl im Umgang mit anderen Menschen auch war: allein in Gesellschaft mit seinem Onkel hatte er manchmal ein einzigartiges Gefühl: er glaubte vor Selbstbewußtsein zu bersten.

Je weiter hinaus in die umliegende Landschaft die Krankenbesuche Dr. Auer führten, desto lieber begleitete ihn Karl. An manchen Tagen brachen sie im Morgengrauen auf und kehrten erst bei Einbruch der Dunkelheit nach Kirchberg zurück. Binnen kurzem kannte Karl die Umgebung von Kirchberg besser als die Menschen, die dort aufgewachsen waren.

Es war einer der glücklichsten Momente in Karl Sonnleitners bisherigem Leben: zusammen mit Manfred Brunner hatte er den ganzen Tag in sengender Sonne beim Heuaufladen geholfen. Am späten Nachmittag, als es trotz eines drohenden Gewitters schon sicher war, daß man die Ernte glücklich einbringen werde, bedeutete ein Traktorführer Karl, er solle doch einmal auf den metallenen Sitzkorb des Fahrers klettern. Kaum saß er droben, da legte der Traktorführer den Kriechgang ein. Noch nie war sich Karl so gut vorgekommen: mutterseelenallein auf einem Traktor zu sitzen . . . und das Fahrzeug bewegte sich tatsächlich – im 2 km/h Tempo – dorthin, wo er es hinlenkte . . . Als Karl wieder auf ebener Erde stand, war er ganz schwindlig vor lauter Glück.

Kurze Zeit später befanden sich Karl und Manfred Brunner auf einem Feldweg zu Fuß unterwegs zurück ins Dorf. Als sie hinter sich das herannahende Motorengeräusch eines Traktors hörten, traten sie vom Weg ins abgeerntete Feld. Der Traktor, der einen hoch mit Heu beladenen Anhänger zog, wurde von einem Mann mittleren Alters gelenkt, den Karl nicht kannte. Neben ihm saß, auf einem der Kotflügel, der als Sitz diente, ein etwa zehnjähriges Mädchen. Das Mädchen hatte ein Gewand an, das ihm viel zu groß war und außerdem vor Schmutz starrte. Die Jungen grüßten die Leute.

»Wer war denn das?« fragte Karl, als sie ihren Weg fortsetzten.

»Das war der Pöschl mit seiner Tochter«, gab Manfred zur Antwort.

Nach der großen Hitze des Tages kam nun plötzlich ein kalter Wind auf; die ersten Regentropfen fielen.

Anna Pöschl hatte Karl Sonnleitner schon von weitem erkannt. Schließlich gab es kaum jemanden in Kirchberg, der die Professorenfamilie aus Bruck an der Mur nicht gekannt hätte. Als Karl, der mit dem Manfred Brunner am Wegrand stand, freundlich, aber doch mit einer merkwürdigen Zurückhaltung grüßte, empfand Anna zugleich Stolz *und* Scham. Einerseits kam sie sich gut vor, derart schmutzig zu sein von den Zehen bis zu den Haaren, andererseits war es ihr vor diesem Stadtmenschen doch ein bißchen unangenehm.

Anna Pöschls Eltern betrieben in Kirchberg eine Landwirtschaft von bescheidenem Ausmaß. Ihr Vater arbeitete nebenbei als Schmied. Als Mitte der fünfziger Jahre die ersten Sommergäste aus Wien in Kirchberg ankamen, richteten die Pöschls die zwei einzigen verfügbaren Zimmer als Fremdenzimmer her und vermieteten als Frühstückspension. Sie selbst stellten ihre Betten »ins Dach«.

Anna war im Jahre 1949 auf die Welt gekommen. Nach der Geburt hatte ihre Mutter den Wunsch getan, daß sie alle Krankheiten kriegen möge, die sonst ihre Tochter bekäme; in der Folgezeit kränkelte die Frau häufig, lag oft wochenlang im Spital. Als kleines Kind machte Anna einmal ihrer Mutter gegenüber die Bemerkung, daß sie ihren Vater lieber möge. Seit damals drängte die Mutter, daß sie doch zugeben solle, daß das nicht stimme, daß Anna sie ebenso gern, ja noch viel lieber habe . . . Anna war sicher, daß sich ihre Mutter für sie in Stücke reißen ließe. Trotzdem stieß sie deren fordernde Art ab. Manchmal stritten sich Mutter und Tochter mit einer solchen Heftigkeit, daß die Mutter in Ohnmacht fiel. In ihrem Jähzorn, und weil sie sich nicht anders zu helfen wußte, schlug die Mutter ihr Kind mit Brennesseln. Einmal sperrte sie es in eine Kammer auf den Dachboden. Anna hatte eine derartige Wut: sie glaubte, ihre Mutter umbringen zu müssen. Sie hatte ein Gefühl, als sei sie eiskalt und ersticke. Sie schwor sich, nie wieder aus der Kammer zu gehen und hier zu verhungern. Als ihre Mutter nach zehn Minuten die Tür aufmachte, weigerte sie sich, die Kammer zu verlassen. Der Mutter blieb nichts anderes übrig, als Anna vom Dachboden hinunterzutragen.

Mit umso größerer Liebe hing das Kind an seinem Vater; und es besaß sein ganzes Vertrauen. Anna hatte irgendwo gelesen, daß man Menschen an den Haaren aufheben kann; sie bat den Vater, das an ihr auszuprobieren. Die Mutter war dagegen, weil sie glaubte, ihrer Tochter würden bei dem Versuch alle Haare ausgerissen werden. Der Vater hingegen faßte ganz ruhig Annas Haare zusammen und hob das Kind auf.

Bei der Arbeit am Hof half Anna gerne mit. Morgens, vor der Schule, fütterte sie die Kühe; desgleichen am Abend. Manchmal kamen die Tiere ab: die Stiere traten alles um, und die Kühe und Kälber fraßen sich fast zu Tode. Sie hatten Blähungen, lagen im Futter mit einem Bauch, als seien sie aufgeblasen, und streckten alle Viere von sich. Anna lief zum Tierarzt, und der machte einen Stich in die Bäuche, damit die Luft wieder herauskam. Auf dem Hof war es Brauch, daß nach der Geburt eines Kalbes die Kuh als Belohnung Most mit Zucker und Brot bekam. Einmal war ein Kalb daran gewesen, langsam zu ersticken. Der Vater ging in die Küche, holte ein Messer und stach das Kalb ab. Anna hätte ihm nie zugetraut, daß er einfach in ein Kalb hineinstach. Obwohl sie einsah, daß ein schneller Tod für das Kalb besser gewesen war, konnte sie das ihrem Vater nie verzeihen; es war wie ein Riß in ihrem Glauben an ihn.

Bei der Feldarbeit mit dem Traktor kam es vor, daß durch den Mähbalken Tiere verletzt wurden; Fasanen wurden oftmals die Beine abgemäht. Einmal fand Anna ein junges Huhn ohne Beine, und sie hielt es in der Hand, und zwischen ihren Fingern rann das Blut heraus. Die verwundeten Tiere gaben niemals einen Laut von sich. Sie schauten nur, und Anna wußte nicht, was sie tun sollte.

Am liebsten half Anna bei der Heuarbeit mit, in der großen Hitze des Sommers. Und wie immer bei der Heuarbeit war bald ein Gewitter im Anzug; nachdem es sehr heiß gewesen war, kam plötzlich ein kalter Wind auf, und man mußte sich beeilen, um das Heu noch rechtzeitig einzubringen. Und wenn es zu regnen begann, lag Anna mit ihrem Vater im Heu und hörte auf den Regen, der über ihnen auf das blanke Ziegeldach des Stadels prasselte.

Es gab auch Hochwasser oder Hagel. Und diese kleinen Katastrophen versetzten die ländliche Welt in Aufruhr. Entweder war die ganze Ernte kaputt, oder das Obst hatte später, wenn es reif geworden war, Flecken und war nicht mehr schön.

10

Professor Dvorak kam mit Riesenschritten ins Klassenzimmer gestürmt. Er bewegte sich völlig lautlos auf dicken Kreppsohlen. Von seiner extrem abfallenden linken Schulter hing, ohne mitzuschwingen, unnatürlich regungslos der linke Arm herab. Aus einigen Metern Entfernung schmiß er den Katalog, den er in der rechten Hand gehalten hatte, auf das Katheder. Im Klassenzimmer war es so still, daß man eine Nadel hätte fallen hören. Er setzte sich, sagte »Setzen!« die Klasse setzte sich; Professor Dvorak nahm den eigens für ihn angefertigten Bankspiegel zur Hand. Alles hielt den Atem an. Karl duckte sich unwillkürlich, starrte nur noch auf den Rücken des Vordermannes. In höchster Panik war es sein einziger Gedanke, daß die Aufmerksamkeit des Lehrers doch über ihn hinweggehen möge, daß sie sich irgendwoanders hinrichte, auf einen anderen Schüler, überallhin, nur nicht auf ihn . . . Indes glaubte er schon zu hören, wie sein Name in die endlose Stille hineinfiel; diese Furcht war derart in seinem Gehirn konzentriert, daß sich ein Gefühl der Körperlosigkeit einstellte.

»Aschenbrenner!« sagte da die Stimme des Lehrers.

Karl erwachte wie aus einer Trance. Verwundert merkte er, wie er ganz schwer da auf seinem Stuhl saß. Er atmete unhörbar ein und dann aus. Er lehnte sich zurück, streckte die Beine unter dem Tisch vorsichtig aus.

In der ganzen Klasse war deutlich ein Nachlassen der allgemeinen Spannung zu spüren. Dennoch blieben die Schritte Aschenbrenners, der jetzt hinaus aufs Podium ging, das einzige Geräusch. Die erste Spannung war nur der zweiten gewichen: was nämlich, wenn Aschenbrenner keine Ahnung hatte von dem, was der Lehrer von ihm wissen wollte; oder was, wenn Dvorak es darauf anlegte, Aschenbrenner binnen weniger Sekunden mit einem »Nicht genügend« in die Bank zurückzujagen?

Professor Hans Dvorak war zum Beginn des neuen Schuljahres von Mürzzuschlag nach Bruck an der Mur versetzt worden. Vom ersten Tag an hatte er in den Klassen, die er in Englisch oder Latein unterrichtete, gewütet, daß den Schülern in seinen Stunden der Angstschweiß ausbrach. Hans Dvorak – von den Schülern mit Galgenhumor flott »Jimmy« genannt – war ein hagerer, windschief gebauter Mensch. In seinem blassen hohlwangigen Gesicht stand der Mund mit den trockenen aufgesprungenen Lippen immer offen, legte lange gelbe Schneidezähne frei. Man hatte den Eindruck, daß Dvorak ständig vor sich hingrinste; selbst beim Sprechen, bei dem er wild mit der rechten Hand gestikulierte, während die Linke reglos herabhing, war das Grinsen da. Tagaus, tagein trug er denselben, altmodisch gestreiften Anzug. In diesem Anzug, der ihm um den Körper schlotterte, als wolle er jeden Moment seine eigenen Wege gehen, bewegte er sich mit weit ausgreifenden Schritten durchs Schulgebäude wie ein geprügelter Hund, immer dicht an der Wand entlang. Während seine Lehrerkollegen in den Pausen das Konferenzzimmer aufsuchten, strich er durch die Gänge, scheuchte mit seinem Auftauchen die Kinder in die Klassenräume zurück . . . beim Gongschlag, der den Unterrichtsbeginn ankündigte, stürmte er – um nur ja keine Sekunde vom Unterricht zu verlieren – ins Klassenzimmer. Die schlagartig eintretende Stille setzte er als Selbstverständlichkeit voraus. Die Angst, die ihm entgegenschlug, bereitete ihm ein ungemeines Wohlbehagen; er war dann ganz in seinem Element; vor Erregung nagte er wie besessen an seiner ausgetrockneten Unterlippe. Er setzte sich an das Lehrerpult, blätterte hektisch in seinem roten Katalog. Er rief Namen auf, stellte blitzschnell Fragen, trug hämisch grinsend Noten ein. Oder er schlug überschwenglich elegant die Seiten um, um zu zeigen, welcher Genuß es für ihn war, Lehrer zu sein und damit die schrankenlose Macht über die ihm anvertrauten Schüler zu haben. Dann sprang er auf, schritt gestikulierend und sich immer mehr über irgend etwas ereifernd vor der Klasse auf und ab. Er war so gefesselt von seiner eigenen Rede, daß er gar nicht wahrnahm, wie er mit dem Ärmel in einer breiten Bahn die Kreide von der Tafel löschte. Die Augen der Schüler hingen fasziniert an dem wischenden Ärmel; doch niemand kam auf die Idee, schadenfroh zu lachen. So sehr in Fahrt konnte Dvorak nämlich gar nicht sein, daß er nicht mitten in einem Satz abbrach, um überfallartig eine Frage aus der Grammatik zu stellen. Manchmal ging es ihm einzig und allein darum, massenhaft Strafarbeiten auszuteilen. In dem Fall ließ er dem aufgerufenen Schüler nicht eine Sekunde Zeit, die gestellte Frage zu beantworten – schon rief er jemanden anderen auf; im Handumdrehen war die halbe Klasse dazu verdammt, diesen oder jenen Satz aus der Grammatik 250 mal oder nein, noch besser: gleich 500 mal zu schreiben. Dvorak geriet in eine wahre Raserei: eine

Frechheit sei es, eine Impertinenz sondergleichen, daß die If-Sätze noch immer nicht wie geschmiert gingen; er werde den Herrschaften schon nachhelfen, die werden schreiben, bis sie die Engel singen hören; und das Ganze sei nicht etwa bis zur nächsten Stunde, nein, gleich bis Morgen abzuliefern, und zwar während der großen Pause im ersten Stock . . . vor lauter Erregung schritt Dvorak da vor der Klasse auf dem Podium aus, als wolle er die Wände umrennen, machte jedoch jedesmal rechtzeitig eine ruckartige Kehrtwendung; er grinste berauscht in sich hinein: das mit dem ersten Stock und der großen Pause gefiel ihm besonders. Da würden sich die Herren nämlich mitten durch die zu der Zeit hier auf und ab promenierenden Mädchen hindurch zu ihm bemühen müssen. Angesichts dieser »Gänse« würde ihnen das natürlich besonders peinlich sein. Und das war ja auch Sinn und Zweck der Sache: daß sich diese »Drecklöffel« bis in den Boden hinein schämten, daß sie vor Scham vergingen . . . Am nächsten Tag standen die Betroffenen also in einer langen Reihe vor Dvorak an. Dvorak hatte sich auf dem Gang vorsorglich neben einem Papierkorb postiert. Er nahm sich Zeit, sehr viel Zeit, bei der Entgegennahme der Strafarbeiten. Jeden einzelnen Schüler fixierte er mit seinem stechenden Blick: ob er denn sicher sei, den Satz wohl wirklich 500mal geschrieben zu haben? Dazu immer wieder ein gehetzter, Aufmerksamkeit heischender Seitenblick zu den vorbeiwandelnden Mädchengruppen hin: Dvorak bereitete es ein sadistisches Vergnügen, die Jungen, von denen der eine oder andere mit Gewißheit in irgendeins der Mädchen verliebt war, vor deren Augen zu vergattern, sie niederzumachen, »auf Null« zu schrauben; selbst die größten Rowdies, die bei den Mädchen Ansehen hatten, weil sie auch ihnen gegenüber am frechsten waren, wurden vor ihm, Dvorak, *so* klein: sie standen nur da und wechselten ununterbrochen die Gesichtsfarbe; und die Mädchen schoben sich kichernd und tuschelnd an ihnen vorbei. Beinahe künstlerisch zerriß Dvorak dann einen Packen beschriebenen Papiers. Die Schnitzel schaukelten hinab in den Papierkorb. Dvorak sah schon gar nicht mehr hin. Freilich vergaß er nie, eine Stichprobe bei sich zu behalten, die er – so gab er vor – zu Hause genauestens überprüfen werde. Diese Drohung allein genügte, daß die Kinder ganze Nachmittage lang und oft bis in den Abend hinein daheimsaßen und mit einer ohnmächtigen Wut und krachenden Fingern schrieben, bis sie den letzten Satz zu Papier gebracht hatten.

Am Beginn der dritten Klasse wendete sich auf jeden Fall das Blatt zuungunsten der Schüler. Nicht nur wegen Dvorak. Die Lehrpersonen waren überhaupt zum größten Teil ausgewechselt worden, denn viele Lehrkräfte durften ein Nebenfach, zum Beispiel die »Kleine Geschichte«, nur in den ersten beiden Klassen unterrichten. Latein war als »tote Fremdsprache« hinzugekommen. Die neuen Professoren wurden nicht müde darauf hinzuweisen, daß sich die Schüler ab nun »ja keinen falschen Illusionen hingeben« dürften; daß bereits in der Dritten mit allem Nachdruck begonnen werde, »die Spreu vom Weizen« zu trennen. Und überhaupt seien die »ungeraden« Klassen am schwersten: die Dritte, weil da Latein dazukomme, die Fünfte, weil das die erste Klasse der Oberstufe sei, und die Siebente sowieso, denn da würde noch einmal ordentlich gesiebt werden; denn als Lehrer könne man nur diejenigen zur Matura zulassen, mit denen man sich nicht blamiere ... den Schülern wurde stärker als je zuvor Angst gemacht. Ständig war von »gebratenen Tauben« die Rede, die keinem in den Mund flögen, von den Hürden, die genommen werden müßten, wenn man im Leben mehr erreichen wolle als die »große Masse«.

In den vergangenen Jahren hatte sich Karl Sonnleitner in den Unterrichtsstunden lediglich gelangweilt. Die Hausaufgaben hatte er im Handumdrehen erledigt und dann bis zum nächsten Morgen keinen Gedanken mehr an die Schule verschwendet. Nun änderte sich Karls Verhältnis zur Schule ziemlich abrupt. Er konnte die Schule nicht mehr als lästiges, aber unumgängliches Übel abtun, das auf die Vormittagsstunden beschränkt blieb. Die Schule begann vielmehr den ganzen Tag lang bis zum Schlafengehen sein Tun und Denken zu beeinflussen. Über den von Professor Dvorak verhängten Strafarbeiten – wann immer Karl an »Jimmy« dachte, bekam er schweißnasse Hände und ein flaues Gefühl im Magen –, saß er oft bis zum Einbruch der Dämmerung. Wenn er beim Schreiben innehielt, weil ihm die Finger weh taten, starrte er von seinem Tisch aus hinaus in die schneebedeckte Landschaft, in der die Wälder dunkelblaue Flächen waren; Karl war mit seinen Gedanken weder so ganz bei der Landschaft noch bei seinen Aufgaben ... eine Unfähigkeit überhaupt einen vernünftigen Gedanken zu fassen, stellte sich ein ... er sah einfach nirgendwo einen Sinn darin, dazusitzen und immer dasselbe zu schreiben, bis sein Rücken krumm war. Er wäre gern draußen im Freien gewesen; dort wurde seine Phantasie immer beflügelt. Hier drinnen kam er sich wie ein Gefangener vor. Hermine Sonnleitner brachte Karl die Jause – kalten Kakao, in dem die Milchhaut schwamm, und ein Stück Kuchen – ins Zimmer. Während sie das

Tablett vorsichtig zwischen die aufgetürmten Schulhefte schob, sagte sie mit einer Stimme, in der neben dem Mitleid mit ihrem Kind eine gewisse Genugtuung nicht zu überhören war: »Ja, ja, mein Lieber. Jetzt fängt der Ernst des Lebens auch für dich langsam an.« – Und das sollte wie ein Trost für sie beide klingen. Unbewußt wurde für Hermine Sonnleitner die Tatsache, daß Karls Kindheit einem gewaltsamen Ende zugeführt wurde, indem man ihm – genau wie ihr selbst vor langen Jahren – in der Schule immer unverblümter die Spielregeln fürs Leben – »nicht für die Schule, sondern fürs Leben lernen wir« – einbleute, zu einer Rechtfertigung für ihr eigenes Leben, das vor nunmehr dreizehn Jahren zu einer einzigen, ungewollten Pflichterfüllung einem Mann gegenüber geworden war, mit dem sie im Grunde genommen nichts gemeinsam hatte.

Karl Sonnleitner hatte im Alter von dreizehn Jahren verstärkt das Gefühl, als liefe sein Leben nur zum Schein neben den Leben seiner Mitschüler einher. Er fiel in der Schule weder als Außenseiter auf – Wandertage und Freiluftnachmittage machte er widerspruchslos mit, wobei er sich sogar von den Lehrern willig zu Sonderdiensten heranziehen ließ – noch wäre es jemand anderem außer Sigi Gollob gleich aufgefallen, wenn Karl Sonnleitner in der Schule gefehlt hätte. Karl selbst war jeden Tag in dem Moment, wo er am Morgen das Klassenzimmer betrat, aufs neue darüber erstaunt, daß es da eine Klasse gab – »seine Klasse« –, und eine »Klassengemeinschaft«, die ihn ganz selbstverständlich als einen Bestandteil in sich aufgenommen hatte – wo doch er dieser Klassengemeinschaft so fremd gegenüberstand, als käme er geradewegs vom Mond. (Seine Mutter sagte öfter, wenn sie ihn wiederholt etwas fragen mußte, weil er mit den

Gedanken woanders war: »Du kommst mir vor wie vom Mond.« Karl gefiel diese Vorstellung. Und er kam sich manchmal wirklich wie ein fremdes Wesen vor, das vom Mond auf die Erde gekommen war.) Zu Sigi Gollob fühlte sich Karl noch am ehesten hingezogen. Freilich hatte von Anfang an Sigi das weitaus größere Interesse an Karl gehabt; er war ganz versessen auf eine Freundschaft mit Karl. Doch der ließ sich von ihm nur bis zu einem bestimmten Grad umwerben. Nach Sigis Gefühl war da eine riesige Kluft zwischen ihnen. Karl schien diese Kluft nicht zu bemerken; auf jeden Fall tat er von sich aus nicht das geringste, um Sigi entgegenzukommen. Sigi hingegen bemühte sich unverdrossen, Karl doch noch näherzukommen. Und wenn es manchmal so weit war, daß er glaubte, es sei ihm nun geglückt und er habe in Karl endlich den Freund gefunden, den er sich schon immer gewünscht hatte – einen Freund, mit dem er hätte völlig rückhaltlos verkehren können –, entzog sich ihm Karl, indem er ihn plötzlich mit den blauen, sekundenlang veränderten, Augen fixierte: es war, als nehme er aus einer unendlichen Entfernung zwar ein Objekt – nämlich Sigi – wahr, doch war in diesem Blick nicht der Funken eines Interesses für dieses Objekt zu erkennen. Sigi spielte in diesem Blick keine Rolle mehr; er redete sich an diesem Blick leer; er redete an diesem Blick vorbei ins Nichts . . . mit seinem Wunsch nach einer richtigen Freundschaft, nach der »wahren Kameradschaft«, von der ihm sein Vater erzählt hatte, daß es die im Krieg gegeben habe, wo man wie »Pech und Schwefel« zusammengehalten hatte und wo der eine für den anderen »durchs Feuer« gegangen war – mit seinem intensiven Wunsch, eins zu sein mit einem Freund, prallte Sigi an Karl einfach ab. Trotz allem hing Sigi sehr an Karl, und er tat alles, um es sich nur ja nicht mit ihm zu verscherzen. So war Karl, als der Umworbene, automatisch auch der Überlegenere. Und in gewissen Dingen fühlte er sich Sigi tatsächlich haushoch überlegen. So zum Beispiel, wenn sie sich mit ihren Fahrrädern auf den Weg zur Robinsoninsel – einer Insel in der Mur – machten. Karl wollte Sigi jedesmal dazu bringen, daß der in der Trafik, in der Franziska Gollob die Zigaretten kaufte, ein paar »offene Smart« unter dem Vorwand kaufen solle, daß ihn seine Mutter schicke. Ohne Zigaretten hatte die Robinsoninsel für Karl nicht den geringsten Reiz. Stets weigerte sich Sigi anfänglich: er argumentierte aufreizend vernünftig gegen das Rauchen; und daß auch sein Vater sage, wie schädlich das Rauchen sei; und daß sogar seine Mutter, die ja schließlich schon erwachsen sei, nur heimlich zu rauchen wage, hinter dem Rücken ihres Mannes. Karl zipfte die ganze Rederei unheimlich an; er entwickelte aber in diesem Punkt eine ungewöhnliche Hartnäckigkeit. Oft standen die beiden eine geschlagene Stunde in der Nähe der Trafik herum. Schließlich gab Sigi nach ... dann, wenn Karl drohte, ihm »auf und davon« zu fahren ... Auf der Robinsoninsel ließ es sich Sigi natürlich nicht nehmen, auch eine Zigarette zu rauchen. Karl schaute Sigi verächtlich zu, wie der da kindisch mit der Zigarette hantierte, sie zwischen seinen schmalen Fingern herumdrehte, den Rauch nur kurz in den Mund nahm und ihn gleich wieder hinausblies, ohne einen Brustzug gemacht zu haben ... Karl bewerkstelligte die Vorgänge beim Rauchen so souverän, als würde er in seinem ganzen Leben nichts anderes gemacht haben als geraucht. Bereits mit dreizehn rauchte Karl wie er als Zwanzigjähriger, als Fünfundzwanzigjähriger rauchen würde: mit einer Miene, die eine angenehm gespannte

Wachsamkeit ausdrückte, hervorgerufen durch die ruhige, regelmäßige Tätigkeit des Einziehens und Ausstoßens des Rauches, und der sparsamen Gestik eines abgeklärten Mannes, der seit Jahrzehnten ein notorischer Raucher ist. Der Gegensatz zwischen den beiden Jungen hätte in diesen Minuten nicht größer sein können. Sigi, der durch seine Korpulenz ohnehin zur Tolpatschigkeit neigte, wurde bei diesem für ihn sehr zweifelhaften Vergnügen – das Rauchen widerte ihn im Grunde genommen an; er machte nur mit, um Karl zu imponieren, um bei ihm nicht ins Hintertreffen zu geraten – vollends zu einer Witzfigur; der Zwang, etwas tun zu müssen, was er nicht tun wollte, übersteigerte das kindische Getue, das ihm auch sonst anhaftete, bis zur Lächerlichkeit. Allerdings war Sigi in der Schule keinesfalls der Klassenkasperl, für den er durch sein Aussehen und Benehmen vorherbestimmt zu sein schien. Er wurde im Gegenteil sogar von den wildesten Raufbolden und Schulschwänzern mit Respekt behandelt. Dank seiner überdurchschnittlichen Intelligenz machte Sigi sein Äußeres und seine Ungeschicklichkeit in allen sportlichen Belangen wett, indem er die meisten der Mitschüler von sich abhängig machte: gutmütig stellte er all jenen, die die Hausaufgaben nicht gemacht hatten, in den Pausen seine Hefte zum Abschreiben zur Verfügung; und man konnte sich immer darauf verlassen, daß bei Sigi Gollob auch die kniffligsten Mathematikbeispiele richtig gelöst waren. Es war etwas an Sigi, das Karl durchaus bewunderte und neidlos anerkannte: eine große Zielstrebigkeit, die unter seiner Langsamkeit und dem Gesichtsausdruck, als könne er nicht bis drei zählen, verborgen war. Sigi murrte zwar mit den anderen über die vielen Hausaufgaben und daß er nicht im Traum daran denke, sie zu machen; er war aber immer auch den besten seiner Mitschüler um eine Nasenlänge voraus, was das Wissen in den einzelnen Fächern und die pflichtbewußte Erledigung aller anderer schulischen Pflichten anlangte. Es war, als begegnete Sigi – allen Murrens zum Trotz – den Herausforderungen der Schule beinahe mit Vergnügen; so, als habe er sie schon längst erwartet und als sei er froh, daß sie nun endlich da seien, um von ihm in aller Ruhe bewältigt zu werden. Karl mußte einerseits unverhohlen diese Einstellung an Sigi bewundern, andererseits war sie ihm vollkommen fremd und unverständlich. Seit die Anforderungen in der Schule immer höher geschraubt wurden, seit Karl nun nicht mehr mit dem Lernstoff »spielte«, gehörte er auch nicht mehr zu den Klassenbesten; er schwamm halt so mit; er war »so, so, la, la«, wie seine Mutter es auszudrücken pflegte. Daß Sigi, sein Banknachbar, Vorzugschüler war, war nicht allein seiner Intelligenz zuzuschreiben; vielmehr stachelten seine Eltern – vor allem Ing. Alfons Gollob – den Ehrgeiz ihres einzigen Sohnes unaufhörlich an. Wenn Ing. Gollob von der Arbeit nach Hause kam, führte ihn sein erster Weg in Sigis Zimmer. Forsch forderte er ihn auf, Meldung zu erstatten über die Ereignisse in der Schule. Dann prüfte er Sigi ab, sah seine Hausaufgaben durch; und wenn diese falsch waren, stellten sie Vater und Sohn gemeinsam richtig. Ing. A. Gollob betrieb die Erziehung seines Sohnes mit einem fanatischen Eifer. Da seine Persönlichkeit um einige Nummern zu groß war für seine Umgebung, unterdrückte er nicht nur seine Frau brutaler, als es sonst in diesen Kreisen üblich ist – Franziska Gollob durfte sich ohne sein Beisein nicht einmal einen BH kaufen gehen –, sondern er war geradezu besessen von dem Gedanken, aus seinem Sohn einen noch tolleren

Kerl zu machen als er es selbst war: ein »Härtling« sollte der Sigi werden, der alle anderen in jeder Beziehung übertrumpfte; vor allem müsse er ein Kerl werden mit x Weibern an jedem Finger. Und wenn Alfons Gollob gern damit prahlte, daß er schon mit fünfzehn sämtliche Brucker Witwen beglückt hatte, so ließ er durchblicken, daß er für Sigi am liebsten schon jetzt so eine Witwe parat gehabt hätte, damit die ihm das Nötige beibringe. Daß Sigi – noch durch und durch Kind – für ein solches Unternehmen nicht reif genug war, nahm er mit großem Bedauern zur Kenntnis. So hockten die beiden wochenendelang auf Sigis Zimmer, bauten Flugzeugmodelle, entwarfen Raumstationen, versetzten mit Elektromotoren komplizierte Matadorkonstruktionen in Bewegung. Sie kamen nur zum Essen heraus, setzten sich mit klebstoffverpappten Fingern zum Tisch, schlangen das Essen hinunter; Alfons Gollob spöttelte über seine Frau, die gegen diese Manieren protestierte. Sigi machte es seinem Vater nach und gab vorlaut seinen Senf dazu. Alfons Gollob wies zwar seinen Sohn sofort zurecht, doch klang dieser Tadel eher wie ein Lob. In Franziska Gollob begann es zu kochen. Es wurmte sie schon lange, daß ihr Mann dieselbe Geringschätzung, die er Frauen gegenüber hatte, nun auch dem Kind anerzog. In seinen Augen hatte eine Frau zu spuren, sich dem Mann in jeder Beziehung unterzuordnen; vor allem hatte sie ihm zu Willen zu sein, wann immer er Lust auf sie verspürte. Gerade darin war Alfons Gollob nicht zu bremsen: er machte so oft und so rücksichtslos von seinem ehelichen Recht Gebrauch, daß es Franziska Gollob manchmal schon so anstand, daß sie auf und davon hätte gehen können ... Während sie nun mit zusammengebissenen Zähnen und vor Wut funkelnden Augen den Tisch abräumte, weidete sich Alfons Gollob lächelnd am Anblick seiner Frau; er weidete sich an ihrer Ohnmacht: mein Gott, er war ihr halt in jeder Beziehung überlegen, und ohne ihn wäre sie völlig hilflos gewesen. Da blieb ihr wohl nichts anderes übrig als nach seiner Pfeife zu tanzen. Aber im Grunde genommen wollten die Frauen eh nichts anderes. Alfons Gollob war sehr mit sich zufrieden: nicht nur, weil er beruflich erfolgreich war; er war auch felsenfest davon überzeugt, daß er der einzige Mann weit und breit war, der etwas von den Frauen verstand. Seiner Meinung nach verzehrten sie sich alle nach einem Mann, der sie intellektuell beherrschte und bei dem sie auch im Bett voll und ganz auf ihre Rechnung kamen. Da hatte seine Frau mit ihm zweifellos das große Los gezogen. Unter seinen Bekannten machte er nämlich nur Pantoffelhelden und Schlappschwänze aus: Von wegen Schlappschwänze: Alfons Gollob konnte sich beim besten Willen nicht vorstellen, daß irgendein anderer Mann seines Alters noch so oft konnte wie er selbst; ihm stand er praktisch immer. Schwierigkeiten, seine Frau diesbezüglich fertig zu machen, hatte er nie gekannt; und so wie er sich in Schuß fühlte, würde er die auch nie kennen. Unter den vor lauter Überheblichkeit schon wieder mitleidig gewordenen Blicken ihres Mannes – Alfons Gollob war sich sicher, daß ihn seine Frau gerade deshalb umso heftiger liebte, weil sie nicht gegen ihn ankonnte – trug Franziska Gollob das schmutzige Geschirr in die Kochnische. Ohne ein Wort zu sagen, zog sie den geblümten Plastikvorhang zu. Sie war derart geladen, daß sie – vor lauter Zorn unachtsam – beim Abwaschen ein Glas zerbrach und sich den Finger zerschnitt. »Dreck verfluchter dreckiger!« Franziska Gollob konnte sich nicht mehr länger zurückhalten. Vor

Schmerz und Empörung stiegen ihr die Tränen in die Augen. Sie kam sich als Gattin und Mutter so gedemütigt vor und verlassen, so vollkommen überflüssig; sie gab ja für die beiden bestenfalls die Dienstmagd ab . . . und während sie an die Spüle gelehnt dastand – ein leichter Schwindel hatte sie überkommen – und sich das Blut aus der Wunde saugte, steckten in Sigis Zimmer Vater und Sohn über ihrer Bastelarbeit die Köpfe zusammen.

Es war die Zeit, in der Sigi seinen Vater vergötterte. Sigi hatte die untersetzte Statur nach seinem Vater, mit seinem zarten, schmalen Gesicht war er aber seiner Mutter nicht nur wie aus dem Gesicht geschnitten, er ähnelte ihr auch sehr in seinem Wesen: hinter seinem gemächlichen Betragen stand eine hochgradige Sensibilität, die sich besonders in seinen mädchenhaften Händen ausdrückte: ständig waren seine Finger in Bewegung, kneteten am liebsten Papierkügelchen. Er war aber auch verwundbar wie ein Mädchen: aus dem nichtigsten Anlaß schossen ihm Tränen in die Augen. Sigi wünschte sich nichts sehnlicher, als so zu werden wie sein Vater. Tag für Tag konnte er beobachten, wie sein Vater mit seiner Mutter umsprang, welche Macht er über sie hatte; und er wollte einmal genauso stark werden. Sigi hatte seine Mutter irgendwie gern; da aber ihre Person neben diesem Mann so sehr verblaßte, mußte er sie automatisch ein wenig verachten.

Das war schon zu einer richtigen Zeremonie geworden: Hermine Sonnleitner stand mit Karl vor dem Haus, in dem die Familie Gollob wohnte. Sie hatte den Klingelknopf neben dem Haustor gedrückt. Schon hörte man das Geklapper von Franziska Gollobs Holzpantoffeln im Stiegenhaus. Die Tür zum Wirtschaftsbalkon im zweiten Halbstock flog auf, und Franziska Gollob wäre vor lauter Schwung fast übers Geländer in die Tiefe gestürzt. Dort oben stand sie nun und schrie hinunter, daß Hermine Sonnleitner heraufkommen solle: soeben – wie wenn sie es geahnt hätte – sei der Kaffee fertig geworden, noch dazu die große Kanne, und die Frau Professor möge ja kein »Schuft« sein ... Hermine Sonnleitner rief hinauf, daß sie ja eigentlich nur den Karli abliefern wolle. Sie sträubte sich pro forma. Es war von vornherein klar gewesen, daß sie hinaufgehen würde; dazu war sie ja mitgekommen. Je größer das scheinbare Zögern unten in der Straße war, desto heftiger wurde das Drängen vom Balkon aus. Und je länger dieses Palaver über die Distanz von zirka sieben Höhenmetern hin und her ging, desto kostbarer wurde den beiden Frauen die anschließende Tratscherei. »Aus! Schluß!« rief schließlich Franziska Gollob in höchster Erregung; sie erfriere ja hier oben, sie habe nur eine dünne Bluse an; und im übrigen decke sie jetzt den Tisch für zwei. Damit schlug sie die Balkontür zu. Und die Holzpantoffeln klapperten den Halbstock bis zu ihrer Wohnungstür hinauf. Befriedigt betrat nun Hermine Sonnleitner zusammen mit Karl das Stiegenhaus. Ihre Vorfreude auf den Meinungsaustausch war so groß, daß sie direkt eine Beklemmung in der Brust verspürte; sie mußte stehenbleiben und einmal tief durchatmen.

Alfons Gollob hatte vor einiger Zeit zufällig von Sigi erfahren, daß sich der Karl in Mathematik ein bißchen schwer tat. Da der Herr Ingenieur in seinem privaten Machtbereich mit Frau und Kind bei weitem nicht ausgelastet war, hatte er die Gelegenheit, noch so ein junges formbares Wesen unter seine pädagogischen Fittiche zu bekommen und damit mächtig Eindruck bei einer Freundin seiner Frau zu schinden, gleich beim Schopf gepackt. Wenn es der Frau Professor recht sei, hatte er Hermine Sonnleitner durch seine Gemahlin übermitteln lassen, werde er einmal in der Woche dieser »Rasselbande« – gemeint waren Sigi und Karl – Nachhilfestunden in Mathematik geben, denn schließlich müßten vor allem der »Grundstock«, die »Elementarbegriffe« sitzen, auf denen alles andere aufbaue ... Über Karls Kopf hinweg war Hermine Sonnleitner sofort auf diesen Vorschlag eingegangen: für sie war das ein einmaliger Vorwand, den Kontakt mit Franziska Gollob zu intensivieren. Und so tanzte sie nun jede Woche mindestens eineinhalb Stunden zu früh bei den Gollobs an. Und es war für alle Beteiligten – außer für Karl – ein gefundenes Fressen: für die beiden Frauen sowieso, denn die konnten gar nicht dick genug miteinander werden. Und auch für Sigi: der brauchte nämlich keine Überredungskunst und auch keine anderen Tricks anzuwenden, um seinen Freund drei Stunden lang bei sich zu haben. Karl konnte ihm sozusagen nicht aus, wenn er vor den Nachhilfestunden alles herzeigte, was übers Wochenende gebastelt worden war, und dabei ununterbrochen von seinem Vater schwärmte. Alfons Gollob endlich hatte seinen großen Auftritt: die Wohnzimmertür ging auf: er kam so lässig ins Zimmer, daß man meinen konnte, er sei den ganzen Tag bei strahlend schönem Wetter herumgeschlendert. Dabei unterdrückte er eisern das Schnaufen; er hatte sich beim Heimgehen von der Arbeit fast errannt – als würde es dort ohne ihn jeden Augenblick zu brennen beginnen. Doch nun war er da. Daß ihm Hermine Sonnleitner neuerdings mit einer Freundlichkeit begegnete, in die Respekt und Dankbarkeit gemischt waren, bereitete ihm eine echte Genugtuung. Die

Frau Professor war zwar nicht sein Fall – seine eigene Frau war ja um ein Hauseck schöner als dieser Zwerg –; es hatte ihn nur ordentlich gewurmt, daß sie bei ihrer ersten Begegnung offenbar nicht den richtigen Eindruck von seiner Persönlichkeit bekommen hatte. Doch dieses Manko war ja nun beseitigt, und Ing. Alfons Gollob lief zur Hochform auf. Während er am Couchtisch, inmitten von Kaffee und Kuchen, mit aufgekrempelten Hemdsärmeln Rechenaufgaben austüftelte, woran die »Rasselbande« zu knacken haben würde, bis ihr der Kopf rauchte, drängte er sich mit der ganzen Präsenz seiner Persönlichkeit – die rundliche Gestalt dominierte den Tisch wie eine kleine Bombe; die Brisanz seines Geistes machte es ihm zur unbedingten Pflicht, gegenüber jedermann seine Überlegenheit zu beweisen – ins Gespräch der beiden Frauen, wobei er natürlich ein Thema anriß, in dem allein er zu Hause war. Die Frauen schwiegen und staunten: so ein Tausendsassa von Mann war ja wirklich eine Seltenheit. Franziska Gollob, die immer unangenehm berührt war von der Sucht ihres Alfi, sich vor anderen ständig in Szene zu setzen, mußte sich, wenn sie sah, wie hingerissen Hermine Sonnleitner den Ausführungen ihres Mannes lauschte, dann doch einigermaßen stolz eingestehen, daß ihr Gatte tatsächlich schlauer, wendiger und überhaupt vielseitiger war als die anderen Ehemänner aus ihrer Bekanntschaft. Dem »Karli« widmete sich Alfons Gollob mit besonders großer Sorgfalt – hatte er doch Hermine Sonnleitner hoch und heilig versprochen, daß er ihren Sohn in Mathematik »auf Zack« bringen werde, da könne sie »Gift drauf nehmen«. Und wenn er schon an der Erziehung seines eigenen Sohnes in einem gewissen Ausmaß ein sadistisches Vergnügen empfand – Sigi fügte sich schließlich nicht von alleine und ganz natürlich ins vom Männlichkeitswahn geprägte Erziehungskonzept; er mußte vielmehr hineingezwungen werden – so erhöhte sich jenes Vergnügen ganz beträchtlich, wenn er mit der Erlaubnis der Mutter eines fremden Kindes, dem anderen Vater für wenige Stunden ins erzieherische Handwerk pfuschen konnte. Noch dazu, wenn es sich bei diesem Kind um so ein schmächtiges Bürscherl handelte, das sich nicht Muh und nicht Buh zu sagen traute und immer so schön verlegen war und nicht wußte, wo es hinschauen wollte, wenn er es mit seinem glasigen, blaßblauen Blick umfing; und er kostete es richtig aus, wie sich Karl hilflos unter seinem Blick wand. Für so ein Pflänzchen gab's nur eins: die kumpelhaft rauhe Art, in der er auch mit Sigi umsprang. Alfons Gollob wußte, wie man mit der Jugend umgeht. Er hatte im Krieg als blutjunger Leutnant nicht umsonst die Menschenführung in vorderster Front gelernt: wen schick ich jetzt auf Stoßtrupp, von dem es nach menschlichem Ermessen keine Rückkehr mehr gibt? Das war schon eine Frage, wo man das Für und Wider genau hatte abwägen müssen; da war man von heute auf morgen um Jahrzehnte gealtert. Das hatte einen ganzen Mann erfordert. Und wenn man aus Kindern ganze Männer machen wollte, durfte man nicht zimperlich sein: »Zügel straff« hieß das Motto ... Das pure Vergnügen, das diese Lernnachmittage der Mehrzahl der Beteiligten bereiteten, machte man sich auf Kosten von Karl; einzig und allein seinetwegen wurden diese ja veranstaltet. Denn Sigi spielte sich in Mathematik: und er mußte das auch ununterbrochen demonstrieren: indem er etwa beim gemeinsamen Üben alberne Witze riß ... es war so ziemlich die einzige Chance, wo er, unter dem Schutz der Autorität seines

Vaters, dem Freund gegenüber einmal *seine* totale Überlegenheit voll ausspielen konnte. Nachdem man gemeinsam gelernt hatte, wurden die Kinder getrennt, damit sie wie bei einer Schularbeit selbständig ein paar Beispiele lösten. Sigi setzte man draußen im Wohnzimmer an den Eßtisch; Karl blieb allein in Sigis Zimmer. Vor den Erwachsenen mußte Sigi natürlich erst recht herausstellen, daß er dieses Spiel nur mitspielte, damit sich sein Freund Karl nicht zu sehr wie ein mathematisches Hascherl vorkam. Und Alfons Gollob barst jedesmal fast vor Stolz über seinen gescheiten Sohn, wenn der sich nach wenigen Minuten mit den gelösten Beispielen unter den bewundernden »Aah« und »Ooh« und dem »Einfach toll« und dem »Einfach Spitzenklasse« der Damen dem Couchtisch näherte; selbstverständlich durfte er sich das nicht anmerken lassen; und so mäkelte er – obwohl er Sigi immer ein »sehr gut« geben mußte – zum Schein an ihm herum: die Frau Professor sollte nur Augen machen und sehen, wie objektiv und gerecht er sei und daß er seinen Sohn dem Karli in keiner Weise vorzog . . . Sigi durfte sich auf die Couch dazusetzen, und er bekam ein Stück Marmorkuchen, das er vor lauter Nervosität zerbröselte.

Indessen saß Karl – für die Runde draußen nicht mehr vorhanden – eine Stunde oder länger allein da und schaute in Sigis Zimmer herum, in dem alles so überkomplett war . . . Dieser Teil jener Nachmittage war Karl noch am angenehmsten. (Wenn er die Rechenbeispiele lösen konnte, war das eine reine Glückssache; wenn nicht, war es ihm auch egal.) Jedenfalls konnte er hier drinnen unbehelligt seine Gedanken schweifen lassen. In den vergangenen Wochen hatte er allerdings an nicht viel anderes als an die ihn umgebende, ganz von der Schule zugedeckte Trostlosigkeit denken können. Sogar aufs Schlafen und die damit verbundenen Träume hatte er sich nur dann gefreut, wenn er am nächsten Tag angenehme Stunden hatte: Geografie, Deutsch, Turnen . . . womöglich in den letzten beiden Stunden Zeichnen: Karl zeichnete für sein Leben gern; ganze Stunden seiner Freizeit verbrachte er mit Zeichnen. Waren aber auf dem Stundenplan für den nächsten Tag Englisch, Mathematik oder Latein gestanden, so hatte sich das flaue Gefühl im Magen schon am Vorabend eingestellt. Dann hatte er mit allen Mitteln versucht, das Einschlafen hinauszuzögern: denn das Einschlafen war gleichbedeutend mit dem Aufstehen und dem Beginn eines Tages, den er, wenn es in seiner Macht gestanden wäre, bis in alle Ewigkeit hinausgeschoben hätte. Seit wenigen Tagen waren Karls Gedanken jedoch mit ganz etwas anderem beschäftigt: mit etwas, das imstande war, sogar »Jimmy« und seine fürchterlichsten Ausbrüche halb so wild erscheinen zu lassen . . .

Und während also nun Sigi da draußen bei den Erwachsenen hockte und sich dabei wunder wie gut vorkam, kreisten in seinem Zimmer die Gedanken seines Freundes um etwas, das für ihn – Sigi – noch lange Zeit völlig tabu bleiben würde . . .

11

Zum ersten Mal in seinem Leben hatte ein Mädchen Karl Sonnleitner in eine große, wunderbare Verwirrung gestürzt. Das Mädchen hieß Wilma Mörth. Es war jenes Mädchen, dem Karl vor dem Sommer im Stiegenhaus begegnet war. Unlängst – Karl war gerade beim Abendessen gewesen – hatte es an der Tür geläutet. Seine Mutter war öffnen gegangen. Als Karl vom Teller aufgeschaut hatte, hatte er seinen Augen nicht getraut: da stand das Mädchen aus dem Stiegenhaus plötzlich mitten in der Küche.

»Das ist die Wilma von unter uns.« Als sei das die selbstverständlichste Sache von der Welt, hatte seine Mutter die Küchenkredenz geöffnet und daraus ein Säckchen Backpulver hervorgeholt. Sie hatte es Wilma in die Hand gedrückt. Das Mädchen hatte Karl ungeniert angeschaut: es war, als warte es darauf, daß er irgend etwas zu ihm sagte. Von einer Verlegenheit wie damals war bei ihm nichts zu bemerken gewesen. Karl hingegen hatte Zeit gebraucht, um die Fassung wiederzufinden. Da das Mädchen keinerlei Anstalt gemacht hatte zu gehen, hatte es Hermine Sonnleitner aufgefordert, sich doch hinzusetzen. Wilma hatte sich zu Karl an den Tisch gesetzt. Nur um irgend etwas zu tun, war Karl aufgestanden und hatte im Radio die tägliche Schlagersendung eingeschaltet. Und es hatte einen Schlager gespielt und dann noch einen, und Karl hatte den Mund nicht aufgebracht; es war zum Wahnsinnigwerden! – Plötzlich war »Moonlight« von Ted Herold aus dem Radio gekommen: vor Begeisterung hatten Karl und Wilma gleichzeitig zu reden begonnen; damit war das Eis gebrochen. Es war Karl ganz warm ums Herz geworden; und vor Freude hatte er innerlich gezittert beim Reden.

Die Familie Mörth bewohnte nun schon seit mehreren Monaten die Wohnung unter den Sonnleitners. Kurz nach ihrem Einzug hatte Frau Mörth eines Abends angeläutet: ob die Frau Professor wohl so gut sei und ihr mit Semmelbrösel aushelfen könne? Seitdem kam sie ein-, zweimal in der Woche herauf; immer schien ihr dieses oder jenes gerade ausgegangen zu sein. Das war weiter kein Malheur; Hermine Sonnleitner half gerne aus; noch dazu, wo sie wußte, daß die Frau Mörth berufstätig war. Sie mochte die neue Hauspartei in der Zwischenzeit auch gut leiden. Doch war es ihrer Ansicht nach »eine Krankheit« von dieser Frau, daß sie nie in die Wohnung reinkam, sondern jedesmal wie angegossen zwischen Tür und Angel stehenblieb. Sie habe unten die Tür offengelassen, lehnte Frau Mörth die Einladung, doch einen Schritt weiter zu kommen, ab; und man könne ja nie wissen, wer alles im Haus herumschleiche.

»Stellen Sie sich vor, Frau Professor«, machte sie sich selber Angst, »stellen Sie sich vor, ich komm runter und die Wohnung ist leer, oder ich komm rein, und es steht einer im Vorzimmer und gibt mir einen Hieb, daß ich bewußtlos bin . . .« Hermine Sonnleitner stand mit Frau Mörth meist eine geschlagene Stunde zwischen Tür und Angel. Frau Mörth war die Offenherzigkeit in Person.

Ohne Umschweife erzählte sie Hermine Sonnleitner, daß sie und ihr Mann erst kurz bevor sie hier eingezogen waren, geheiratet hatten. Und das auch nur, damit es nicht dasselbe Gerede geben würde wie in der alten Wohnung. Sie lebten schon eine Ewigkeit miteinander; ganz ohne Mann heiße es schließlich auch nichts; manchmal sei man halt in so einer »Stimmung« . . . sie lachte die Frau Professor verschwörerisch an, als wisse die genau, was sie mit »Stimmung« meine. Hermine Sonnleitner war aber so eine »Stimmung«, in welcher sie unbedingt einen Mann gebraucht hätte, gänzlich unbekannt. Aber ihre Liebe, fuhr Frau Mörth fort, ihre große Liebe, sei ein anderer gewesen; und von dem werde sie nie, *nie* loskommen; nicht weil *er* der richtige Vater von der Wilma sei. Sondern weil das ein *Mann* gewesen sei . . . reihenweise habe der die Frauen unglücklich gemacht; zwei von denen seien übrigens seinetwegen in die Mur gegangen. Ob die Frau Professor die beiden – sie nannte zwei Namen – vielleicht gekannt hatte? Hermine Sonnleitner mußte in beiden Fällen verneinen. Wahre *Tragödien* hätten sich um ihn herum abgespielt! Frau Mörth schrie ihr Gegenüber beinahe an, als könne sie dadurch das Kaliber jenes Mannes erst so recht begreiflich machen. Aber das sei kein Wunder gewesen; der habe eine Frau nur anzuschauen brauchen . . . und »diesbezüglich«, »na diesbezüglich« habe er einem den »Himmel auf Erden« geboten; da käme ihr Lebtag kein anderer mehr mit. Er sei zwar »ein Gauner durch und durch« gewesen, aber ein »*Bel Ami*« – und indem sie den letzten Vokal fast singend in die Länge zog, leuchteten die Augen der Frau Mörth auf einmal feurig und zugleich etwas wehmütig auf, und unwillkürlich stützte sie die Hand in die rechte Hüfte, die lasziv vorgeschoben war.

Hermine Sonnleitner musterte die Frau Mörth neugierig: sie konnte nicht begreifen, was in die gefahren war. Sie erkannte natürlich gewisse Parallelen zwischen dem Schicksal dieser Frau und dem ihren; dennoch trennten sie Welten. Die Frau Mörth kam ihr irgendwie so fidel, so lebenslustig vor, so mit beiden Beinen im Leben verankert. Wenn Hermine Sonnleitner an die erste Liaison ihres Lebens dachte – an jene flüchtige Verbindung, die sie genausogut geträumt haben könnte, wäre nicht Karl als lebender Beweis daraus hervorgegangen – so überkam sie der große Weltschmerz: sie sah alles grau in grau; und dann sehnte sie sich das herbei, was sie den »schönsten Tod« nannte: nämlich einschlafen und nie mehr erwachen. Frau Mörth schien hingegen ihre große, unglückliche Liebe einen merkwürdigen Schwung zu verleihen, eine Kraft, die sie dem Leben entgegensetzte ... Oder lag das nur daran, daß die Frau Mörth berufstätig war und als Angestellte auf der BH (Bezirkshauptmannschaft) genausoviel Geld heimbrachte wie ihr jetziger Mann, der auf der Post beschäftigt war? Und daß sie sich daher jederzeit zusammenpacken und mit Wilma ihren Steig gehen konnte, wenn sie von ihm – Herr Mörth wurde von ihr und Wilma nie anders als »Patschi« genannt – die Nase voll hatte? Daß der Eindruck, den Hermine Sonnleitner von Frau Mörth hatte, ein falscher war, daß die Frau Mörth im Gegenteil noch viel häufiger unter Depressionen litt als sie selber, erfuhr Karls Mutter erst, als immer öfter Wilma heraufgeschickt wurde, wenn unten etwas ausgegangen war. –

Das Hereinbrechen des Abends erwartet Karl seit neuem mit Ungeduld; er fieberte der Uhrzeit entgegen, zu der Wilma zu läuten pflegte. Er hatte dann immer etwas im Vorzimmer zu tun, horchte dabei mit äußerster

Anspannung auf Schritte im Stiegenhaus; das Herz schlug ihm fühlbar bis zum Hals. Und fast im selben Moment, in dem das kurze, kaum vernehmbare Läuten ertönte – es war, als nehme Wilma Karl durch die Tür hindurch wahr und als sei dieses Läuten ein nur für ihn bestimmtes, eigentlich überflüssiges Aviso – öffnete er: Obwohl es nach der Art des Klingelns nur das Mädchen sein konnte und sonst niemand, war Karl wie vom Blitz getroffen – als könne er unmöglich begreifen, daß Wilma nun tatsächlich in Fleisch und Blut vor der Tür stand. Sie trat ins Vorzimmer ein, und ihr Körper streifte leicht den seinen. Das war für Karl eine Sensation. Und noch ehe er sich soweit erfangen hatte, daß er die Tür wieder zumachen konnte, war Wilma schon bei seiner Mutter in der Küche.

Wenn man dem Dialog Wilmas mit Hermine Sonnleitner, der sich sogleich entspann, zuhörte, konnte man kaum glauben, daß es sich dabei um eine Unterhaltung zwischen einem Kind und einer Erwachsenen handelte; es war vielmehr, als plauderten hier zwei uralte Freundinnen miteinander ... Die Art, wie dieses Gespräch über seinen Kopf hinweg geführt wurde, machte Karl ganz krank vor lauter Eifersucht; und er kam sich wie ein Idiot vor, weil er vollkommen danebenstand. Da redeten die beiden in Andeutungen, daß er überhaupt nicht wußte, worauf sie hinauswollten. Und Wilma tat, als habe sie die Gescheitheit auf jenem Gebiet, das ganz speziell für die Frauen reserviert zu sein schien, mit dem großen Löffel gefressen. Sogar Hermine Sonnleitner blieb manchmal bei dem, was dieses dreizehnjährige Mädchen da herausschob, die Spucke weg. Doch dieses redete nur umso munterer darauf los: daß sie »unter uns gesagt« mit den »gleichaltrigen Buberln« nichts anzufangen wisse, daß sie mehr auf den »reiferen Semestern« stehe ... Und während sie so daherredete, hatte sie ihre Hand auf Karls Unterarm liegen. Es schien, als sei die Hand rein zufällig dort gelandet und als sei sie eben aus Gedankenlosigkeit dort liegengeblieben. Karl, der neben Wilma auf der Eckbank am Küchentisch saß, wagte es nicht, seinen Arm auch nur um einen Millimeter zu verrücken, solange die schlanken weißen Finger des Mädchens darauf ruhten. Und so peinlich es ihm auch war, daß das gerade vor den Augen seiner Mutter geschah – was hätte er darum gegeben, einmal irgendwo mit Wilma allein sein zu können –, so war doch der Wunsch, daß der durch die Berührung dieser Hand verursachte, wahnsinnig intensive Glückszustand möglichst lange anhalten möge, um vieles stärker als die Scham vor seiner Mutter. Und er hielt dieser Berührung mit klopfendem Herzen und immer feuchter werdenden Handflächen stand. Vom Gollenhuber, von dem schwärme sie, meinte Wilma jetzt, indem es unbestimmt blieb, an wen sie sich mit dieser Mitteilung wandte: ob an Hermine Sonnleitner, die den Gollenhuber sicher gar nicht kannte, oder an Karl, in dessen Klasse dieser fast sechzehnjährige Sitzenbleiber ging. Und schon flog ihre Hand weg von Karls Arm, um eine Haarspange zu richten. Bis auf seine O-Beine, urteilte sie fachmännisch, sei der Gollenhuber ein richtiger Stentz. Vor allem fand sie es klasse, daß der am kleinen Finger einen goldenen Siegelring trug ... Hermine Sonnleitner lenkte das Gespräch wieder zurück auf jenes Thema, das sie weitaus mehr interessierte: wie es unten bei den Mörths so zuging. Ob dort vielleicht das Zusammenleben besser florierte? Sie wurde nie müde, Wilma auszufratscheln. Eines hatte sich gleich zu aller Anfang herauskristallisiert: aus der Art zu schließen, in der Wilma von ihrem Stiefvater redete, schien der Herr Mörth ja ein »ganzer Lelepepp« zu sein. Der »Patschi« sitze einem den ganzen Abend mit seiner Zeitung im Weg herum, meinte das Mädchen verächtlich, und da sei man doch immer irgendwie gehemmt; da bleibe es dann in seinem Zimmer. Am liebsten sei es ihnen – »mir und der Mutti« – noch, wenn er seine Kegelabende habe und erst nach Mitternacht heimkomme. Dann schlafe sie immer bei ihrer Mutter im Doppelbett, und vor dem Einschlafen würden sie stundenlang Luftschlösser bauen. Der »Patschi« müsse draußen im Wohnzimmer auf dem Diwan schlafen. Denn wenn er was getrunken habe, dann schnarche er »wie zehn Hauslehrer« und habe eine kilometerlange Fahne. Und das führe sich die Mutter gar nicht erst ein, daß ihr ein Mannsbild in dem Zustand ins Bett komme; zu gebrauchen sei es dann zu eh nichts mehr ... Und überhaupt: der »Patschi« müsse auch sonst ihre Mutter ganz schön bitten, bevor sie ihn zu sich lasse ... Hermine Sonnleitner wußte manchmal wirklich nicht: tat das Kind nur so altklug und plapperte es einfach nach, was es von seiner Mutter aufgeschnappt hatte, oder ...? Die Frau Mörth wird doch die Wilma nicht schon aufgeklärt haben? Das hätte Hermine Sonnleitner für unglaublich gefunden. Als sie so alt gewesen war wie die Wilma, hatte sie noch nicht einmal gewußt, daß es zwei Arten von Menschen gab. Und sie war auch ohne Aufklärung zu »dem« noch immer früh genug gekommen. Hermine Sonnleitner sah es auch nicht gern, daß die Wilma ihren Karli immer abtapste. Und wenn die beiden – was in letzter Zeit öfters der Fall war – allein in seinem Zimmer waren, fühlte sie sich verpflichtet, den »Anstandswauwau« zu spielen und alle zehn Minuten einen

Blick hineinzuwerfen. Die Wilma würde dem Karli sonst womöglich lernen, was der noch nicht kannte . . . –

Karl dachte nur noch an Wilma. Wenn er allein war, raufte er sich die Haare, weil er sich mit diesem Mädchen einfach nicht auskannte. Und er verfluchte die Tatsache, daß Wilma, die doch so reif tat, nicht von sich aus den ersten Schritt unternahm. Es ging ja nur um den ersten Schritt. Alles andere würde sich dann von selbst ergeben. Wenn er nur den Beweis ihrer Zuneigung – einen ersten Kuß (Tag und Nacht träumte er von nichts anderem) – gehabt hätte! Jeden Tag schloß er mit sich aufs neue Wetten ab, daß eben *er* sie morgen küssen würde. Und da war Wilma endlich wieder bei ihm im Zimmer, und alle Umstände waren so günstig wie sie günstiger nicht hätten sein können: sie saß neben ihm auf dem Bett, und sie hatten aufgehört, sich über Schlager und die Schule und »Jimmy« zu unterhalten. Seine Mutter hattc gerade hereingeschaut: sie müsse einen Sprung hinunter in die Molkerei machen, und die beiden sollten auf ja keine »dummen Gedanken« kommen; die Tür würde sich also frühestens in einer halben Stunde wieder öffnen. Karl und Wilma saßen da, und es war kein Laut im Zimmer zu hören und Karl schaute das Mädchen an: ihre kohlschwarzen kurzgeschnittenen Haare, ihre schneeweiße Haut am Hals, ihre im Verhältnis dazu so roten Wangen, die wie eine Pfirsichhaut waren, ihre außergewöhnlich dichten Augenbrauen, ihren großen Mund mit den breiten, fast bläulichen Lippen . . . all das hatte er jetzt unmittelbar vor seinen Augen. Eine leichte Annäherung, eine winzige Bewegung seines Kopfes zu ihr hin – und seine Lippen wären auf den ihren gelegen. Nur noch einen Herzschlag wollte er damit zuwarten. Und es vergingen viele Herzschläge. Noch ein paar Sekunden, und er würde die ungeheure Angst, von ihr ausgelacht und der totalen Lächerlichkeit preisgegeben zu werden, überwunden haben. Die Zeit verrann, und ohne daß man an Karl Sonnleitner eine äußere Veränderung bemerkt haben würde – er war nach wie vor wie gelähmt –, hatten seine Hemmungen den Aufruhr in ihm, wo alles zu jenem Schritt drängte, als ginge es um Leben und Tod, besiegt. Seine Erregung ließ langsam nach ... Karl war jetzt erleichtert. Das Ganze war nun endgültig auf morgen verschoben. Morgen würde es todsicher klappen. Als Wilma merkte, daß sich wieder nichts abzuspielen schien, wurde es ihr zu blöd. Spöttisch lächelnd stand sie vom Bett auf. Sie seufzte laut. Warum wohnte nicht der Gollenhuber über ihr? Der hätte ihr ganz etwas anderes gezeigt als der Karli, der ihr mit seinen Zeichnungen schon auf den Wecker fiel. Ohne ein Wort zu sagen, ging sie hinaus in die Küche. Und sie schaute derart angeödet drein, daß sich sogar Hermine Sonnleitner, die soeben von der Molkerei heraufgekommen war, denken konnte, was es geschlagen hatte. ›Die Wilma, dieses kleine Luder, kann mit dem Karli nichts anfangen‹, freute sie sich. ›Der ist halt noch das reinste Kind.‹ Und sie hoffte inständig, daß das möglichst lang so bleiben möge.

Währenddessen klaubte Karl in seinem Zimmer die Zeichnungen, die er am Boden aufgelegt hatte, um sie Wilma zu zeigen, wieder zusammen. Die Selbstsicherheit, die so angenehm über ihn gekommen war, da ja morgen um diese Zeit endlich alles geklärt und er der glücklichste Mensch auf der Welt sein würde, verwandelte sich jetzt in Ärger. Und in seinem Kopf hämmerte es, daß er doch der größte Trottel auf Gottes Erdboden sei: da hatte er das Mädchen auf seinem Bett sitzen gehabt, und sie hatte todsicher dasselbe gewollt wie er, und er war dagesessen wie ein Vollidiot und hatte sie nur angestarrt, und es war wieder nichts geschehen. Er hätte sich stundenlang ohrfeigen können. Die Zeit verging wie im Flug, und seit Wochen lebte, nein *vegetierte* er nur für diesen Augenblick: denn der Kuß, den er ihr geben wollte, den er ihr geben *mußte,* dieser Kuß war für ihn die Schwelle zum eigentlichen Leben: das *wahre* Leben, das Leben, in dem er als Ganzer in das vollkommene Geheimnis jenes fremden fraulichen Wesens eintauchen würde, das Wilma hieß, das Leben, wo sich der eine für den anderen öffnete, wo man gemeinsam und mit unendlich viel Zärtlichkeit versuchen würde, die gegenseitigen Rätsel zu lösen – dieses Leben lag hinter jener Schwelle. Er würde diese Schwelle morgen überschreiten; Karl war sich jetzt so sicher wie nie zuvor. Es würde auch gar nichts dabei sein: eine läppische Überwindung für den Bruchteil einer Sekunde, und dann . . . indem Karl seine Zeichnungen aufhob und sie – ohne zu bemerken, was er tat – woanders wieder hinlegte, mußte er direkt schmunzeln über die Zaghaftigkeit, die er bisher diesem Mädchen gegenüber an den Tag gelegt hatte.

Karl küßte Wilma nicht am nächsten Tag und auch nicht am übernächsten und auch nicht im nächsten Monat, sondern neun Jahre später in der Maske eines Maharadschas auf dem Gschnasfest des Brucker Turnvereins. (Er studierte zu der Zeit in Wien auf der Akademie der bildenden Künste, und er hatte in Wien seine ersten *richtigen* Frauenbekanntschaften gemacht. Er war also an Wilma, die sich schon mit vierzehn als Professorin mit dem Katalog in der Hand gesehen hatte und die nun froh sein mußte, daß sie in der Papierfabrik in der Abteilung Ing. Gollobs als »Tippmamsell« untergekommen war, gar nicht mehr interessiert. An diesem

Abend war er aber ganz schön betrunken und deshalb auch ziemlich locker, und er holte Wilma zum Tanzen. Sie folgte ihm nur widerstrebend vom großen Saal in den Keller hinunter, wo eine Beat-Band spielte. Sie verrenkte sich den Kopf nach dem Junior-Chef des größten Brucker Kleiderhauses, der inmitten eines Haufens von Frauen der Hahn im Korb war. Als dann unten im Keller auf einmal das Licht ausging, schob Karl Wilma schnell zur Wand hin, und er drückte sie dagegen und preßte seinen Schenkel zwischen die ihren. Und plötzlich wetzte sie auf seinem Schenkel ganz ekstatisch hin und her; darüber war er sehr erstaunt. Sie schmusten dann noch eine Weile wie die Wilden, und es war so etwas wie eine späte Genugtuung, als er spürte, wie sie, die ihn nie für voll genommen hatte, seinetwegen immer geiler wurde. Und in seinem Suff stellte er sich vor, wie er beim Nachhausegehen im Stiegenhaus mit ihr schlafen würde. Doch nach diesem einen Tanz verlor er sie aus den Augen. Schließlich war er so betrunken, daß ihm erst im finsteren Stiegenhaus einfiel, daß er jetzt da eigentlich irgendwo mit ihr herumliegen müßte . . . aber das war ihm auch völlig egal . . .) Es vergingen die Wochen in diesem Herbst des Jahres 1959, und Karl erlebte die erste Liebe seines Lebens: er litt: jeden Tag hatte er Wilma um sich herum, doch es ging nicht weiter als bis zu jenem belanglosen Zeug, das sie miteinander redeten; und selbst dabei tat Wilma so, als würde Karl eine große Gnade widerfahren, wenn sie aus purer Langeweile – ihr neuer »Schwarm«, ein Hauptschullehrer mit graumelierten Schläfen, war »leider Gottes schon vergeben« – geruhte, dann halt mit ihm die Zeit totzuschlagen. Seine unerwiderte Leidenschaft für dieses Mädchen steigerte Karls Eifer, was das Zeichnen und Malen anlangte, ins

Niedagewesene. Er wollte sich ihm unbedingt von seiner – wie er ganz bestimmt wußte – wertvollsten Seite präsentieren. Es sollte nur sehen, daß er da etwas zustande brachte, was ihm so leicht kein anderer nachmachte. Hatte sich Wilma anfangs noch überwunden und dieses »kindische Gekritzel« wenigstens angeschaut, so warf sie bald nicht einmal mehr einen schiefen Blick darauf; und sie kriegte gleich einen Haß, wenn er Anstalt machte, seine Mappe aufzuschlagen. Karl war an einem toten Punkt angelangt; es mußte etwas geschehen, so konnte das nicht weitergehen. Und dieses ständige Denken an Wilma konzentrierte sich derart in ihm, daß er eines Tages nicht anders konnte, als plötzlich mit seiner Hand nach Wilmas Hand zu greifen: und da hielt er also jetzt Wilmas Hand, und sie ließ das zu; es hob ihn fast vom Boden ab. Karl war selig. Jeden Abend vor dem Einschlafen malte er sich im Dunkel eine Zukunft mit Wilma aus. Er lag dabei auf dem Rücken und dachte so intensiv an das Mädchen, daß es da in der Finsternis plötzlich Farben gab und verschwommene Szenen mit ihr. Unter dem Gewicht der Tuchent lag sein Glied steif auf seinem Bauch – so steif, daß es schmerzte. Karl schob seine Hand unter die Pyjamahose: er fühlte dort seinen heißen Bauch und dann das stocksteife Glied mit der zarten glatten warmen verschiebbaren Haut: er schloß seine Faust um sein Glied ... In Gedanken an Wilma onanierte Karl jeden Tag. Kaum war er damit zu Ende, da schwor er dem »lieben Gott« bei allem was ihm hoch und heilig war – was ihm eingeredet worden war, daß es hoch und heilig sei: zum Beispiel das Leben Jesu (er hatte gelernt, daß Jesus Gottes Sohn sei, der auf die Erde gekommen war und sich auch für ihn und seine Sünden geopfert hatte. Und er hatte gelernt, daß Gott allmächtig war, alles wußte, alles sah; folglich wußte, daß er ihn belog, und genau sah, was er da trieb) –, daß er das nie wieder tun würde. Doch schon am nächsten Tag brach er den Schwur aufs neue: so sehr auch die Gewissensbisse in ihm nagten und so groß seine Furcht war vor dem Strafgericht, das sicher bald in irgendeiner Form über ihn hereinbrechen würde – er mußte es tun, auf Gedeih und Verderb. Und er wichste im Klo und im Bett und im neuen, verfliesten Badezimmer, und der dunkle Höhenzug der Mugl und der Hochalpe, den man von hier aus sah, war nur der Hintergrund für die Gestalt Wilmas, die ihm vorgaukelte, wie sie sich in ihrem Jungmädchenzimmer herumbewegte – bis seine Handbewegungen schneller wurden und roh und unkontrolliert und er die Augen schloß, und dann war alles Denken in ihm ausgelöscht: bis daß es ihm jetzt und jetzt kommen solle: und es kommt wie ein Schmerz, das Ziehen im Unterleib, stark, noch stärker, die Lust steigt in den Hals hinauf, ein mächtig anschwellender Drang in der tiefen Wurzel seines Gliedes bis der Sinn fast schwindet, und dann: eine Gänsehaut am Kopf, ein Weichwerden in den Kniekehlen: einige Samentröpfchen werden weit hinausgeschleudert in die Badewanne, der Rest klatscht – in Schüben langsam aus Karl herausrinnend – hinunter aufs Email. Auf dem Höhepunkt der Lust und unmittelbar danach ist die Verzweiflung in Karl am größten: Tränen hat es ihm in die Augen getrieben ...

Es dauerte nicht lange und Karl wurde von Wilma ganz links liegengelassen. Sie war jetzt verknallt; und zwar in ihren Nachhilfelehrer, einen Studenten mit Namen Schorsch. Der gab ihr Nachhilfestunden in Latein, weil es da bei ihr – wie »Jimmy« ihrer Mutter am Sprechtag mitgeteilt hatte –»gewaltig haperte«. Und wenn sie heraufkam, dann nur, um Hermine Sonnleitner in einer Tour von diesem Schorsch – sie nannte ihn »Schorschi«, tat ganz so, als sei er bereits in ihr Eigentum übergegangen – vorzuschwärmen: was für einen starken Bartwuchs er habe und daß er sich – »der Arme!« – zweimal am Tag rasieren müsse. Trotzdem habe er immer so einen blauen Schimmer im Gesicht. Gerade das mache ihn aber so irrsinnig interessant; auf sowas »fliege« sie ... Und wenn Karl schüchtern nach ihrer Hand tastete, schüttelte sie ihn unwillig ab; oder sie ließ ihre Hand eine Weile leblos in der seinen liegen, so wie man einem Kind ein Spielzeug überläßt, damit es Ruhe gibt. Karl hatte bei Wilma keine Chance. Und er wußte das.

Im Winter ging Karl – wie auch in den vergangenen Jahren – manchmal hinüber in die Murvorstadt zum Eislaufen. (Dort, wo heute die Handelsakademie steht, lagen damals Tennisplätze, die im Winter als Eislaufplatz dienten.) Wenn er am späten Nachmittag von zu Hause wegging, war es draußen schon dunkel. Und von der Grazer Brücke aus konnte er den beleuchteten Eislaufplatz sehen und die Menge der durcheinanderfahrenden Menschen. Von weitem sah er nur die vielfältige Bewegung der Beine; Oberkörper und Köpfe liefen ruhig dahin wie auf Schienen. Aus dem Dunkel heraus näherte sich Karl dem lichtüberfluteten Platz. Vom Wind wurden Fetzen der über Lautsprecher abgespielten Tonbandmusik an sein Ohr getragen: »Mexico«: diese Melodie – von allen die »Eislaufplatzhymne« genannt – würde Karl sein Leben lang mit der Vorstellung von weiß verbinden: weiß wie die am Rand des Platzes aufgetürmten Schneehalden und weiß wie der auf der dunkelgrauen Eisfläche verstreute Schnee. Das Gekratze des Metalls der

»Schraubendampfer« auf dem Eis war gleichförmig und beruhigend wie das Rauschen eines Baches ... In der Gruppe, mit der Karl »Wer fürchtet sich vorm Schwarzen Mann« spielte oder eine spezielle Art von »Abfangen« – einem Paar, das sich an den Händen hielt, durfte es nicht »gegeben« werden. Doch war es unfair, sich zu lange an der Hand zu halten: man mußte sich wieder trennen, sich jagen lassen; bis einem irgendwer mit ausgestreckten Armen zu Hilfe kam, oder bis man »solo« erwischt wurde und es dann selbst »hatte« –, gab es ein Mädchen in einem himmelblauen Angorapullover und engen schwarzen Lastex-Hosen. Karl hatte eine unheimliche Schwäche für ihr blasses Gesicht mit den sehr roten Lippen und für die Art, wie sie dünnbeinig und mit herausgestrecktem Hintern versuchte, genauso scharfe Kurven zu fahren wie die Jungen. Er war immer zur Stelle, wenn sie Gefahr lief, erwischt zu werden, und er war erregt, wenn ihre zerbrechlichen, behandschuhten Finger in seiner Hand geborgen waren; ohne zu reden, standen sie in ihren Schlittschuhen nebeneinander auf dem glatten Eis. Die Brüste des Mädchens zeichneten sich groß und fest und doch so zart unter der Angorawolle ab; der Gedanke, sie zu berühren, verursachte in Karl eine Übelkeit, die angenehm war.

Der Eislaufplatz auf der Postwiese, diese von plärrender Musik überdröhnte Lichtoase am rechten Ufer der kohlrabenschwarz dahinfließenden Mur, von der manches Mal ein eisiger Hauch herüberwehte, war einer der wenigen Orte, wo Karl die Illusion hatte, daß von hier aus die Erfüllung seiner unbestimmten Sehnsüchte möglich sei. In ihm war schon immer die Sehnsucht gewesen nach einer Veränderung – nach einer schlagartigen Veränderung, die das Leben sozusagen auf seinen Kurs gebracht hätte. Denn das Leben, wie es ihm bisher tagtäglich begegnet war, konnte doch unmöglich das ganze Leben sein! Und manchmal kam sich Karl wie ein Unmensch vor und gänzlich ausgestoßen (ohne daß irgendwer ein Anzeichen des Ausgestoßenseins an ihm bemerkt hätte): dann, wenn inmitten seiner Schulkollegen sein Verstand plötzlich klar und kalt arbeitete, und er nur Verachtung übrig hatte für die Gleichaltrigen um ihn herum, die redeten und redeten und nichts als Blödsinn redeten und Sachen wichtig nahmen, daß er überhaupt nicht verstand, wie man nur ein Wort darüber verlieren konnte. Doch er wollte nicht immer draußen bleiben. Und er raffte seine ganze Kraft zusammen, um sich in der Gemeinschaft, so wie sie eben funktionierte, einen Platz zu erobern. Es war, als würde er sich in einen überfüllten Zug zwängen, der in eine Richtung abfuhr, von der er wußte, daß es für ihn die falsche sei. Aber er wollte um nichts in der Welt am Bahnhof zurückbleiben – was hätte er denn dort alleine gemacht? Karl Sonnleitners Kraftanwandlung erlahmte jedesmal rasch: er war ein einzelner und die anderen, das waren viele. Er kapitulierte, er stieg aus; resigniert zog er sich wieder in sich zurück. (Seine Mutter meinte, ihr Karli habe halt keine »Ellbogenpolitik«. Und er sei schön dumm: denn nur wer »Ellbogenpolitik« betreibe, der »fahre im Leben«.) Am Eislaufplatz aber, wo es Licht gab und Musik und diese unaufhörliche Bewegung der durcheinanderflitzenden Menschen, da versetzte ihn die Gegenwart der vielen fremden Mädchen, die ihre Körper auf der glatten Fläche so unterschiedlich bewegten, in einen Zustand, in dem die erotische Verwirrung – so aufregend sie auch war – schon wieder zu einem Trost für ihn wurde: er glaubte sicher zu fühlen, daß in ihr der Keim lag, der mit der Zeit heranreifte – und irgendwann einmal würde dieser als sein Wirklichkeit gewordener Traum vom *Leben* in der Gestalt eines Mädchens an ihn herantreten: in der Gestalt des Mädchens, das – »göttliche Vorsehung« hin oder her – einzig und allein für ihn geschaffen worden zu sein schien. (Karls Religionsprofessor, ein Priester, der so fesch war, daß Franziska Gollob meinte, er sei eine »Todsünde wert«, und zudem noch ein Militarist ersten Ranges – in jeder Stunde skizzierte er zwei Hügel auf der Tafel, zwischen denen sich in S-Form ein Fluß schlängelte: auf dem einen Hügel sei »unsere Stellung« gewesen, auf dem anderen die des »Iwan«. Er beschrieb anschaulich den Angriff auf die MG-Nester, spielte begeistert einen Verwundeten vor, indem er unter fürchterlichen Grimassen mit den gespreizten Fingern die ausgetretenen Gedärme in die zerfetzte Bauchhöhle zurückdrückte –, hatte mit seinem Scharfblick natürlich sofort bemerkt, daß die Jungen jetzt in einem Alter waren, in dem ihnen die Mädchen im Kopf herumgingen, und begütigend gemeint, sie sollten nur in aller Ruhe warten und sich um »Gottes willen« nicht etwa selbst »beschmutzen«. Denn die »göttliche Vorsehung« habe bereits für jeden von ihnen die richtige Frau bestimmt; der eine treffe sie früher, der andere später ...) Und dieses Mädchen würde genau seiner Vorstellung von Schönheit entsprechen: blaß und zart, mit möglichst langen blonden Haaren und ziemlich großen Brüsten, die es ihn jederzeit liebkosen ließ. Und er, der sich vor lauter Einsamkeit manchmal wie erfroren vorkam, würde neben diesem Wesen, das ihm bis in die feinsten Gefühlsregungen hinein ähnelte, voll freudiger Gelassenheit auftauen. Karl Sonnleitners' Phantasie war nunmehr ausschließlich mit jener imaginären Mädchengestalt beschäftigt. Oft packte ihn eine derartige Wut, weil das Ganze nur ein Hirngespinst war und nicht Wirklichkeit. Und er knirschte mit den Zähnen oder haute, indem er das Hausaufgabenheft angefressen zur Seite schob, mit der Faust verzweifelt auf den Tisch; er glaubte zu verkümmern, wenn dieser erbärmliche Zustand noch länger anhielt.

Karl Sonnleitner hatte sich mit dem linken Fuß auf die untere der beiden Treppen gestützt, die rings ums Autodrom gingen. Er hielt seinen Körper auf dem Fahrrad ganz still, damit die durch die irrsinnig wilde amerikanische Schallplattenmusik verursachten Kälteschauer nur ja nicht aufhörten, ihm den Rücken hinunter zu laufen. Auf der oberen Treppe standen einheimische Mädchen, die Karl das ganze Jahr lang nicht zu Gesicht bekam: Mädchen in kurzen Lederröcken, die kaum den halben Schenkel bedeckten; an den dünnen Beinen trugen sie hohe Stöckelschuhe. Die Wagen ratterten über den stählernen Boden des Autodroms, und die Bügel schliffen funkensprühend oben auf dem engmaschigen Drahtnetz. Karl bewunderte jene verwegen aussehenden Männer, die sich wie die Wiesel zwischen den durcheinanderfahrenden Wagen bewegten: auf dem rund ums Auto angebrachten Gummireifen balancierend, kassierten sie lässig das Fahrtgeld; indem es so aussah, als würde das eine Bein das davongleitende Fahrzeug noch ein Stück begleiten, setzte das andere mit dem mausgrauen, schwarzprofilierten Kletterschuh auch schon am Boden auf: zwei, drei lautlos elastische Schritte auf dem Metall der Fahrbahn – die Fahrtgeschwindigkeit war abgefangen. Ein Mann sprang vom Gummireifen auf die hölzerne Umrandung des Autodroms, stoppte direkt vor einem der blutjungen Mädchen. Er zog eine Packung Zigaretten aus der Tasche seiner Lederweste, hielt sie der Auserkorenen hin. Sie fischte sich einen »Tschik« aus der Schachtel, steckte ihn zwischen ihre knallrot angemalten Lippen. Er gab ihr Feuer – das alles, ohne daß die beiden ein Wort miteinander gewechselt hätten. Dann zog der Mann eine Show ab, bewegte sich extra für dieses Mädchen geradezu akrobatisch in diesem Knäuel aus lauter Wagen. Schließlich lenkte er – mit einem Bein am Gummipuffer stehend, mit dem anderen das Pedal im Gehäuse betätigend – einen leerstehenden Wagen herbei, parkte ihn vor dem Mädchen ein. Mit einer Handbewegung bedeutete er ihm, einzusteigen. Als ob es nur darauf gewartet hätte, ließ sich das Mädchen in den Wagen gleiten. Die Zigarette im roten Mundwinkel, drehte es Runde um Runde . . .

Unweit des Autodroms steckte Sigi mit seinem Fahrrad im Morast, der überall zwischen den Buden am Rummelplatz war. Er stieg abwechselnd mit dem einen Fuß, dann mit dem anderen in den knöcheltiefen Dreck, schaute dabei bekümmert hinunter auf seine über und über kotbedeckten Schuhe. Karl wäre es am liebsten gewesen, wenn Sigi der Erdboden verschluckt hätte. Seine ungeschickte Nähe störte ihn, beeinträchtigte das tiefe schöne, traurig-einsame Gefühl, das ihn auf dem Rummelplatz ergriff. Mit Ausnahme des letzten Jahres, als er den Karl May »gefressen« und sich deshalb den Rummelplatz versagt hatte, weil sich so ein Vergnügen für einen harten Weidereiter nicht ziemte, hatte er sich immer allein – ohne Sigi – hierher auf den Jahnplatz gestohlen. (Der Turnplatz verwandelte sich in jedem Frühjahr für eine Woche in einen Vergnügungspark.) Wenn Karl in der Höhe der Evangelischen Kirche von der Grabenfeldstraße ums Eck bog, wurde schon der charakteristische Lärm an ihn herangetragen: die Rock and Roll Musik vom Autodrom, noch übertönt vom Aufheulen der Geisterbahn, wenn die Wägelchen durch die Schwingtür stießen; zwischendurch mischte sich die Orgel vom Ringelspiel rein; ein Löwengebrüll erscholl, so mächtig, daß für Sekundenbruchteile die Gebäude, die Landschaft zur Unbedeutsamkeit schrumpften. Vor lauter Erregung bekam Karl dann gleich einen anderen, einen gestelzten Gang . . .

Es war Sigi jetzt endlich gelungen, sich doch noch durch den Morast bis zu seinem Freund vorzukämpfen. Er faselte irgend etwas daher, was Karl in diesem Lärm nicht verstand. Es war aber klar, daß Sigi weg wollte von hier; der Rummelplatz gab ihm nichts. Karl ließ sich mit Sigi auf keine lange Debatte ein: er tat ihm den Gefallen. Sigi konnte einem ja mit seiner totalen Unempfindlichkeit, die er diesem grellen Leben und Treiben gegenüber an den Tag legte, ohnehin nur den Nerv töten. Die beiden fuhren an diesem trüben und kalten Frühlingstag – es war das typische Rummelplatzwetter – mit ihren Fahrrädern in zügigem Tempo auf der Oberdorfer-Straße dahin. Und wohl schon zum hundertsten Mal bogen sie dann beim Paula-Hof links ab, rollten mit hoher Geschwindigkeit den stöckelgepflasterten E-Werk Hügel hinunter, überquerten mit viel Schwung die Brücke, die über den Kanal führt, rollten nun um vieles langsamer nebeneinander auf der mit schwarzer Schlacke bestreuten Straße, die zum Ursprung des Kanals hinaufführt, daher. Bald verließen sie die Straße und radelten – behutsam den vielen Maulwurfshügeln ausweichend – über die Wiese, die zwischen dem Kanal und dem Flußlauf der Mur liegt. Wesentlich mehr Geschick erforderte es, die verschlungenen Pfade zu befahren, die kreuz und quer durchs wild wuchernde Dickicht am linken Murufer gehen. Plötzlich weitete sich der Weg: die Fahrt endete auf einem kurzen Stück Strand, in dessen feinem grauen Sand die Vorderräder bis über die Felgen einsanken. Karl und Sigi stiegen auf diesem Strand herum; der Sand rann ihnen in die Schuhe. Sie warfen Steine ins tiefschwarze Wasser. Am anderen Ufer der Mur rauschte der Verkehr auf der betonierten B 67. Karl schleuderte die Steine geistesabwesend von sich weg. Er merkte nicht einmal, wenn sie den Wasserspiegel trafen. Ob er beim Herfahren das Moped vom Gollenhuber gesehen habe? Karl gab Sigi keine Antwort. Natürlich hatte er das Moped gesehen, halbverdeckt in einem Gebüsch liegend; und das Vorderrad war mit dem Vorderrad eines Damenfahrrades zusammengeschlossen gewesen. Bei diesem Anblick hatte sich Karls Herz zusammengekrampft. Und noch jetzt stand dieses Bild überdeutlich vor seinen Augen. Die hastig hingeworfenen und doch miteinander verbundenen Fahrzeuge hatten mit einer fast brutalen Offenheit verraten, daß in der dunklen Geborgenheit des Dickichts etwas geschah, von dem sich Karl nur eine dumpfe Vorstellung machen konnte. Diese Vorstellung ließ ihn zittern vor Neid. Es gab nichts auf der Welt, was er sich mit einer derartigen Intensität gewünscht hätte als jetzt, in diesem Augenblick, an der Stelle des Gollenhuber zu sein. Und er kriegte einen unheimlichen Haß auf sich und die Welt, und daß er zum tausendsten Mal wie ein Blöder mit dem Rad sinnlos in der Gegend herumkutschierte und die Zeit verging und nichts geschah. Und er stand da auf diesem grauen Streifen Sand am Ufer der kohlschwarzen Mur; ganz langsam trieb ein unnatürlich weißer Schaum vorbei. Noch nie war Karl das Leben so trostlos vorgekommen . . . Sigi hatte schon die ganze Zeit mit etwas herumgedruckst; jetzt kam er damit heraus: warum zeigten sie sich nicht gegenseitig ihren . . .? – ohne auszusprechen, was er meinte, begann er, als wolle er Karls Einverständnis gleich vorwegnehmen, an seinem Hosentürl herumzufingern. Er schaute Karl treuherzig von der Seite an. Karl hatte weder so recht hingehört noch hingeschaut. Er hob einen Stock vom Boden auf, der ausgetrocknet war, glatt, weiß und federleicht. Mit einer kurzen mißmutigen Bewegung aus dem Handgelenk schlug er mit dem Stock gegen einen Stein; der Stock zerbrach. Weitausholend schleuderte er den Teil, der ihm in der Hand verblieben war, hinaus aufs Wasser. Der Stecken drehte sich sirrend gegen den Widerstand der Luft und fiel – nur wenige Meter von Karl entfernt – aufs trockene Land. Karl stapfte zu seinem Rad zurück, schwang sich drauf und trat an. Sigi beeilte sich, seinem Freund zu folgen.

12

Karl Sonnleitner hatte die dritte Klasse des Realgymnasiums noch mit recht gutem Erfolg, die vierte nur mehr mit »Ach und Krach« bestanden. Er ging nun in die fünfte, die die erste Klasse der Oberstufe war, und die Schüler wurden von den Lehrpersonen mit »Sie« angesprochen. Jetzt erst gehöre er – Karl – so richtig zur Elite, meinte Johann Sonnleitner; denn bis in die vierte schaffe es bald irgend so ein dahergelaufener Trottel. Und er solle nur gleich von Anfang an »anziehen«; in der fünften, das wisse er aus eigener langjähriger Lehrerfahrung, »stolperten« die meisten nämlich besonders gern. Und wenn er sich schwer täte, müsse er halt »stucken, stucken und nochmals stucken – bis er blöd werde«. Ein Sitzenbleiben komme nicht in Frage. Wie er dann dastünde bei seinen Kollegen in Leoben: das Kind eines Professors und *Repetent!* Da schlüge er ihm lieber gleich den Schädel ein. Damit Karl zumindest einmal rein äußerlich der Tatsache gerecht wurde, daß er zu »etwas Besserem« ausersehen sei, ließ man einen von Johann Sonnleitners längst »ausrangierten« Anzügen für ihn umarbeiten. Und Johann Sonnleitner betrachtete es als eine »Ehrensache«, sozusagen als einen »Dienst unter Männern«, daß er seinem Sohn zeigte, wie man eine

Krawatte knotete. Das ging allerdings nur unter wildem Gebrüll vonstatten. Vor lauter Ungeduld traten Johann Sonnleitner fast die Augen aus dem Kopf: am Hals des Jungen demonstrierte er, daß ein »Panama-Knoten« eben nicht irgendwie schief, sondern *tadellos* – als wolle er das für alle Ewigkeiten klargestellt wissen, zog er so fest zu, daß Karl fast erstickte – *symmetrisch* sitze ... Karl Sonnleitner war einer der wenigen in der Klasse, die an einem gewöhnlichen Schultag mit Anzug und Krawatte zum Unterricht kamen. In dieser Aufmachung schien er manchmal von einem Augenblick zum anderen in einer fast erschreckenden Weise um viele Jahre gealtert zu sein. Der Eindruck, den er, trotz seines ausgesprochen jungenhaften Aussehens, das ihm sein Leben lang anhaften würde, auch sonst in gewissen Momenten erweckte (den eines gestandenen Mannes; dann, wenn er sich in seiner besonnenen Art eine Zigarette anzündete, ein Bierglas an die Lippen setzte oder sich aufs Rad schwang ...), wurde durch die altväterliche Kleidung übermäßig hervorgehoben. Die Gleichförmigkeit der Tage – das trostlose In-die-Schule-Gehen, das »Strebern« am Nachmittag, die immer langweiliger werdenden Radfahrten – hatte Karls Wut, daß alles so war, wie es war, im Laufe der Zeit abklingen lassen; das tägliche Einerlei hatte ihn apathisch gemacht. Nachdem Karl die vierte Klasse glücklicherweise positiv abgeschlossen hatte, hatte er merkwürdigerweise sogar ein Gefühl der Erleichterung empfunden: obwohl er mit seinem Dasein in Bruck an der Mur durch und durch unzufrieden war, ließ er sich doch lieber in dieser mit Angst und Schrecken durchsetzten Öde des Noch-vier-Jahre-in-die-Schule-Gehen-Müssens weiter treiben, als daß er schon jetzt eine Veränderung seines Lebens gewollt hätte – eine

Veränderung, die für so viele seiner Mitschüler mit dem Ende der Unterstufe eintrat. Konrad Zach war einer von denen, die schon mit vierzehn Jahren den »Ernst des Lebens« kennenlernen sollten. Er hätte die Klasse wiederholen müssen, doch da er versprochen hatte, auszutreten, hatte man ihm in den Gegenständen, in denen er eigentlich mit einem »Nicht genügend« beurteilt worden wäre, ein »Genügend« »geschenkt«, um ihm den »Start« zu erleichtern. Ein Repetieren komme gar nicht in Frage, hatte Maria Zach gemeint. Der Bub habe seine Chance gehabt, und wenn jetzt schon die »Kalamitäten« da wären, was würde dann erst in der Oberstufe sein. Er solle nur schön brav einen Beruf lernen, denn studieren und Akademiker werden könne eh nicht ein jeder; irgendwer müsse ja schließlich auch die »Arbeit« machen. So war Konrad Zach nun Lehrling in einer Wiener Bank, in die ihn sein Vater »mit Beziehungen« hineingebracht hatte. Er bewohnte ein Kabinett bei einem Onkel, kam jedes Wochenende mit der »Dreckwäsche« nach Bruck und fuhr Sonntagabend mit der sauberen Wäsche wieder nach Wien »hinaus«. Andere Jungen lernten ein Handwerk, gingen bei einem Betrieb in die Lehre oder traten in die Schlossereifachschule ein. Die Mädchen gingen zu einem Friseur in die Lehre, lernten »Handel« in einem der damals sich in Bruck ansiedelnden Supermärkte oder in einem großen überregionalen Einrichtungshaus; bestenfalls wechselten sie in die dreijährige Handelsschule über, die am Nachmittag in den Räumen des Realgymnasiums untergebracht war, um anschließend bei Felten & Guilleaume, in der Mürztaler Papierfabrik AG oder in den Kapfenberger Böhler-Werken als Bürokraft unterzukommen. Zu Hermine Sonnleitners Überraschung eröffnete ihr Frau Mörth eines Abends, daß sie die Wilma mitten unter dem Trimester aus dem Realgymnasium herausgenommen habe. Der »Jimmy« hätte das arme Kind schon in der vierten aufs Korn genommen und dauernd auf ihm herumgehackt. Und nach der Blinddarmoperation – Frau Mörth schilderte ausführlich, daß sich Wilma im Krankenhaus so geschämt habe, als sie sich bei der Voruntersuchung habe ausziehen müssen. Dabei sei da doch gar nichts dabei. Für den Arzt sei das so, wie wenn sie im Büro den Telefonhörer aufnehme. (Und Karl, der das mitanhörte, stellte sich gleich diese Untersuchung vor, und er wurde erregt, weil er nicht glauben konnte, daß der Arzt die Wilma wirklich wie einen Telefonhörer angegriffen habe, und er wäre gern an der Stelle des Arztes gewesen) – nach der Blinddarmoperation also – Frau Mörth kam wieder auf das ursprüngliche Thema zurück – habe Wilma einen gewaltigen Lernrückstand gehabt und der »Jimmy«, diese »Kanaille«, habe sie in jeder Stunde regelrecht »zur Sau« gemacht; sie sei mit den Nerven »total parterre« gewesen. Gottseidank habe die Wilma von selbst eingesehen, daß es unter diesen Umständen ein »Mumpitz« gewesen wäre, wenn sie darauf bestanden hätte, justament zu maturieren. Der »Jimmy« hätte sie nie bis in die achte gelassen; der habe ihr jetzt schon das Leben zur Hölle gemacht; wenn man dem nicht zu Gesicht stünde, komme man nicht an gegen ihn; überhaupt, wenn man so sensibel sei wie die Wilma. Sie habe das Kind getröstet und ihm gut zugeredet, warum solle es sich »für nichts und wieder nichts« von so einer Bestie von einem Menschen schikanieren lassen? Die Wilma sei ja jeden Tag weniger geworden, habe bald ausgesehen, als wolle sie vom Fleisch fallen. Gut, ihr größter Wunsch sei es halt gewesen, selbst einmal

Professorin im Brucker Gymnasium zu werden. Aber im Leben komme es halt immer anders: der Mensch denke und Gott lenke. Wer weiß, wofür das gut sei. Wahrscheinlich wäre es der Wilma genauso ergangen wie den anderen Mädchen aus ihrem Bekanntenkreis, die jahrelang studiert hätten, ohne je einen Abschluß gemacht zu haben, die die Jahre verplempert und sich dann einem Mann an den Hals geworfen hätten, um sich ihr Leben lang von ihm aushalten zu lassen. Und eins möge ihr die Frau Professor glauben: die Arbeit stehe ihr oft bis daher – Frau Mörth machte mit der Hand eine horizontale Bewegung in der Nähe ihres Haaransatzes –, aber da sitze sie lieber acht Stunden am Tag wie ein »Tatschker« im Büro, als daß sie um jeden Groschen zum Mann betteln gehe. Hermine Sonnleitner mußte nun einwenden, daß das ja wohl auch vom Mann abhänge: von wegen »betteln«: also sie hätte nie das Gefühl . . . Doch Frau Mörth ließ sich in ihrem Redestrom nicht unterbrechen: und daß man als Frau auch seine Unabhängigkeit haben müsse, daß habe sie Wilma schon als Kind eingeimpft. Folglich würde die Wilma dieses eine Jahr lang gar nichts machen, sich ausrasten, sich mit den Nerven erholen und nächstes Jahr in die Handelsschule gehen. Und mit achtzehn würde sie an jedem ersten ihr eigenes Geld in der Hand halten. Es müßten ja keine Reichtümer sein. Hauptsache, sie sei gesund und habe eine warme Stube. Dann könne sie sich in aller Ruhe einen großen, feschen, schwarzhaaarigen Burschen angeln, mit ihm gemeinsam nach und nach eine Wohnung einrichten, so ein richtig gemütliches Nest bauen. Und wenn sie alles komplett haben würden, müßten sie sich auf jeden Fall ein, zwei Wunschkinder bestellen, denn Enkelkinder wolle sie auf jeden Fall haben. Der Mann, der die Wilma einmal kriege – Frau Mörth kam jetzt so richtig ins Schwärmen – könne sich alle zehn Finger ablecken. Zwei Kästen voll mit Aussteuer habe sie schon für sie beisammen. Die Wilma brauche sich ihr Lebtag lang nicht einmal ein Geschirrtuch zu kaufen, von der Reizwäsche – Frau Mörths Wangen begannen direkt zu glühen; in der Phantasie war ihre Wunschvorstellung schon zur Wirklichkeit geworden – ganz zu schweigen. Und selbstverständlich würde sie den jungen Leuten auch Starthilfe leisten. Schließlich habe sie vor kurzem »gehaltlich« wieder einen großen Sprung nach vorn gemacht. Und da investiere sie das Geld lieber in die Kinder, als daß sie es auf der Bank liegen habe, wo es eh immer weniger wert werde.

»Na, sowieso«, sagte jetzt Hermine Sonnleitner, nur um endlich auch einmal zu Wort zu kommen.

Frau Mörth riß tatsächlich der Faden. Sie war jedoch geistesgegenwärtig genug, Hermine Sonnleitner vor dem unvermeidlichen Themenwechsel noch eine Bestätigung ihrer Ansicht herauszulocken.

»Na, hab ich nicht recht?« sagte sie.

»Vollkommen.« Hermine Sonnleitner stimmte der Frau Mörth im gespielten Brustton der Überzeugung zu. Sie wollte den weiteren Verlauf des Gedankenaustausches mit einer Kritik an Frau Mörths Ansichten keinesfalls gefährden. »Bei einem Bub ist das halt ganz anders als bei einem Mädchen«, sagte sie in die Pause hinein, die dadurch entstand, daß sich Frau Mörth bückte, um endlich die Waschschüssel mit der vom Dachboden abgenommenen »kleinen Wäsche«, die sie die ganze Zeit über gegen den Bauch gestemmt hatte, am Treppenabsatz abzustellen. »Da darf man nicht lockerlassen. Der muß schließlich einmal eine Familie ernähren. Und was fangen Sie denn heutzutage als Mann ohne Matura an? Da können Sie ihr Leben lang den Schuhputzer für die anderen spielen. Abgesehen davon hat mein Gatte den Karli von Haus aus für den Lehrberuf bestimmt. Seit Generationen sind in seiner Familie alle Männer ohne Ausnahme Pädagogen gewesen. Und mein Gatte steht auf dem Standpunkt, daß die Tradition verpflichtet; der Johann kann ein feiner Kerl sein, aber in diesem Punkt läßt er nicht mit sich reden. Wenn der Karli womöglich das Hirngespinst hätte, etwas anderes zu studieren, würde er dafür nicht nur keinen Groschen von meinem Mann bekommen; es würde auch den totalen Bruch mit seinem Elternhaus bedeuten. Gottseidank läßt sich der Karli ausgesprochen leicht lenken. Er wird uns das nicht antun. Und da er eh so leidenschaftlich gern malt und zeichnet –«

»In der Beziehung dürfte der Karli ja ganz nach Ihnen gehen.«

»Na ja, man sagt ja: der Apfel fällt nicht weit vom Stamm. Allerdings ist mein Talent in den letzten Jahren ganz eingeschlafen. Ich weiß auch nicht wieso; aber ich rühr kaum mehr einen Pinsel an . . .«

»Also werden Sie den Karli wohl nach Wien auf die Akademie schicken?«

»Nur unter der Bedingung, daß er das Lehramt für Kunsterziehung macht. Da hat er dann seinen akademischen Grad, ein geregeltes Einkommen und eine gesicherte Zukunft; und in den großen Ferien kann er für sich malen, so viel er will.«

»Daß er in der Großstadt nur nicht auf die schiefe Bahn gerät und womöglich auch so ein verkrachter Künstler wird; so einer, der heute nicht weiß, ob er morgen ein Stück Brot im Mund haben wird.«

»Wenn ich ganz ehrlich bin, Frau Mörth: darüber zerbrech ich mir jetzt noch nicht den Kopf. Der Karli muß erst einmal maturieren. Und bis dahin fließt noch viel Wasser die Mur hinunter; da gilt es, noch manche Klippe zu umschiffen. Momentan hapert es bei ihm zum Beispiel in Englisch und Mathematik. Vor allem in Mathematik gehen ihm die Übungsstunden, die ein Bekannter liebenswürdigerweise für seinen eigenen Jungen und den Karli abgehalten hat, besonders ab. Dieser Bekannte – er ist Techniker – hat aber zugeben müssen, daß die Anforderungen in der Fünften derart hochgeschraubt sind, daß selbst er in der Algebra nicht mehr sattelfest genug ist, um den Buben weiterhin eine echte Hilfe zu sein.«

»Kenn' ich Ihren Bekannten?«

»Seine Frau kennen Sie todsicher: sie kommt immer so ein bißchen aufgetakelt daher; Gollob heißt sie; und er, ihr Mann, ist Ingenieur in der Papierfabrik.«

»Na und ob ich die beiden kenne! Mit ihm, dem Gollob Alfi, bin ich ja in die Schule gegangen . . .«

»Eines muß man den Gollobs lassen: hilfsbereit sind sie. Die würden bei Nacht und Nebel kommen, wenn man sie braucht.«

»Gehn S', Frau Sonnleitner, hören S' mir auf mit dem alten Gollob! Wie das Kind ist, weiß ich nicht; es soll ja in der Schule vor allen anderen glänzen. Aber mit dem Alten können sie mich jagen. Das ist ja der größte Angeber von ganz Bruck.«

»Also ich weiß nicht . . . auf den Kopf gefallen scheint er mir jedenfalls nicht zu sein . . .«

»Das ist Angabe, nichts als Angabe! Wissen Sie, Frau Sonnleitner, wie wir den Gollob Alfi in der Schule genannt haben?«

Noch während Frau Mörth die Kunstpause ausdehnte, um das Nachfolgende möglichst effektvoll in den plötzlich sprachlos gewordenen Raum platzen zu lassen, breitete sich in Hermine Sonnleitner schon so etwas wie ein kleines Wohlbehagen aus: Sollte dieser Mann, den sie beim ersten Mal direkt verächtlich – in einer gefühlsmäßig richtigen Einschätzung? – behandelt und dem sie dann – blöderweise? – immer mehr Bewunderung gezollt hatte – sollte dieser Mann doch nicht so toll sein, wie er sich gerne gab?

»*Znirchterl!*« sagte jetzt Frau Mörth. Triumphierend kostete sie die Verblüffung aus, die Hermine Sonnleitner nach der Nennung dieses abschätzigen Spitznamens ins Gesicht geschrieben stand.

»Aah so.« Etwas anderes brachte Hermine Sonnleitner im Moment nicht heraus; sie war tatsächlich baff. Langsam begann sie, die Persönlichkeit Alfons Gollobs in einem anderen Licht zu sehen.

»Da schaun Sie, gelt?« stieß Frau Mörth nach. »Mein Gott, wenn ich denke, wie wir Mädchen diesen Duckmäuser sekkiert haben: bis aufs Blut. Aber der Alfi hat so eine Art gehabt, die das direkt herausgefordert hat . . .«

»Na haben Sie Worte!« Hermine Sonnleitner konnte sich nicht genug wundern. »Und mir gegenüber tut er immer so, als ob er der größte Frauenheld gewesen sei.«

»Der Alfi? Ha, daß ich nicht lache!«

»Ich war echt schockiert, als er davon erzählt hat, daß er schon mit fünfzehn sämtliche Brucker Witwen . . . und so . . .«

»Witwen? Na klar: weil er bei unsereins nicht den Funken einer Chance gehabt hat . . . Aber jetzt ganz im Ernst, Frau Sonnleitner: das ist ja auch erstunken und erlogen. Der Gollob ist der größte Tassenhauer, den es gibt. Wenn der schon mit fünfzehn eine Frau gehabt hat, können sie mich in Zukunft »Feitel« nennen.«

»Dann frag ich mich nur, wie er zu der Franziska hat kommen können?«

»Das ist mir auch ein Rätsel.«

»Denn sie ist ja ein ausgesprochen fescher Kerl. Und wenn man sie näher kennenlernt, gewinnt sie noch; dann muß man sie einfach gern haben, ob man will oder nicht – trotz ihrer Mucken.«

»Wenn ich auf die Dauer neben so einem Menschen leben müßte, hätt' ich auch meine Mucken; den Gollob möcht' ich nicht als Mann, und wenn er in Gold getaucht wäre . . .«

»Die Franzi steht bei ihm total unter Kuratel; der drückt sie vollkommen nieder. No und diesbezüglich! Das trau' ich mich ja gar nicht laut sagen. Stellen Sie sich vor, Frau Mörth« – Hermine Sonnleitner dämpfte die Stimme, so daß die Frau nun über die Türschwelle ins Dämmerlicht des Vorzimmers trat –, »stellen Sie sich vor: er bezeichnet sich ja selbst als Caterpillar. ›Ich bin wie ein Caterpillar‹, sagt er immer; das ist schon so eine Art geflügeltes Wort bei ihm. Für ihn gäbe es diesbezüglich kein Halten; er bügle alles nieder. Sogar in der Mittagspause muß die Franzi herhalten! . . . Also ich sag Ihnen, so ein Mann kann mir gestohlen bleiben.«

»Man sagt, daß die Frau Gollob schon x Abortusse gehabt haben soll?«

Zum Zeichen, daß sie aus allererster Quelle – nämlich von Franziska Gollob selbst – wisse, daß dieses Gerücht der Wahrheit entsprach, schlug Hermine Sonnleitner nur die Augenlider nieder. Und indem sie mit der Hand sachte den Oberarm der Frau Mörth berührte, meinte sie: »No ist das ein Wunder? Bei so einem Mann?«

Es trat eine Pause im Gespräch ein. Jede der beiden Frauen fühlte sich bemüßigt, einige Augenblicke lang die Lage der Franziska Gollob nachzufühlen.

»Den Buben, den Sigi« – Frau Mörth nahm Anlauf, um das Gespräch wieder in Schwung zu bringen –, »den soll er ja auch ganz auf Schwerenöter hintrimmen wollen.«

»Genau. Dabei ist der Sigi so sensibel; wenn sie seine Hände anschauen: der hat Hände wie ein Mädchen. Und ich versteh' die Franzi nicht, daß sie, die doch diesbezüglich unter diesem Mann so leidet, dabei mitmacht. Wissen Sie, was sie mir vor kurzem erzählt hat? Daß sie den Buben – er ist immerhin schon fünfzehn – eigenhändig badet und danach von Kopf bis Fuß eincremt. Und dabei richtet sie ihr besonderes Augenmerk darauf, wie er sich unten entwickelt. Denn dieses Instrument – sie hat tatsächlich ›Instrument‹ gesagt – sei das Wichtigste am ganzen Mann.«

»Also ich bin auch nicht prüde – ich mag's nur nicht leiden, wenn der Patschi vor der Wilma in der Unterhose vorm Fernseher sitzt; aber –«

»No und wir sind auf diesem Gebiet ganz besonders heikel. Der Karli ist so geschämig; der hat sogar in der Badewanne immer seine Badehose an. Aber das hat er von mir. Ich sag' Ihnen jetzt etwas ganz im Vertrauen, Frau Mörth: mein Mann und ich sind jetzt fast vierzehn Jahre lang verheiratet; und in der Zeit hat er mich noch nie, noch *nie!* nackt gesehen. Und so, *nur* so, haben wir uns bis auf den heutigen Tag etwas bewahrt.«

Frau Mörth mußte sich beherrschen, um Hermine Sonnleitner nicht mitten ins Gesicht zu lachen. Das stimmte doch aber haargenau in das Bild, daß sie sich schon immer von dieser »komischen Ehe« gemacht hatte: sie hatte sich nie vorstellen können, wie die beiden miteinander im Bett ... Allein schon, wenn sie hinter dem Vorhang beobachtete, wie die am Sonntagnachmittag spazieren gingen: er mit einem Gesicht wie sieben Tage Regenwetter einen Kilometer voran und sie und der Karli, als gehörten sie nicht dazu, hinterdrein ... Über dieses »Bild für die Götter« hatte sie sich mit der Wilma schon immer königlich amüsiert. Frau Mörth dachte krampfhaft nach, wie sie von diesem Thema ablenken könnte. Denn wenn Hermine Sonnleitner noch weitere derart verschrobene Ansichten über die Ehe fallengelassen hätte, hätte sie mit ihrer Meinung nicht hinterm Berg halten können; und dabei wäre sie bei der Frau Professor mit hundertprozentiger Sicherheit ins Fettnäpfchen getreten. Glücklicherweise fiel ihr etwas ein, was sie Hermine Sonnleitner schon unlängst unter die Nase hatte reiben wollen.

»Jetzt fällt mir gerade ein«, sagte sie, »daß ich vor ein paar Tagen die Frau Gollob mit Ihrer *anderen* Freundin beim Obermayer im Wintergarten sitzen gesehen habe.« Frau Mörth hatte Hermine Sonnleitner diesen schweren Brocken mit betonter Leichtigkeit hingeworfen – als handele es sich dabei um etwas gänzlich Nebensächliches, eigentlich kaum Erwähnenswertes. Genüßlich konnte sie nun feststellen, daß sie mit dieser subtilen Bemerkung bei ihrem Gegenüber voll ins Schwarze getroffen hatte.

»Mit der Trude??« Es dauerte eine ganze Weile, bis sich Hermine Sonnleitner fing. »Ah so?? Das ist mir aber ganz was Neues.«

»Man sieht die beiden in letzter Zeit häufig zusammen; am Markt, in der Stadt ...« Frau Mörth hatte das Gefühl im kleinen Finger, daß sie hier nur weiterzubohren brauchte, um fündig zu werden. »Sie müssen die Frau Kotnik ja nun schon eine Ewigkeit lang kennen.« Mit diesem harmlosen, mehr oder weniger nichtssagenden Zusatz hoffte sie, Hermine Sonnleitner leichter aus der Reserve zu locken.

»Das kann man wohl sagen«, antwortete Hermine Sonnleitner mechanisch. Und sie machte – ganz im Sinne der Frau Mörth, die sich hämisch freute, daß die Frau Professor endlich einmal im Begriff war auszupacken – ihrem schon seit längerem aufgestauten Ärger Luft: daß sich zwischen Trude und der Franzi in freundschaftlicher Hinsicht etwas anbahnte, beobachtete sie schon seit einiger Zeit mit ständig wachsendem Mißtrauen. Daß sich das aber allem Anschein nach auf eine dicke Freundschaft hin entwickelte, hätte sie nie im Leben für möglich gehalten. Am allermeisten wurmte es sie, daß man sie dabei offenbar aufs Abstellgeleise schieben wollte. Das hatte sie nun von ihrer Gutgläubigkeit: sie hatte die beiden Frauen überhaupt erst miteinander bekannt gemacht; und jetzt machte ihr die Trude doch glatt die Franzi abspenstig. Hermine Sonnleitner hätte sich den Schädel abreißen können. Wenn sie das geahnt hätte! Und womöglich hatte die Trude den letzten Streit ganz bewußt inszeniert, nur um die Franzi für sich allein zu haben. Also das wäre doch die Höhe gewesen! »Stellen Sie sich vor, Frau Mörth:« gab Hermine Sonnleitner ihrer Empörung Ausdruck, »sechzehn Jahre kennen wir uns jetzt, die Trude und ich, und es hat immer kleinere Zwistigkeiten zwischen uns gegeben, aber nie etwas Ernstes. Und nach sechzehn Jahren bricht sie wegen einer winzigen Lappalie einen Streit vom Zaun, gerät derart in Saft – ich hab' mich direkt gefürchtet – und schleudert mir an den Kopf, daß sie mir wünsche, daß mein Johann genauso elendiglich krepieren solle wie ihr Viktor!«

»Also sowas!«

»Das ist die Trude! Und jetzt pirscht sie sich an die Franzi heran. Selbstverständlich ist unser Verhältnis seit damals total abgekühlt. Wir grüßen uns zwar ...«

»Die soll ja seit einem Jahr wieder einen Lebensgefährten haben?«

»Ja ja. Einen Arbeiter aus der Papierfabrik. Lipka heißt er. Sepp Lipka. Ein Trumm von einem Mann ... Wissen Sie, Frau Mörth, das war ja auch ein Grund, warum ich mich in letzter Zeit – schon vor diesem Auftritt – etwas von den beiden abgesondert habe: der Herr Gollob hat ja, kaum daß ich die Frauen miteinander bekannt gemacht hatte, die Inge auch gleich zu seinen Nachhilfestunden eingeladen; am liebsten hätte er wohl seinen Sigi mit dem Mäderl verkuppelt – aber Schwamm drüber! Was mich viel mehr gestört hat war, wie er, der Herr Ingenieur, über den Sepp Lipka hergezogen ist, kaum daß die Trude mit der Inge bei der Tür draußen war. Daß der Herr Lipka ›unter ihm‹ arbeite, hat er natürlich sofort anbringen müssen; und dann hat er abfällig gegrinst und gemeint, daß man halt von einem ›Schöpferhirn‹ nicht viel verlangen könne. No und daß der Sepp so gerne ins Barbolani-Kino geht und sich dort die Tschinbum Filme anschaut, die, in denen es auf Schritt und Tritt Tote regnet – darüber hat er einen Witz nach dem anderen gerissen. Und dann fängt er doch plötzlich ›Marina, Marina, Marina‹ zu summen an –«

Da kam jetzt Frau Mörth nicht mehr mit. Sie schaute ganz verdutzt.

Die schaut mich jetzt an wie die Kuh vorm neuen Tor, dachte sich Hermine Sonnleitner, bevor sie zur Erläuterung ansetzte: »Sie kennen doch sicher den Schlager von diesem Italiener . . . Rocco Granata glaub ich heißt er; er war beim Lou van Burg in der Fernsehsendung?«

Frau Mörth nickte nur: ja, sie kenne den Schlager. Sie verstand allerdings noch immer nicht den Zusammenhang.

»No und dieser Schlager hat dem Sepp so gut gefallen«, verdeutlichte Hermine Sonnleitner, »daß die Trude am nächsten Tag hat stante pede in die Stadt gehen müssen, um die Platte zu kaufen. Damals hätten sie den Ingenieur Gollob hören sollen: da brauche man schon so ein Hirn wie der Lipka, damit man sich eine Platte von diesem makkaronifressenden Schnulzen-Heini kaufe . . . – und in dem Ton ist es weitergegangen. Ich meine, daß ist doch keine Art. Er ist der Trude gegenüber ins Gesicht scheißfreundlich und hinter ihrem Rücken . . . Da hab' ich mich dann gefragt, was er wohl über mich und meinen Mann so daherredet.«

»No sagen Sie 's zweimal. Wer weiß, was der alles über Sie in Bruck in Umlauf gebracht hat.«

»Wenn ich denke, wie die Trude immer über die Franzi hergezogen ist, als sie sie noch nicht gekannt hat!« Hermine Sonnleitner ging diese neue Konstellation einfach nicht in den Kopf. »Und die Franzi hat die Trude nie anders als ›diese primitive Person‹ bezeichnet! Und jetzt scheinen sie auf einmal Liebe und Griesschmarren geworden zu sein.«

»Wissen Sie, Frau Sonnleitner: die Leute reden so und handeln anders. Man kann eben in niemanden hineinschauen. Am besten machen Sie es so wie ich: ich geh nirgends hin und zu mir kommt auch niemand.«

»Genau. Am Gescheitesten wäre es eh.« Hermine Sonnleitner konnte der Frau Mörth nur noch recht geben; sie war ganz ausgepumpt nach dem für sie ungewöhnlich langen Wortschwall. Und Frau Mörth nahm jetzt die Waschschüssel vom Treppenabsatz auf. Ihr war soeben eingefallen, daß sie ja unten die Tür nur zugelehnt hatte . . .

Zu Winterbeginn des Jahres 1961 ging es wie ein Lauffeuer durch die Stadt: der Gollenhuber war beim Schlittenfahren tödlich verunglückt. Der Junge, der allgemein als »Tunichtgut« bekannt war, hätte die vierte Klasse des Realgymnasiums zum dritten Mal machen müssen. Da das aber nicht zulässig war, war er als Bürolehrling in die Böhlerwerke nach Kapfenberg gegangen. Nachdem der erste Schnee gefallen war, hatte er zusammen mit anderen »Halbstarken« – alle jungen Burschen, die in Bruck mit einem Moped, einer sogenannten »Schlurfrakete« fuhren, waren Halbstarke – eine Mondscheinpartie auf die Schweizeben unternommen. Und »angesoffen wie die Radiergummis« waren sie dann vom Schutzhaus abgefahren: über den Kalvarienberg, hinaus in die Kalte Quelle . . . Doch statt am Ende der Kalten Quelle abzubremsen und den Schlitten am Bahnübergang an der Südbahn zum Stehen zu bringen, war Gollenhuber, indem er sich ganz zurückgelegt hatte, in vollem Schuß unter den Schranken durchgefahren – und genau in diesem Moment hatte ein Güterzug den Bahnübergang passiert. Am zweiten Tag nach diesem tragischen Ereignis erreichte das Raunen beim Obermayer seinen Höhepunkt. Je gedämpfter die Stimmen der Damen waren, je leiser das Geklapper der Kaffeelöffel und Mehlspeisgabeln wurde, desto grausigere Details wurden über diesen Unfall kolportiert. Die Damen übertrumpften sich gegenseitig mit Entfernungsangaben darüber, wie weit das, was vom Gollenhuber noch übriggeblieben war, am Bahnkörper verstreut gewesen war. Und es gab Stimmen, die meinten, so einer sei selber schuld; wenn einer sich ansaufe, daß er nicht mehr wisse, was er tue, dann geschähe ihm ganz recht; zu bedauern seien die Eltern: sie zögen so ein Kind unter tausend Opfern groß und dann das . . . andere Stimmen meinten, daß das Vorherbestimmung sei; wäre es nicht die Lokomotive gewesen, wäre was anderes dahergekommen. Frau Gollob nannte es schlicht und einfach Kismet. Sie hatte dieses Wort von ihrem Mann aufgeschnappt, und es wurde unter den Damen des Obermayer für einige Zeit zum »Modewort«.

Mit Gollenhuber war zum ersten Mal ein junger Mensch aus Karls Umgebung vom Tod hinweggerafft worden. Wenn ältere Menschen aus der Bekanntschaft starben, kümmerte ihn das nicht im geringsten; wenn man alt war, starb man halt. Der Tod Gollenhubers machte Karl betroffen: er konnte sich einfach nicht vorstellen, wie ein Mensch, der ungefähr in seinem Alter war, von einem Augenblick zum anderen plötzlich zu existieren aufhörte. Seine Mutter meinte dazu nur lakonisch: »Siehst du, Karli, so ist das Leben. Wenn du hin bist, bist du hin. Nach einer Woche bist du begraben und vergessen und kein Hund redet mehr von dir. Dann benagen dich nur noch die Würmer.«

Das Frühjahr 1962 war ein Frühjahr mit einem hohen, blauen Himmel und lauer, dufterfüllter Luft. Karl konnte das Gurren der Tauben hören, die auf den erwärmten Blechen vor den Fenstern des Klassenzimmers saßen, und wenn er hinaussah auf die dunkelgrünen, sonnenbeschienenen Baumkronen am Krecker, die sich im sanften

Wind kaum merklich regten, verspürte er auf einmal so viel Kraft in sich und Zuversicht für die Zukunft, daß es ihm durch und durch ging und er eine Gänsehaut bekam bei dem Gedanken, wie sehr er *das Leben liebe.* Und das Herumhocken im dumpfen Klassenzimmer kam ihm in diesem Augenblick nur noch wie ein uralter Witz vor. Karl vermochte jetzt endlich einen Horizont auszumachen: die Schule würde nicht ewig dauern; drei Jahre lang mußte er sich noch in Geduld fassen. Und dann, dann würde das *Leben* beginnen: zu den verschiedenen Jahreszeiten mit den Ölfarben im Freien in der Umgebung von Kirchberg sitzen und malen und zeichnen, die Gerüche der Natur einatmen; und niemand mehr, der seinen Tag einteilt, ihm Vorschriften macht . . . er würde fremde Länder bereisen, Italien, Griechenland; er würde Frauen kennenlernen, phantastische Liebesgeschichten erleben . . . und er träumte davon, irgendwann einmal mit seinen Bildern genügend Geld zu verdienen, um sich ein dunkelgrünes Porsche Cabriolet leisten zu können, mit dem er dann über die Straßen der Oststeiermark rauschen würde . . .

Seit mehreren Wochen war der Platz in der Schulbank unmittelbar vor Karl – der Platz der Amanda Burger – leer. Es kam sehr selten vor, daß jemand so lange krankheitshalber vom Unterricht fernblieb. Doch niemand verlor ein Wort darüber, was es mit dem Fehlen dieses Mädchens auf sich hatte. Eines Morgens – Karl kam wie immer »am letzten Abdruck«, wenige Sekunden vor dem Läuten, ins Klassenzimmer gehuscht – war die Stimmung anders als sonst: es lastete etwas auf der Klasse: eine gruselig verhaltene Spannung, die unwillkürlich zum Lachen reizte. Als Karl sich hinsetzte, sah er da eine Bankreihe weiter vorn auf dem Tisch der

Amanda Burger einen Strauß weißer Rosen liegen. Das Mädchen war an einer geheimnisvollen Krankheit gestorben. Der Tod hatte, indem er sich ein Opfer mitten aus der Klassengemeinschaft geholt hatte, für alle fühlbar seinen Hauch hinterlassen. Die Ehrfurcht vor dem Tod dämpfte den Lachdrang, den offenbar ein jeder verspürte, zu einem Lächeln. Die Schüler konnten an diesem Tag nicht anders: sie mußten sich gegenseitig anlächeln – und wenn es die belanglosesten Worte waren, die sie miteinander wechselten. Sogar der Klassenvorstand, ein besonders empfindsamer Mensch, hatte ein feines, wehmütiges Lächeln um die Lippen, als er mit leiser Stimme das Begräbniszeremoniell besprach. Die Schüler würden, nachdem der Sarg mit den sterblichen Überresten der Amanda Burger in das Grab hinabgelassen worden war, der Reihe nach vortreten müssen, um mit einer Schaufel ein wenig Erde hinunter auf den Sarg zu werfen. Dann müßten sie vor die Eltern des Mädchens hintreten, um diesen ihr Beileid auszusprechen. Karl, der sich diese Szene sofort bildhaft vorstellte, bekam einen Schweißausbruch bei dem Gedanken, daß er, nachdem er während der ganzen Begräbnisfeierlichkeiten sich mit aller Macht einzig und allein darauf konzentriert hatte, den unbändigen Lachdrang zu unterdrücken und nur ja nicht in Sigis Richtung zu schauen – sie würden dann beide in ein haltloses Gelächter ausbrechen –, daß er also genau in dem Moment, wo er allein vor den total gebrochenen Eltern stand, um ihnen die Hand zu geben, nicht mehr länger an sich würde halten können: und statt mit vor Trauer belegter Stimme die Beileidsformel zu murmeln, würde er bersten vor Lachen ... Karl kannte dieses Gefühl – das Gefühl, das Lachen zu unterdrücken bis man meinte, es nicht mehr aushalten zu können – nur zu gut vom In-die-Kirche-Gehen. Er fand zwar in letzter Zeit immer häufiger eine Ausrede, wenn er am Sonntag vormittag mit seinem Vater das Hochamt besuchen sollte. Doch er ging noch sehr gerne in die Maiandacht (Die Maiandacht begann zu einer Uhrzeit, die Karl ganz besonders liebte: bei Einbruch der Dämmerung. Und die Schwalben flogen in scharfen Bögen um die Kirche herum und streiften mit ihren Flügeln beinahe seinen Kopf; und jedesmal war er tief ergriffen vom Lied »Meerstern ich dich grüße«, das am Schluß der Andacht gesungen wurde). Und fast jeden Sonntag nahm er an der Abendmesse teil, die wesentlich kürzer war als das Hochamt am Vormittag. Manches Mal begleitete Sigi, der wie sein Vater nicht an Gott glaubte und das Ganze einen »Mummenschanz« nannte, Karl sozusagen zum Spaß. Sie saßen dann nebeneinander im Kirchenstuhl. Und je näher die Wandlung kam, die mit einer Stille verbunden war, in der man eine Stecknadel hätte fallen gehört, desto unmöglicher kam es ihnen vor, das Lachen zurückzuhalten. Karl wandte seinen Kopf zur Seite. Sigi sah nur, wie Karls Backenmuskeln krampfhaft arbeiteten und wie dessen Hals immer röter anlief. Er selbst hielt sich, als wolle er ein Niesen vermeiden, mit der rechten Hand die Nase und gleichzeitig den Mund zu, um nicht laut hinauszubrüllen. Diese Unterdrückung des Lachens erreichte ihren wollüstigen Höhepunkt, wenn alle niederknieten und der Priester die hocherhobene Hostie zeigte, sich dann umwandte, um sich in der Totenstille am Kelch zu schaffen zu machen, mit einem tiefen Schluck dann den verwandelten Wein austrank, den Kelch mit einem weißen Tuch auswischte, ihn zurück in den Tabernakel stellte ... Doch so wie es Karl auch in der Kirche immer schaffte, das Lachen zu unterdrücken, so schaffte er es auch – wenn auch nur mit äußerster Anstrengung – beim Begräbnis der Amanda Burger. Erst auf dem Heimweg vom Friedhof wurde ihm bewußt, daß dieses Mädchen nun steif und tot unter der Erde lag, während er quicklebendig auf der Leobener Straße dahinschritt. Und plötzlich erinnerte er sich sehr genau an die Augen der Amanda Burger: Augen, die einen dermaßen traurig und verloren angeblickt hatten, als stünde in ihnen geschrieben, daß dieses Mädchen einen frühen Tod sterben werde . . . Und Karl wurde über den Tod dieses Mädchens von einer so heftigen Wehmut erfaßt, daß ihm Tränen in die Augen stiegen; er wischte sie beschämt mit dem Rockärmel weg. Von nun an besaß der Tod für Karl eine gewisse Gültigkeit. Der Tod des Gollenhuber hatte ihn zwar betroffen gemacht; er hatte jedoch irgendwie geglaubt, daß dessen Tod so etwas wie ein Mißgeschick Gottes gewesen sei; rein irrtümlich habe der Tod statt einen alten Menschen einen jungen getroffen. Das Hinsterben der Amanda Burger hatte ihm jedoch gezeigt, daß junge Menschen zwar nicht so häufig verschieden wie alte, daß der Tod aber keinesfalls davor zurückschreckte, sich auch unter ihnen seine Opfer auszusuchen. Niemand war vor dem Tod sicher; auch er – Karl – nicht.

Es war die Zeit, in der Karl Sonnleitner viele der Bücher las, die sich Sigi aus der Gewerkschaftsbibliothek lieh. Am liebsten vertiefte er sich in die Romane von Louis Bromfield und Richard Mason, deren Handlungsschauplätze fast durchwegs in fernen tropischen Ländern angesiedelt sind. Allein schon der Titel eines dieser Bücher: »Schatten über den blauen Bergen« erschien ihm wie eine Verheißung für eine zukünftige Lebensform. Und im Lesezirkel, den seine Mutter abonniert hatte, verschlang er sämtliche Fortsetzungsromane: all diese Geschichten, in denen hochbegabte junge Menschen aus bestem Haus, die gerade ihre erste stürmische Liebe erlebten und darangingen, eine erstklassige Karriere zu starten, plötzlich an einem heimtückischen tödlichen Leiden erkrankten. Und Karl begann, an seinem Körper nach den geschilderten Symptomen zu suchen. Und als er in der Leistengegend einen kleinen Knoten verspürte war er nahezu sicher, binnen kurzem an Lymphdrüsenkrebs zugrunde zu gehen. Er war niedergeschlagen und verzweifelt: so viel hatte er sich von der Zukunft erwartet; und nun würde er aus dem Leben gehen und all das versäumen. Doch es gab auch Momente, in denen er fast heiter gestimmt war: wenn er daran dachte, daß es auf jeden Fall großzügiger und heldenhafter war, auf das Leben zu verzichten als es anzunehmen; und ohne einen Laut der Klage von sich zu geben, wollte er in aller Stille verscheiden. Doch dann sah er eines Tages in dem Lesezirkel ein über zwei Seiten gehendes Foto der blutjungen Christine Kaufmann im Bikini, und er wünschte sich mit jeder Faser seines Herzens, doch wenigstens solange leben zu dürfen, bis er ein solches Mädchen geliebt haben würde . . . Tatsächlich hatte Karl bald Gelegenheit, so ein Mädchen – seinen Traum von einem Mädchen – in Fleisch und Blut Tag für Tag vom Wohnzimmerfenster aus anstaunen zu können. Er dachte eigentlich nie daran, jemals mit diesem Mädchen bekannt zu werden – so schön war es. Karl hatte nur ein unheimlich angenehmes Gefühl, wenn er beobachtete, wie es, ärmlich gekleidet, eine rote Schultasche unter dem Arm geklemmt, täglich um Viertel vor zwei Uhr nachmittags aus der Schiffgasse kommend ums Eck bog und mit einem stolzen gemessenen Gang den Hauptplatz überquerte; das strohblonde Haar, zu einem dicken Zopf geflochten und nach vorn über die linke Brust gelegt, reichte ihm fast bis zur Taille . . .

»Schau, schau, die Steier Evi! Na, wie die geht: die glaubt auch, sie ist die Kaiserin von China.« Hermine Sonnleitner ertappte Karl einmal dabei, wie er dem Mädchen aus dem Fenster nachblickte. Sie lehnte sich neben Karl auf die Fensterbank. »Dabei kommt die doch aus dem letzten Dreck.« Instinktiv wollte die Mutter ihrem Sohn dieses Mädchen vermiesen. »Das Lausmensch ist noch nicht einmal mit der Handelsschule fertig und fängt schon mit den Männern an. Die hüpft ja mit dem Sohn vom Rechtsanwalt Steiner. Der ist ja selbst schon Doktor Jus. Daß der sich nichts Besseres findet als dieses Trutscherl . . .«

Die abfälligen Bemerkungen seiner Mutter vermochten Karls heimliche Verehrung für dieses Mädchen nicht im geringsten zu beeinträchtigen. Die wenigen Minuten des Tages, an denen er ihm mit andächtigen Blicken vom vierten Stock aus auf seinem Schulweg folgte, gehörten zu den von ihm am sorgfältigst gehüteten.

An den Samstagabenden fuhren Karl, Sigi und Konrad Zach mit den Rädern hinaus nach Dionysen in ein ganz gewöhnliches Gasthaus, das großspurig »Berger-Bar« hieß. Sie saßen dann zu dritt in der »Berger-Bar« oder – an lauen Abenden – in dem kleinen Gastgarten, von dem aus man hinunter auf das schwarze Band des Kanals sehen konnte. Vor Karl stand eine beschlagene Flasche Reininghaus-Bier. Und wie immer, wenn Konrad dabei war, lag auf dem Tisch statt der drei oder vier in Servietten-Papier eingewickelten »offenen« Smart-Export Zigaretten eine Schachtel Pall Mall. Von Karl diskret dazu animiert, hatte Konrad als derjenige unter ihnen, der schon sein eigenes Geld verdiente, diese sündteuren Zigaretten spendiert. Konrad mußte auch noch einen Fünfer in die Musik-Box werfen. Und wenn dann »Dolce Vivere« erklang, nahm Karl einen ersten tiefen Schluck von dem eiskalten Bier, »heizte« sich genießerisch eine Pall Mall an: die Welt war jetzt für ihn wieder einmal so richtig in Ordnung. In der »Berger-Bar« redeten Karl und Sigi über Gott und die Welt. Sigi versuchte das Gespräch immer auf hochgeistige Dinge hinzulenken: auf Metaphysik, Astrologie oder den knapp bevorstehenden Weltuntergang. Er hatte die gesamte DU UND ... REIHE gelesen (DU UND DIE PHYSIK, DU UND DIE CHEMIE, DU UND DER MOTOR ...), die sein Vater im Wandregal stehen hatte. Er gefiel sich darin, sein Wissen vor Karl und Konrad wie ein Professor vor seinen Schülern auszubreiten. Karl fand es durchaus nicht uninteressant, den Ausführungen Sigis zuzuhören, manchmal eine Frage zu stellen. Nach einer Weile kam er dann aber doch lieber auf »Handfesteres« zu sprechen: zum Beispiel auf die beiden Töchter der Wirtsleute, von denen die eine groß und dünn und die andere klein und mollig war. Karl fand, daß die beiden noch bis vor kurzem richtige »Rotzmenscher« gewesen seien, doch fast von einem Tag auf den anderen hätten sie sich in richtig gute Mädchen verwandelt. In Gedanken hatte er bereits die Mollige – sie hieß Susi – für sich beschlagnahmt und die Dünne dem Sigi zugedacht. Die Susi habe genügend »Holz vor dem Laden« – diesen Ausdruck hatte er von den Bauern in Kirchberg aufgeschnappt – und das finde er ganz toll. Und er malte Sigi aus, was das für eine feine Sache wäre: er würde mit der Susi befreundet sein und käme jeden Tag mit dem Rad hier heraus gezischt. Und er würde oben auf der privaten Terrasse des Wirtshauses sitzen und zeichnen und die Susi brächte ihm im durchsichtigen Baby-Doll – sie hätten ja gerade miteinander geschlafen – eine Flasche Bier heraus. Und er würde den Zeichenstift aus der Hand legen und ihr einen zärtlichen, gekonnten Klaps auf den drallen Popo geben – einen Klaps, so meinte er, der derart gekonnt geführt werden müsse, daß jeder Quadratmillimeter seiner Hand zur gleichen Zeit auf ihren Hintern auftreffe ... Sigi, der Karls diesbezügliche Gedankengänge nicht so recht nachvollziehen mochte, unterbrach dessen Zukunftsvisionen, indem er plötzlich Konrad zu attackieren begann. Der »Zach« – Konrad wurde von Karl und Sigi nie anders als »Zach« genannt – sei doch ein »echtes Phänomen«, meinte er.

»Was gibt es dir eigentlich, Zach«, stichelte Sigi, »wenn du bei uns immer das dritte Rad am Wagen bist? Beitrag zu unseren Diskussionen leistest du eh keinen.«

»Mein Gott, ich bin halt gern mit euch beisammen«, antwortete Konrad nach einer Schrecksekunde mit entwaffnender Offenheit. Und als wolle er auf der Stelle beweisen, daß er zu mehr imstande sei, als immer nur das dritte Rad am Wagen zu spielen und Zigaretten zu spendieren, sagte er: »Weil wir gerade bei diesem Thema sind: apropos Frauen: ich hab gelesen, daß der Kitzler der Frau die Länge und Stärke eines Bleistiftes hat. Kann das möglich sein?« Konrads rechtes Augenlid zuckte nervös.

Karl und Sigi kriegten auf der Stelle einen Lachkrampf. Sigi zerkugelte sich förmlich vor lauter Lachen. Er prustete F-i-f-f-i! heraus. Karl konnte – von Lachkrämpfen geschüttelt – sein Einverständnis nur ausdrükken, indem er mit dem Oberkörper leicht hin und her wiegte. Konrad verstand nun gar nichts mehr. Daß mit Fiffi der Turnlehrer der beiden gemeint war, der seine Eintragungen mit Bleistiftstummeln zu machen pflegte, die so winzig waren, daß man sie zwischen seinen Fingern gar nicht sah, konnte er nicht wissen; er hatte den Fiffi nie im Turnen gehabt. Karl und Sigi wollten sich nicht beruhigen. Kaum ebbte das Gelächter ab, fing das glucksende Lachen bei einem der beiden wieder an und wurde sofort vom anderen aufgenommen . . . Somit ging der einzige Diskussionsbeitrag, den Konrad Zach je im Zusammensein mit seinen Freunden leistete, in ihrem Gelächter unter; und er erfuhr nie, warum sich die beiden an diesem Abend in der »Berger-Bar« dermaßen über seine harmlose Frage »abgehaut« hatten.

Wenige Wochen vor Schulschluß – im Frühsommer des Jahres 1962 – stand es fest, daß Karl Sonnleitner in Mathematik »mit Nachsicht aller Taxen« noch einmal durchrutschen, in Englisch jedoch überraschenderweise eine Nachprüfung haben werde. Johann Sonnleitner tobte tagelang, und Karl mußte – obwohl daran nicht mehr zu rütteln war – zwei Wochen lang in »strengste Klausur« gehen, um zu »büffeln, zu büffeln und noch einmal zu büffeln, bis ihm schwarz vor den Augen« würde. Sigi, der nicht wußte, was mit Karl los war, langweilte es nach einigen Tagen, alleine mit dem Rad herumzufahren oder baden zu gehen. Er läutete also unten bei der Haustür von Karls Wohnung an. Der Vorhang im Arbeitszimmer des Herrn Professors bewegte sich sacht; schließlich funkelten einen Moment lang Johann Sonnleitners Augen hinter der Fensterscheibe. Das Fenster wurde jedoch nicht geöffnet. Da wurde es

Sigi zu blöd: er ging die vier Stockwerke hinauf, läutete oben an der Wohnungstür. Ein massiger Schatten erschien hinter der Milchglasscheibe – und verschwand wieder. Sigi drückte noch einmal auf den Klingelknopf. Da flog die Tür so plötzlich auf, daß Sigi vor Schreck einen Schritt zurücktrat. In einer Lautstärke, daß es durch das ganze Stiegenhaus schallte, brüllte Johann Sonnleitner, daß sein Sohn für niemanden, für *niemanden!* zu sprechen sei; im übrigen sei *sein Sohn* nicht Sigis *Knecht!*; und wenn der *Herr* – gemeint war Sigi – die Stirn haben sollte, noch einmal hier einzudringen, dann möge er gefälligst die Micky-Maus Hefte, die er sich vor Jahren vom Karli ausgeborgt habe, zurückerstatten; ansonsten – mit einem Krach flog die Tür wieder zu. Sigi ging kichernd die Treppe hinunter. Wenn sich wer von wem Micky-Maus Hefte ausgeborgt hatte, dann nicht er – Sigi von Karl, sondern genau umgekehrt ... daß der alte Sonnleitner einen Hieb hatte, wußte Sigi längst; daß der Hieb aber so gewaltig war ... kopfschüttelnd bestieg Sigi sein Rad, stieß sich gemach vom Trottoir ab.

Nachdem die zwei Wochen um waren, trafen sich Karl und Sigi wie gewöhnlich am Nachmittag. Karl tat, als habe es nie eine Klausur gegeben. Sigi konnte sich nicht verkneifen, auf jene Episode im Stiegenhaus anzuspielen. Das hätte er aber lieber nicht tun sollen. So schroff, wie er Karl bisher noch nie erlebt hatte, fuhr ihm dieser über den Mund: niemand habe ihn aufgefordert, bei ihm anzuläuten. Auch verbitte er sich jede Kritik an seinem Vater. Sein Vater habe vielmehr vollkommen recht gehabt mit dieser Maßnahme; das Lernen habe ihm nur gutgetan; denn nun brauche er in Kirchberg nicht mehr soviel strebern; er würde die Ferien dort also viel unbeschwerter genießen können ...

In diesem Sommer in Kirchberg hatte Karl Sonnleitner für die Feldarbeit oder die Arbeit am Hof des Gottlieb Brunner kaum noch ein Interesse übrig. Wenn er sein Lernpensum hinter sich gebracht hatte, begleitete er immer häufiger seinen Onkel auf dessen Krankenbesuchen. Nach der letzten Visite ging Ferdinand Auer mit seinem Neffen ins nächstgelegene Wirtshaus, wo er eine Brettljause bestellte und Schnaps dazu. Sie saßen dann bis zum Einbruch der Dunkelheit da, tranken Schnaps und Karl rauchte mit seinem Onkel ungeniert um die Wette, ohne daß der das geringste daran auszusetzen gehabt hätte. Meist kamen sie dabei ins Philosophieren. Nach zwei Schnäpsen – Ferdinand Auer hatte währenddessen schon mindestens den fünften – war Karl leicht beschwipst, und die Hemmungen, die er als Nüchterner bis zu einem gewissen Grad auch seinem Onkel gegenüber hatte, fielen von ihm ab. Er hatte sein für ihn in diesem Zustand so charakteristisches, halb spöttisches, halb glückseliges Lächeln im Gesicht, als er meinte, daß ohnehin alles egal sei: früher oder später müsse ein jeder sterben; was zähle, sei einzig und allein der Augenblick; und er wolle einmal ein maßloses Leben führen: malen, trinken, rauchen, Frauen lieben ... ein »sinnliches« Leben wolle er führen; alles andere sei kein Leben, sondern ein Dahinvegetieren; jeder Tag könne der letzte sein; man müsse das Leben genießen, solange noch Zeit dazu sei ... Ferdinand Auer, der Atheist war, entgegnete, daß er – Karl – ja daherrede wie ein Nihilist. Karl gefiel dieses Wort, mit dem ihn da sein Onkel bedachte, gleich unheimlich gut, wenngleich er keine Ahnung hatte, was es bedeutete. Und er kam sich plötzlich wie eine richtig gereifte Persönlichkeit vor, da doch sein Onkel diese Ansicht nicht nur für durchaus diskutabel zu halten schien, sondern dafür mit aller Selbstverständlichkeit einen dermaßen hochgestochenen Ausdruck parat hatte. Und Ferdinand Auer fragte nach, wie sich das damit vereinbaren lasse, daß Karl noch immer regelmäßig in die Kirche ging; ob er denn überhaupt noch an einen Gott glauben könne und an ein Weiterleben im Jenseits? Karl mußte zugeben, daß er mit sich selbst uneins sei: manchmal glaube er an Gott, dann habe er wieder tiefe Zweifel an dessen Existenz . . . in die Kirche gehe er einerseits aus Gewohnheit, andererseits gefalle ihm das Ritual, die Stille, der Weihrauchgeruch, die durch die hohen Spitzbogenfenster schräg einfallenden Sonnenstreifen, in denen Millionen von Staubkörnchen tanzten . . . Offenbar habe Karl also auch einen Hang zum Mystischen, faßte Ferdinand Auer Karls Empfindungen mit einem anderen Fremdwort zusammen. Karl, dem dieses Fremdwort bereits geläufig war, gab diesen Hang gerne zu. Der Ausdruck Nihilist blieb ihm jedoch nachdrücklich im Gedächtnis haften. Und wenn es fortan in den Diskussionen mit Sigi um dessen Weltverbesserungsideen ging, für die Karl nicht viel mehr als eine wegwerfende Handbewegung übrig hatte, und Sigi in Rage geriet und meinte, daß man mit Karl nicht reden könne: er denke nie konstruktiv, sondern immer nur destruktiv – da wies dann dieser lässig auf seinen nihilistischen Standpunkt hin. Und darauf wußte selbst Sigi nichts mehr zu erwidern.

Die heißen Tage verbrachte Karl im großzügig angelegten Freibad von Kirchberg. Mit einer Gruppe von Freunden – da war Eberhard, der Sohn des Volksschuldirektors, Sepp, dessen Vater als Tischlermeister im Dorf einen »schweren Stand« hatte, weil er der einzige Kommunist unter der erzkonservativen bäuerlichen Bevölkerung war, und natürlich auch Manfred – hatte er stets denselben Platz auf der Liegewiese belegt. Und es gab auch Mädchen: Lilli, die Tochter des Bauunternehmers, ein frühreifes Ding von zwölf oder dreizehn Jahren; mit flatterndem Haar machte sie die Runde wie ein Schmetterling, legte sich einmal dort dazu und dann da, ließ sich willig von den keckeren Burschen überall abtapsen. Sie hatte einen großen Busen, den Karl ausgesprochen »knusprig« fand und lange dünne Beine. Karl konnte sich nicht sattsehen an ihr. Mit ihr hätte er gern geschlafen. Dann war da Gitte, zufällig ebenfalls eine Bruckerin, die jedes Jahr hierher in die Ferien kam; ihre Eltern führten in Bruck an der Mur eine Gemischtwarenhandlung. Und da Gitte entfernt verwandt war mit dem Manfred Brunner, ergab es sich manchmal, daß sie auf ihrem Handtuch neben Karl zu liegen kam. Und Gitte lag entrückt da, mit geschlossenen Augen, den Körper ganz der Sonne preisgegeben; und hinter den geschlossenen Lidern dachte sie an etwas, und Karl hätte gern gewußt, welche Gedanken das Mädchen beschäftigten. Und er ließ seinen Blick über ihren Körper gleiten: die seidenglatte Haut machte ihn schwindlig; und er sah weg. Doch dann zog es seinen Blick mit magischer Anziehungskraft wieder zurück auf jene Stelle ihres Körpers, die ihn am meisten erregte: die Innenseite ihrer Oberschenkel. Und wenn auf der schlanken Länge dieser jungen Beine feinste Härchen im Sonnenlicht recht zahlreich golden glänzten, so waren diese Härchen an jener bewußten Stelle viel spärlicher gesät: zwischen jedem einzelnen von ihnen lag eine weite Fläche braun schimmernder Haut; mit einem sanften Druck der Lippen jene Stelle zu kosen, betört werden vom aufsteigenden Duft der sonnenerwärmten Schenkel – das stellte sich Karl als allerhöchste Wonne vor. Am Schenkelschluß, dort, wo der Rand des Badeanzuges ein V bildete, quollen einige pechschwarze drahtige Haare hervor; unter dem Dreieck aus geblümtem Stoff wölbte sich ein Hügel, geheimnisvoll: Karls Blick blieb mit ungestillter Neugier, in die jedoch eine gewisse Scheu gemischt war, darauf ruhen. Da öffnete Gitte die Augen, hob den Arm, um die Sonne abzuschirmen – und Karls Blick flog weg von ihr. Er, der hätte vergehen können in Anbetracht der Körperlichkeit dieses Mädchens, mußte vor lauter Verlegenheit so tun, als existierte Gitte neben ihm genausowenig wie er für sie zu existieren schien. Er hatte gerade noch gesehen, daß vor lauter Hitze eine Gänsehaut zwischen ihren kleinen Brüsten war; und in der schneeweißen Achselhöhle mit der zartesten Haut hingen im kohlrabenschwarzen Büschel der Achselhaare einige große Schweißperlen ...

Anna Pöschl hatte Karl Sonnleitner schon die ganze Zeit über aus einiger Entfernung beobachtet. Sie kriegte einen richtigen Zorn, wenn sie sah, wie der Karl die Gitte, die in ihren Augen nichts anderes war als eine dumme Gans aus der Stadt, mit seinen Blicken verschlang. Anna war nicht direkt eifersüchtig auf Karl. Es wurmte sie nur, daß er sie nie auch nur mit einem Blick streifte. Er wußte wahrscheinlich gar nicht, daß es sie gab. Anna hielt sich selbst für etwas Besonderes. Mit ihren dreizehn Jahren wußte sie eines ganz bestimmt: daß sie sich nämlich nie mit einem Leben in Kirchberg zufrieden geben würde; sie wollte einmal eine berühmte Künstlerin werden. Dafür hatte sie vor einem Jahr, als sie noch ein bißchen an Gott geglaubt hatte, sogar ein Gelübde getan: sie würde ein monumentales Kreuz errichten, wenn dieser Wunsch in Erfüllung ginge. Anna hielt auch Karl für etwas Besonderes. Er hatte ihr immer schon gefallen; er war so ruhig und schüchtern, so ganz anders als die Jungen in Kirchberg. Wenn sie ihm zufällig irgendwo begegnete, freute sie sich dermaßen, daß ihr Herz unwillkürlich schneller schlug. Unlängst hatte sie ihn beobachtet, wie er konzentriert und voller Andacht in seinem Garten gesessen war, auf einem Zeichenblock Skizzen nach der freien Natur anfertigend; das hatte sie vollends für ihn eingenommen. Anna, die um vieles reifer war als die Mädchen ihres Alters, die zudem sehr belesen war und überschwenglich gefühlvoll und romantisch veranlagt, war sicher, in Karl eine »verwandte Seele« entdeckt zu haben. Und es kam ihr als eine ungeheure Zeitverschwendung vor und als würfe Karl »Perlen vor die Säue«, daß er, anstatt mit ihr die Probleme der Malerei zu diskutieren, nichts anderes im Sinn hatte, als mit seinen Freunden herumzublödeln und stundenlang dieses Mädchen zu begaffen. Doch Anna Pöschl war sicher, daß sie den Karl früher oder später »bekommen« würde.

An einem Augustabend in Kirchberg ergab es sich, daß Karl mit Gitte allein auf einer Bank auf einem Hügel unweit des Dorfes zu sitzen kam. Gitte hatte ein duftiges Sommerkleid an, und ihr Körper strahlte die Sonnenwärme aus, der sie den ganzen Tag im Bad ausgesetzt gewesen war. Plötzlich legte Karl seinen Arm um Gitte; er tat es ohne Hast und als sei das die selbstverständlichste Sache von der Welt; und doch war eine große Aufregung in ihm. Er ließ den Arm da auf Gittes Schultern ruhen. Keiner von ihnen sprach ein Wort. Auf einmal lag Karls Hand auf Gittes Brust. Sein Herz blieb stehen. Ganz sanft schob Gitte Karls Hand zur Seite; sie löste sich aus seinem Arm . . . sie stand auf, indem sie verlegen ihr Kleid glatt streifte. Wortlos und ohne sich zu berühren schlenderten die beiden, jeder seinen eigenen Gedanken nachhängend, ins Dorf zurück. Karl mußte schmunzeln: die Brust eines Mädchens griff sich also tatsächlich so an, wie der Gollenhuber immer gesagt hatte: so fest und so elastisch wie ein nasser Tafelschwamm.

Die Nachprüfung in Englisch brachte Karl mit gutem Erfolg hinter sich. Dieser »Schuß vor den Bug«, wie »Jimmy« Karl gegenüber den Nachzipf hinterher bezeichnete, war für ihn eine heilsame Lehre. Er riß sich nun zusammen, lernte in Zukunft emsiger, und bis zur Matura sollte er keine nennenswerten Schwierigkeiten mehr haben. Karl Sonnleitner hatte nur noch den brennenden Wunsch: die Schulzeit so rasch und so reibungslos wie möglich hinter sich zu bringen.

13

Konrad Zach legte »As tears go by« von den Rolling Stones auf. Dann drehte er das Licht der Stehlampe wieder ab. Im Wohnzimmer der elterlichen Wohnung brannte nun nur noch eine Kerzenflamme gegen die Rauchschwaden an. Mitten im Zimmer bewegte sich auf dem Teppich ein tanzendes Paar in Socken unendlich langsam um die eigene Achse: Karls Hände ruhten auf Gittes knabenhaften Hüften. Gitte hatte, als wollte sie dadurch Karls Kopf auf sicherer Distanz halten, bei zurückgebogenem Oberkörper die Arme ausgestreckt auf seinen Schultern liegen. Und wenn Karls Hände nach oben glitten in Richtung auf Gittes Schulterblätter hin, um ihren Oberkörper an den seinen zu drücken, da blitzten ihre Augen auf, als lache sie ihn aus; und sie griff in seine Haare, die ihm fast bis auf den Rockkragen fielen: an den Haaren hielt sie seinen Kopf auf Abstand ... Ihre Unterkörper waren jedoch schmerzhaft fest aneinander gepreßt. So drehten sie sich nun schon seit längerer Zeit immer am selben Fleck im Kreis, ohne Rücksicht darauf, ob die Musik schnell war oder langsam oder ob es Pausen gab, in denen Konrad das Licht anknipste, um eine neue Platte aufzulegen.

Seit dem vergangenen Sommer – dem Sommer 1964 –, den letzten großen Ferien vor der Matura, »ging« Karl mit der Gitte. Sie hatten sich in Kirchberg fast jeden Tag gesehen: im Bad, beim Eisessen in der Konditorei, auf den Parties beim Manfred Brunner, wo laute Musik gespielt wurde und Twist getanzt und wo in dunklen Ecken ein bißchen herumgeschmust wurde. Und wie von selbst hatte es sich ergeben, daß Karl, wieder zurück in Bruck an der Mur, jeden Abend zum Bahnhof ging, um Gitte, die seit Herbst als Verkäuferin in einem Leobner Textilkaufhaus arbeitete, vom Zug abzuholen. Karl war in Gitte jedoch keinesfalls verliebt; ganz im Gegenteil: sie ging ihm auf die Nerven. Und in letzter Zeit fragte er sich immer häufiger, warum er eigentlich seit Monaten zum Bahnhof pilgerte: nur, um sich auf dem Nachhauseweg ihr wahnsinnig blödes Gequatsche anzuhören? Und wenn er sie im dunklen Torbogen vor ihrer Haustür zu küssen versuchte, um wenigstens irgendwie auf seine Rechnung zu kommen, da wand sie sich erregt schnaufend aus seinem Arm. Sie wette alles mit ihm, stieß Gitte während dieses kleinen Gerangels hervor, daß er – Karl – sie ja doch nur zum üben brauche. Karl ließ resigniert von ihr ab. Es war jeden Abend dasselbe. Gitte schaute ihn mit dummen und gleichzeitig herausfordernden Augen an: ihr Widerstand hätte ihn erst so richtig aufreizen sollen. Karl hielt diesen unsagbar dummen Blick nicht länger aus; er mußte woanders hinsehen. Gitte war enttäuscht, daß Karl schon aufgab; sie hätte dieses Spiel gern von vorn begonnen. Doch Karl trat einen Schritt zurück, sagte »Ciao«; er ließ Gitte da im Torbogen stehen und ging seinen Steig. Auf dem Heimweg mußte Karl fortwährend an die Hofer Christine denken. Einzig und allein ihretwegen ging er noch in den von der Schule veranstalteten Tanzkurs, den er im übrigen stinklangweilig fand. Karl war ganz versessen darauf, mit Christine zu tanzen. Noch nie zuvor hatte er so einen geschmeidigen Mädchenkörper wie den ihren in den Armen gehalten: leicht wie eine Feder war Christine zu bewegen, und ihr Körper war weich und fest und hingebungsvoll an dem seinen: ihr Oberkörper an seinem Oberkörper, manchmal berührten seine Lippen fast ihr Ohr, der Geruch ihres Haares, ihre Schenkel an seinen Schenkeln . . . es machte ihn ganz benommen. Die Hofer Christine wäre die richtige Freundin für ihn gewesen. Aber außer der Aufforderung zum Tanz hatte Karl noch kein einziges Wort mit ihr gesprochen. Und wenn nach dem Tanzkurs alle in ein nahegelegenes Gasthaus gingen, in dem es eine Musik-Box gab mit den Platten der Beatles, da konnte Karl seine Schüchternheit gerade noch so weit überwinden, daß er sich einen Platz in der Nähe der vielumschwärmten Christine erkämpfte. Und er suchte ihren Blick, und er zwang sich, ihr sekundenlang in die Augen zu schauen. Und sie hielt seinem Blick stand – solange bis er nicht mehr konnte und verlegen wegschaute. Karl bildete sich nun ein, daß die Hofer Christine wohl auch auf ihn scharf sei, wenn sie ihn derart ansah. Und als aus der Musik-Box »I want to hold your hands« kam, überlegte er angespannt, ob er sie zum Tanzen holen solle. In Gedanken stand er bereits vor ihr, forderte sie lässig lächelnd auf; tatsächlich blieb er wie angegossen auf seinem Stuhl sitzen. Da wurde die Christine Hofer auch schon von einem anderen Jungen auf die Tanzfläche geführt. Als sie an Karl vorbeiging, würdigte sie ihn mit keinem einzigen Blick. Karl war beleidigt, wenngleich er nicht imstande gewesen wäre, zu sagen, wie sich das Mädchen denn sonst gegen ihn hätte verhalten sollen.

Er hatte einen bitteren Zug um den Mund, als er sich eine offene Smart-Export Zigarette anzündete, aus der Flasche Bier ins Glas goß. Dann lehnte er sich in seinem Sessel zurück. Und er rauchte in seiner angemessenen Art, nahm ab und zu einen genießerischen Zug Bier zu sich – das alles nun mit einer Miene, daß man hätte meinen können, da sitze ein weit über sein Alter hinaus gereifter Junge, der, halb belustigt, halb gelangweilt, das Leben und Treiben der Gleichaltrigen betrachtet, froh darüber, diese Kindereien längst hinter sich gebracht zu haben. Hinter dieser scheinbaren Abgeklärtheit fühlte sich Karl hin und hergerissen: er redete sich ein, daß es ihm doch völlig egal sei, was in der kurzen Zeit, die er noch in Bruck an der Mur verbringen müsse, geschehe. Mit diesem Dahinvegetieren habe er schon längst abgeschlossen. Sein Leben würde beginnen, wenn er endlich in Wien sein werde. Der andere Junge sollte ruhig mit der Christine herumtanzen; zu mehr würden sie eh nicht kommen. Und die alte Verachtung stieg in Karl hoch: wie wichtig alle dieses Herumgehopse zu nehmen schienen; sie führten sich ja auf, als sei das hier das tatsächliche Leben. Und mit welcher Selbstgefälligkeit sie bei der Sache waren: als gäbe es für alle Zukunft keine ungeklärten Fragen mehr und als hätten sie mit der Beherrschung der läppischen Spielregeln »Wer-Wen-Wann-Zum-Tanzen-Hole« das Leben bereits fest im Griff. So sehr sich auch Karl mit dem bevorstehenden Leben in Wien vertröstete und so sehr er sich auch einzureden versuchte, daß er dieses kindische Getue, diese Vorstufen zu jenem wahren Leben, nicht notwendig habe – das Gefühl des Ausgestoßenseins war in diesen Augenblicken größer denn je. Und er fühlte sich elend: Warum konnte er nicht jetzt, in diesem Moment, das Spiel der anderen spielen und dann, wenn die Schulzeit beendet war, trotzdem sein Leben, so wie er es sich ausmalte, starten? Es wurmte ihn gewaltig, daß er nicht imstande war, seine Hemmungen zu überwinden und die Hofer Christine ganz gewöhnlich, so wie alle anderen, um einen Tanz zu bitten. Er hätte mit ihr belangloses Zeug dahergeredet und dann – dann hätte er sie zu einer Party eingeladen. Das würde ihm Berge gegeben haben: die Hofer Christine auf seiner Party! Das wäre ein einsamer Höhepunkt gewesen. Karl steigerte sich derart in diese Vorstellung hinein, daß er alles um sich herum vergaß. Seiner Umgebung gänzlich entrückt, schmunzelte er vor lauter Stolz in sich hinein: die Hofer Christine auf seiner Party . . .!

Und da drehte er sich also wieder mit der Gitte, die nur als Notnagel gedacht gewesen war, die aber wie immer das einzige Mädchen war, das er sich dann tatsächlich einzuladen gewagt hatte, auf dem Teppich im Wohnzimmer von Konrads Eltern stupid im Kreis. Gitte griff sich so ungelenk an wie ein Haubenstock. Karl war unheimlich angefressen. Seit er zu tanzen begonnen hatte, hatte er einen Dauersteifen aufgezogen, der empfindlich schmerzte. Das Lustgefühl, das er anfänglich noch empfunden hatte, war bald vergangen; es schmerzte nur noch. Alles erschien ihm so sinnlos, daß er nicht einmal die Kraft hatte, sich von Gitte zu lösen. Und die wurde nicht müde, ihm die Ohren vollzuquasseln: ob er sie eigentlich hübsch finde? Karl gab darauf keine Antwort. Rein vom Äußeren her hätte ihm die Gitte durchaus gefallen müssen: sie war groß und schlank und hatte langes blondes Haar, wie er es bei den Mädchen liebte. Doch er fand, sie sei so dumm, daß es eigentlich verboten gehöre; da half die ganze Schönheit nichts. Und zum weißgottwievielten Mal schilderte ihm Gitte nun, daß sie in dem Geschäft, in dem sie arbeite, als einzige Verkäuferin die Dirndlkleider vorführen dürfe; und es sei ihr Traum, Mannequin zu werden; und dann wolle sie in die Fußstapfen der Staier Evi treten, die vor kurzem Miß Austria geworden war. Karls Unwillen verstärkte sich. Daß die Gitte den Namen seines ehemaligen Schwarms, an den er noch immer sehr oft mit einer seltsamen Rührung dachte, in den Mund nahm, kam ihm allein schon wie ein Sakrileg vor; daß sie allen Ernstes daran zu glauben schien, mir nichts, dir nichts auch so eine Karriere machen zu können, ließ einen leichten Haß in ihm hochsteigen. Karl hatte die Staier Evi immer nicht nur für etwas Besonderes gehalten: angehimmelt hatte er sie wie ein Wesen von einem anderen Planeten. Und daß sie von den Leuten schon als Handelsschülerin nur angefeindet worden war, weil sie – das »Armutschkerl« aus der Schiffgasse – sich erdreistet hatte, mit dem Sohn eines Rechtsanwaltes zu »springen«, hatte nur bewirkt, daß er im stillen umso mehr Partei für sie ergriff. Als die Evi sozusagen über Nacht Miß Austria geworden war, hatte sich ganz Bruck das Maul zerrissen. Wilma Mörth war wahrscheinlich nicht nur bei Hermine Sonnleitner damit hausieren gegangen, daß die Staier Evi zwar die billigsten Fähnchen getragen hatte, als seien es Modellkleider gewesen, aber »außen hui innen pfui«, sie habe gewußt, wovon sie rede, schließlich habe sie mit der Evi gemeinsam Turnunterricht gehabt in der Handelsschule: die Unterwäsche der jetzigen Miß hätte die Frau Sonnleitner sehen müssen! Sie – Wilma – habe gar nicht daran denken können, sonst hätte sich ihr der Magen umgedreht ... Je mehr Unrat über die Staier Evi ausgegossen worden war – Evis Mutter hatte sich nach der Miß Wahl tagelang nicht aus dem Haus getraut vor lauter Scham –, desto stolzer war Karl auf dieses Mädchen gewesen. Und sein Erfolg ermutigte ihn: er zeigte, daß es sehr wohl möglich war, aus dem Mief der Kleinstadt auszubrechen; man mußte nur konsequent genug sein und durfte sich um das Gerede dieser Leute nicht im geringsten scheren. Und da Karl wußte, daß auch er nur die eine Chance hatte, nämlich ebenfalls auszubrechen aus der Enge der Kleinstadt – er würde sonst verkümmern, zugrunde gehen in dieser Atmosphäre, die jede Selbstentfaltung im Keim abzuwürgen schien, wo menschliche Regungen unterschwellig nur darauf ausgerichtet waren, einen mehr und mehr in sich selbst zurückzustoßen; die Ratlosigkeit und die Einsamkeit des einzelnen wurden dabei immer größer . . . –, wollte auch er ein Zeichen setzen für seine Zukunft und konsequent sein und das tun, was er tun wollte; schonungslos ehrlich wollte er sein zu sich und den anderen und beinhart seinen Weg gehen, denn sonst würde er nie im Leben auf einen grünen Zweig kommen.

Karl bekam einen unbändigen Haß auf sich selbst. Es schien ja fast, als sei er um keinen Deut besser als all die anderen, denen er die allzugroße Bereitwilligkeit, mit der sie das durch Generationen vorgegebene, durch und durch verlogene Spiel der kleinstädtischen Gesellschaft spielten, ankreidete. Und mit einer Heftigkeit fuhr es ihm durch den Kopf, daß er sich von diesem Trampel nicht werde einfangen lassen. Und um sich selbst an Ort und Stelle zu beweisen, daß er von seiner Zielvorstellung eines idealen Lebens nicht so leicht abzubringen sei, ließ er die Gitte da auf dem Teppich einfach stehen wie einen nutzlos gewordenen Gegenstand. Als er an den »Stummen Diener« trat, um sich einen Cognac einzuschenken, hatte er das triumphierende Gefühl, mit dieser Aktion gerade noch im letzten Moment die richtige Weiche fürs Leben gestellt zu haben. Dieses Gefühl hielt jedoch nur solange an, wie er brauchte, um sich eine Pall Mall aus der Schachtel zu klopfen, sie sich zwischen die Lippen zu stecken und anzuzünden. Gegen die aufsteigende Unsicherheit schüttete er den Cognac in einem Zug hinunter. Als sich wohlige Wärme in seinem Bauch auszubreiten begann, kam ihm seine Handlungsweise auch schon wieder lächerlich vor. Hatte er, Karl Sonnleitner, angehender freischaffender Maler und Grafiker, es eigentlich notwendig, sich justament hier in Bruck an der Mur, noch dazu auf dieser lausigen Party, etwas beweisen zu müssen? Hier war das Leben eh schon gelaufen. Mit dem für ihn in diesem Zustand charakteristischen, halb glückseligen, halb skeptisch-melancholischen, ein wenig idiotisch anmutenden Grinsen im Gesicht, betrachtete er die Szene: da stand die Gitte noch immer auf dem Teppich, so wie er sie stehengelassen hatte, und sah zu ihm herüber; Konrad lümmelte am rechten Ende der Wohnzimmer Couch, rauchte und zwinkerte ihn nervös an, als er den Blick auf ihn richtete; Sigi hatte sich in der Mitte der Couch breitgemacht – er »aalte« sich, wie er das nannte –, blätterte in diesem schummrigen Licht fahrig in einem Buch, tat, als könne ihn Alkohol, Zigarettenqualm, laute Musik und fehlendes Licht keinesfalls von der Konfrontation mit einem schwierigen Problem abhalten, dessen Lösung unbedingt zwischen den Buchdeckeln zu finden sein müsse . . . Karl war jetzt mehr als beschwingt. Seine Augen waren leicht glasig. Mit der brennenden Zigarette in der Hand stolperte er über den Teppichrand auf Gitte zu, die ihn mit offenen Armen empfing. Und sie drehten sich wieder im Kreis, und Karl war in seinem Dusel ganz selig, und er machte Gitte primitive Komplimente, die ihm in nüchternem Zustand nicht in den Sinn, geschweige denn über die Lippen gekommen wären. Und Gitte meinte girrend, daß sie ihn, den Karli, so gar nicht kenne, er sei ja ein echter Kavalier. Karl fühlte sich geschmeichelt. In seinem vernebelten Hirn nistete sich der Gedanke ein, daß er die Gitte heute dazu bringen müsse, mit ihm zu schlafen. Und mit soviel Entschlossenheit zog Karl die Gitte fester an sich, daß sie, überrumpelt von dieser ungewohnten Selbstsicherheit, es widerstandslos mit sich geschehen ließ; sogleich verschränkte sie auch die Arme hinter seinem Nacken.

Sigi fächelte mit seinem Buch – es handelte sich dabei um ein Bändchen Schopenhauer – den Rauch weg, lästerte darüber zu Konrad: was für ein Schwachsinn es sei, soviel zu rauchen; wieviele Taschenbücher man sich mit diesem Geld kaufen könne. Konrad zollte Sigi keine Beachtung. Behaglich stieß er den Rauch in mächtigen Wolken aus. Er fühlte sich geehrt, daß man es ihm überließ, für Zigaretten und Getränke zu sorgen und den ganzen Abend lang das Musikprogramm zu gestalten. Im übrigen saß er auf der Couch und schaute durch die Rauchschwaden hindurch Karl zu, wie der sich an Gitte geklammert im Kreis drehte. Jetzt seufzte neben ihm Sigi so laut auf, daß es sogar die Musik übertönte, brummelte dann ärgerlich etwas vor sich hin. Niemand kümmerte sich um ihn. Sigi konnte es nicht bleibenlassen; er mußte zumindest den Versuch machen, sich in Szene zu setzen. Wenn es nach ihm gegangen wäre, hätte man statt dieser dämlichen Party ohnehin einen Diskussionsabend veranstaltet, und dabei wäre er Capo gewesen. Aber Karl hatte nicht locker gelassen. Was der immer mit seinen Frauen hatte! Sigi ging das nicht ein. Während er so tat, als vertiefe er sich wieder in den Schopenhauer, beobachtete er doch über den Rand des Buches hinweg Karl: Und es nagte so etwas wie Eifersucht in ihm. Es passierte etwas zwischen Karl und Gitte – er spürte das ganz deutlich –, wovon er mit seinem ganzen Bücherwissen ausgeschlossen blieb. Sigi konnte sich nicht helfen: es störte ihn einfach, wie Karl seinen Körper unverschämt und hemmungslos an diese Bohnenstange von einem Mädchen preßte.

Mit dem Auftauchen von Gitte und seit Karl immer öfter und fast schon besessen von den Mädchen redete und was er mit ihnen alles anzustellen gedenke, wenn er sie zu einer Party beim Zach bekäme – seine Traumvorstellung war es, das ganze Wohnzimmer in ein einziges Matratzenlager zu verwandeln –, spürte Sigi, wie sein Freund ihm immer mehr entglitt. Und es half auch nichts, wenn er noch so gescheit daherredete. Karl solle doch überlegen, was es bringe, wenn man sich von den primitivsten Instinkten leiten lasse; die »Fleischeslust« bewirke schließlich nichts anderes, als daß sie den Verstand des Menschen eintrübe, ihn zurückverwandle in ein dummes Tier ... Sigi kam sein eigenes Gerede ziemlich linkisch vor; er war nicht vollkommen überzeugt davon. Es war eher eine flaue Beschwichtigung, die er sich selbst verordnete. Und wäre es Sigi gelungen, mit dem einzigen ihm zur Verfügung stehenden Mittel – mit seiner großen verbalen Überlegenheit – Karl irgendwie zu beeinflußen oder umzustimmen oder wankend zu machen, wie ihm das sonst manchmal gelang – Sigi wäre sich nicht dermaßen zurückgeblieben und verunsichert vorgekommen.

Seit einiger Zeit schleppten ihn seine Eltern immer

öfter ins Café Dachs in der Mittergasse, wo vornehmlich jüngeres Publikum verkehrte und wo sie eine Art Stammtisch installiert hatten mit Leuten, die altersmäßig ihre Kinder hätten sein können. In dieser Runde fühlte sich Sigi äußerst unbehaglich. Er durchschaute nicht, daß das hauptsächlich seinetwegen geschah, damit er endlich zu einer Frau käme, die ihn »anlerne«, bei der er »abstauben« könne, wie sich Franziska Gollob bei jeder möglichen und unmöglichen Gelegenheit ihren Bekannten gegenüber äußerte. In dieser Runde führte sich Sigi, der lieber zu Hause geblieben wäre, um mit seinem Vater zu basteln, vor lauter Verlegenheit auf wie ein Kasperl. Er war mit Abstand der Jüngste, außerdem »diesbezüglich« für sein Alter mehr als hinten nach, und so stand er bei all den Anspielungen, Zweideutigkeiten und schleimigen Witzen das »Thema Nummer Eins« betreffend, völlig daneben. Manchmal versuchte er, sich zu »produzieren« – er erzählte dann Karl, er habe sich beim Dachs wieder einmal »produziert« –, indem er etwas Supergeistvolles, das er sich vorher mit viel Herzklopfen zurechtgelegt hatte, mitten ins Gespräch warf – das war jedoch ausnahmslos fehl am Platz, rief bestenfalls betretenes Schweigen hervor, in das sich hier und da ein süffisantes Lächeln mischte. Immer häufiger wurde Sigi einfach übergangen, wenn es ihm einfallen sollte, sich zu »produzieren«. Gekränkt in seiner Eitelkeit – Sigi war sich ja bewußt, daß er mehr im Hirn hatte als die Anwesenden –, setzte er dann zum Beispiel mehr aus einem Reflex heraus als aus Überlegung, die Kaffeetasse so provozierend laut auf die Untertasse, daß man schon den Klang der Scherben im Ohr hatte. Selbstverständlich wurde auch diese eher verzweifelte, nach Aufmerksamkeit heischende Aktion von der Kaffeerunde als Peinlichkeit empfunden und geflissentlich übergangen. Sigis Eltern ließen sich aber von der ins Auge springenden Ungeschicklichkeit ihres Sohnes in diesen Belangen nicht entmutigen: mit einer Hartnäckigkeit sondergleichen inszenierten sie immer wieder Situationen, von denen jede einzelne dazu hätte führen müssen, Sigi den von ihnen angepeilten Erfolg zu bescheren. Vor allem bedingt durch Sigis Unschuld und rührende Unbeholfenheit, stellte sich der erhoffte »Erfolg« nicht ein, sondern stürzte den Jungen lediglich von einem Tohuwabohu tragikomischen Anstrichs in ein anderes. So fand sich Sigi eines Abends mit seinem Schlitten am Eingang zur Kalten Quelle ein, wo laut Aussage seiner Eltern eine größere Gruppe von Bekannten zusammenkommen wollte, um eine Mondscheinpartie auf die Schweizeben zu machen. Aber außer Sigi erschien nur ein etwa fünfundzwanzig Jahre altes Fräulein in der Kalten Quelle – eine Bankangestellte namens Vögel. (Dieser Name hatte Ing. Alfons Gollob sofort auf spezielle Qualitäten des Fräuleins schließen lassen; es war ihm deshalb als Objekt für seinen Sohn besonders geeignet erschienen.) Und da standen dann das Fräulein Vögel und Sigi ohne ein Wort miteinander zu reden in der klirrenden Kälte wartend im Mondenschein; Sigi schleuderte Schneebälle in Richtung Mond, bis er seine Hände nicht mehr spürte. Nach und nach dämmerte dem Fräulein Vögel, was hier gespielt wurde; brüskiert machte sie sich auf den Heimweg. Zehn Minuten später zockelte Sigi nach Hause – wo ihn seine Eltern mit enttäuschtem Kopfschütteln empfingen. Wenn es so nicht ging, mußte eben etwas anderes versucht werden: Ing. Alfons Gollob und seine Frau scheuten, nachdem sie mittels komplizierter Recherchen herausgefunden hatten, daß die Gitte an einem gewissen Sonntagnachmittag allein zu Hause sein würde, nicht davor zurück, bei ihr anzurufen: am Apparat seien die Eltern von Karls bestem Freund. Sie hätten gehört, daß der arme Karli für die Matura stucken müsse; ihr, dem Fräulein Gitte, sei deshalb sicher langweilig. Ob es nicht auf einen Sprung herüberkommen wolle, um mit ihnen gemeinsam eine Tasse Kaffee zu trinken? Gitte war ziemlich baff über diesen Anruf, sie nahm die Einladung aber an. Als sie eine halbe Stunde später an der Tür der Genossenschaftswohnung klingelte, öffnete ihr Sigi mit einem hochroten Kopf; er half ihr aus dem Mantel, geleitete sie ins Wohnzimmer. Der Couchtisch war für zwei Personen gedeckt: dampfender Kaffee, eine halbe Torte vom Obermayer, kleine Bäckerei; als Aperitif stand eine Flasche Himbeercocktail da. Von Sigis Eltern fehlte jede Spur. Gitte war zwar nicht besonders gerissen; um was es hier ging, hatte sie instinktiv sofort durchschaut. In ihrer Einfalt fühlte sie sich geschmeichelt. Und ihm, dem ziemlich unerfahrenen siebzehnjährigen Mädchen, machte es ein beinahe sadistisches Vergnügen, sein Frauwerden mit all den damit zum Tragen kommenden Tricks an diesem dicklichen unschuldigen Bubi einmal so richtig nach Laune erproben zu können. Es waren die Tricks, die in der kleinbürgerlichen Gesellschaft den Mädchen, statt ihnen eine ordentliche Berufsausbildung zu ermöglichen, welche ihnen eine gewisse Unabhängigkeit gesichert hätte, so nach und nach anerzogen wurden, um sie im Konkurrenzkampf um den Mann möglichst erfolgreich zu machen, wie man nämlich die »spezifisch fraulichen Eigenschaften« einsetzt, um den Mann zu »bezirzen«, ihn um »den Finger zu wickeln«, natürlich ohne sich dabei »etwas zu vergeben«, denn sonst würde man nie

»das Rennen« in Form einer möglichst guten »Partie« machen, sondern »das Nachsehen« haben und allein »sitzenbleiben« . . . – womit man die Mädchen in die althergebrachte Frauenrolle als lebenslang vom Mann abhängige Hausfrau und Mutter einführte. Mit Wonne stellte Gitte nun fest, mit welcher Leichtigkeit sie dieses »kleine Genie« ganz nach ihrem Sinn verwirren konnte; da half ihm sein ganzes Hirn nichts. Gitte konnte mit Sigi machen, was sie wollte. Nach dem ersten Gläschen Himbeercocktail meinte sie lockend, warum denn Sigi da drüben am Fauteuil sitze; er möge sich doch zu ihr herübersetzen auf die Couch. Und Sigi setzte sich folgsam hinüber, und sogleich rückte ihm Gitte auf den Pelz; und Sigi spürte den Mädchenkörper neben sich und rückte ab von ihm, und wieder rückte ihm Gitte nach. Als sie ihm die Hand auf die Schulter legte, stand Sigi wie elektrisiert auf, vollführte, während er zum Plattenschrank hinüberging, einen bizarren Luftsprung, legte dann ausgerechnet den »River Kwai Marsch« auf. Sigi wußte weder ein noch aus. Das bereitete Gitte ein höllisches Vergnügen. Endlich einmal hatte sie Oberhand, konnte sich voll ausleben . . . Erst das Heimkommen von Sigis Eltern – die beiden hatten, als sie merkten, daß oben in ihrem Wohnzimmer unverändert das »kleine Licht« brannte, extra noch ein paar Runden um den Häuserblock gedreht, um ihrem Sprößling ja Zeit genug zu lassen – machte dieser Farce ein vorläufiges Ende . . .
Diese Geschichte mit Gitte hatte sich erst am vergangenen Wochenende ereignet. Weil Sigi ein Ehrlichkeitsfanatiker durch und durch war und weil ihn sein kameradschaftliches Denken dazu verpflichtete, hatte er, so peinlich es ihm auch gewesen war, Karl gleich am Montag diese Episode gebeichtet. Er hatte befürchtet, es würde

ihrer Freundschaft einen Knacks geben, weil Karl das als Versuch ansehen werde, ihm die Freundin auszuspannen. Umso überraschter war Sigi dann gewesen, als Karl kaum zugehört hatte; das Ganze schien ihm vollkommen Wurst zu sein . . .

Jetzt kam Karl, indem er die Gitte hinter sich herzog, über den Teppich auf Sigi zugetorkelt. Sein dummes triumphierendes Grinsen deutete darauf hin, daß er die Gitte in seinem Suff zu irgend etwas überredet hatte, das sich unmöglich vor Sigis und Konrads Augen abwickeln ließ. Als Sigi seinen Freund so völlig außer Kontrolle, und also auch vollkommen aus seinem Einflußbereich geraten, da vor sich stehen sah, stieg Unmut in ihm hoch. Lallend meinte Karl, er werde nun mit der Gitte den Heimweg antreten: Sigi solle sich mit dem »Zach« ruhig weiter vergnügen. Schnell klappte Sigi den Schopenhauer zu: wenn Karl die Gitte begleite, gehe er gleich mit; sie hätten dann ja denselben Weg. Wenn Sigi in seiner Eifersucht geglaubt hatte, er könne mit seinem Mitgehen verhindern, daß da etwas zwischen Gitte und Karl geschah, das ihn völlig ausschloß und von dem er nur eine dunkle Ahnung hatte, hatte er sich getäuscht. Als sie bei seinem Haustor anlangten – Gitte wohnte noch einen Häuserblock weiter –, machte Sigi keine Anstalt hineinzugehen, sondern fing vielmehr an, vor sich herzupfeifen, tat, als sei es die natürlichste Sache von der Welt, wenn er weiter neben den beiden, die sich engumschlungen allerhand in die Ohren lispelten und ihn bisher nicht im geringsten beachtet hatten, einherschlenderte. Da blieb Karl abrupt stehen: er, Sigi, solle sich jetzt gefälligst nach Hause scheren; zum Teufel solle er sich scheren, er brauche keinen Aufpasser! Verdutzt und beleidigt blieb Sigi da mitten in der Nacht allein stehen. Karl zog mit

Gitte weiter ... Wenig später standen sie sich im finsteren Stiegenhaus gegenüber. Und plötzlich drückte Karl Gittes langen schmalen Körper gegen die Wand.

»Was machst du denn mit mir, Karli?« keuchte sie.

Und seine Hand wühlte sich durch ihren Mantel und dem Kleid und dem Unterkleid, und sie wollte zurückweichen, wo kein Platz zum Zurückweichen war, und er war fest entschlossen, ihr keinen, aber auch keinen Ausweg zu lassen. Endlich berührte sein Handrücken ihren heißen, nackten, samtenen Bauch: sie stöhnte, bäumte sich auf ... Plötzlich war er ganz cool, überlegte nur noch, wie er ihr, ohne sie zu sehr zu erschrecken und damit alles im letzten Moment zu verderben, die Unterhose hinunterschieben könnte. Aber die Unterhose ließ sich nicht viel hinunterschieben – sie wurde weiter unten von der fest anliegenden Strumpfhose gehalten –, weit genug aber, daß er zwischen seinen Fingerspitzen ihre drahtigen Schamhaare zu spüren bekam. Karl wußte nicht so recht, was jetzt geschehen sollte, drängte deshalb sein rechtes Bein zwischen ihre Beine, die sie widerstrebend öffnete. Dann standen sie da, ohne sich zu bewegen. Ihr lautes Keuchen war jetzt nur noch die Aufforderung zum Endlich-Weiter-Machen. Aber Karl rührte sich nicht, tat nichts dergleichen, stand da, die eine Hand tief in ihrem aufgewühlten Gewand, sein Bein zwischen den ihren. Und er drehte den Kopf zur Seite, schaute durch die Glasscheibe des Haustores hinaus in den spärlich beleuchteten Hof, wo eine Trauerweide stand. Ein Schatten verdunkelte die Tür; jemand versuchte, die Tür aufzuschließen, die nicht versperrt war, fummelte am Schloß herum – da riß sich Gitte von Karl los, rannte in dem aufgelösten Zustand, in dem sie sich befand, die Treppen zu ihrer Wohnung hinauf. Karl blieb nichts anderes übrig, als die Tür aufzumachen und an der verblüfften Gestalt vorbei hinaus ins Freie zu treten. Er atmete tief die kalte Nachtluft ein. Eigentlich hätte er verärgert sein müssen; er wunderte sich, daß er überhaupt nicht verärgert war. Auf dem Heimweg schwirrte Karl das soeben Erlebte durch den Kopf. In diesem Zusammenhang fiel ihm ein, was er unlängst in einer Illustrierten gelesen hatte: daß nämlich die sexuelle Potenz desto größer sei, je größer der Handumfang sei. Er zog die rechte Hand aus dem Mantelsack: voller Befriedigung besah er sich seine Hand, die außergewöhnlich breit und spatenförmig war. Er beroch seine Finger: diese dufteten noch intensiv nach dem warmen Mädchenkörper. Das machte ihn stolz und glücklich. In einem wahren Glückstaumel tappte er daheim durch die finstere Wohnung in sein Zimmer. Er legte sich ins Bett, das sich wild um ihn drehte. Dann fiel er in einen tiefen Schlaf.

Sigis Eltern hatten nicht locker gelassen. Als Karl dann im Lern-Endspurt für die Matura gewesen war, hatten sie die Gitte auf eine Fahrt ins Burgenland, zum Neusiedlersee, eingeladen. Dort angelangt, hatte Ing. Alfons Gollob unverzüglich für vier Stunden ein Ruderboot gemietet; Sigi hatte sich mit Gitte hineinsetzen müssen. Eigenhändig hatte dann Alfons Gollob das Boot vom Steg abgestoßen, hatte seinem Sohn ›Toi, Toi, Toi‹ nachgerufen ... Am nächsten Abend hatte Gitte auf dem Heimweg vom Bahnhof Karl diese Geschichte des langen und breiten erzählt, mit langen Kunstpausen dazwischen, die die Spannung erhöhen und ihn umso eifersüchtiger hätten machen sollen. Karl war aber nicht im geringsten eifersüchtig gewesen; erstens, weil ihm die

Gitte egal war, zweitens, weil er wußte, daß der Sigi auf diesem Gebiet um Lichtjahre zurück war. Er hatte sich aber maßlos geärgert über die Machenschaften von Sigis Eltern und daß die ihren Sohn in etwas hineintheaterten, wo er sich dann überhaupt nicht mehr auskannte; das war Karl wieder einmal so typisch vorgekommen für die Verhältnisse in diesem Kaff, wo seiner Meinung nach sowieso alles im Arsch war ... Da Karl sich zu dieser Schilderung nicht geäußert hatte, sondern nur ganz weiß im Gesicht geworden war und mit den Backenmuskeln gespielt hatte, hatte Gitte geglaubt, er sei vor lauter Eifersucht außer sich. Schnell hatte sie den Sigi heruntergemacht und gemeint, was der für ein »Traumichnicht« sei, ein »totales Kind«, und der Karli habe ja gar keinen Grund, eifersüchtig zu sein: sie wolle ja gar nichts vom Sigi – Warum sie dann nicht gleich mit dem Sigi gehe?!! hatte Karl, noch immer schneeweiß im Gesicht, Gitte unterbrochen. Und es war ihm vollkommen egal gewesen, daß sie nun hatte glauben müssen, er sei tatsächlich eifersüchtig gewesen. Aber ihr dummes Gequassel und dieses ganze Hintenherum hatte das Faß zum Überlaufen gebracht und ihn endlich den Schritt tun lassen, den er schon lange hatte tun wollen: der Gitte den Laufpaß geben. Und Karl hatte sich am Absatz umgedreht und die Gitte da stehenlassen, wo sie gerade gestanden war. Und mit jedem Schritt, mit dem er sich weiter von ihr entfernt hatte, hatte er sich besser gefühlt. Die Farbe war in sein Gesicht zurückgekehrt. In einem wahren Gefühlsüberschwang war es ihm so vorgekommen, als habe er damit endgültig das letzte Band, das ihn eventuell noch an diese Kleinstadt hätte fesseln können, zerrissen. Und Karl war sich noch nie zuvor so souverän vorgekommen, so gänzlich ohne Ballast, so ganz offen für *seine* Zukunft, die ihn schon in diesem Sommer und jenseits davon erwarten würde. Und es hatte ihn auch völlig kalt gelassen, als ihm kurz nach diesem »Schlußstrich« seine Mutter, indem sie ihn lauernd von der Seite her angesehen hatte, wie nebenbei berichtet hatte, daß die Frau Gollob überall herumerzähle, ihr Sigi hätte dem Sonnleitner Karli die Freundin ausgespannt. Tatsächlich hatte sich die Gitte, weil sie geglaubt hatte, Karl dadurch zu ärgern, eine Zeitlang vom Sigi hofieren lassen, hatte sich einen Jux daraus gemacht, sich von diesem um zwei Köpfe kleineren Jungen vom Bahnhof heimbegleiten zu lassen. Und selbstverständlich war sie hocherfreut gewesen, als Sigi, von seinen Eltern dazu gedrängt, sie eingeladen hatte, mit ihm auf den Matura Ball zu gehen. Denn als gewöhnliches Lehrmädel wäre sie sonst nie zu einer Eintrittskarte für dieses gesellschaftliche Ereignis allerersten Ranges gekommen. Und als es dann soweit gewesen war, hatte Alfons Gollob seinem Sohn mit stolzgeschwellter Brust einen Fünfhunderter zugesteckt, damit der ja nicht zu knausern brauche und sein »Pupperl« an den Sektstand führen könne, sooft er wolle. Allerdings war die Gitte nach dem ersten Tanz auf Nimmerwiedersehen mit einem Leobner Studenten verschwunden, den sie acht Monate später heiratete, weil sie von ihm schwanger war. Durch diese Schlappe hatten sich Sigis Eltern nicht entmutigen lassen. Sie hatten für ihren Sohn dann auch endlich gefunden, wonach sie schon so lange gesucht hatten: nicht so ein »junges Gemüse«, wie es die Ex-Freundin vom Karli gewesen war, so ein »dummes Flitscherl«, das man mit dem »Einser-Trick« ins Bett locken könne und das sich gleich beim ersten »Anbumsen« ein Kind anhängen lasse . . ., sondern vielmehr eine Verheiratete, ein paar Jahre älter als der Sigi, die genau wisse, wo es lang gehe, bei der der Bub was lernen und bequem »abstauben« könne – solange, bis er dann die richtige Frau finden würde zum Heiraten und Kinder kriegen ...

Die Matura war für Karl und Sigi sozusagen schon gelaufen. Die Abschlußzeremonie mit der Verteilung der Reifezeugnisse würde zwar erst in ein paar Tagen stattfinden, aber es stand bereits fest, daß Karl glatt durchgekommen war und Sigi als einziger in der Klasse mit Auszeichnung bestanden hatte.

Es war ein strahlend schöner Maitag. Und es war einer der seltenen Nachmittage, an denen Sigi bei Karl zur Jause war. Die beiden Jungen befanden sich in einer tollen Hochstimmung. Und nichts schien an diesem Tag diese Stimmung trüben zu können. Sigi schlürfte sogar mit sichtlichem Behagen den kalten Kakao hinunter, in dem die Milchhaut schwamm und mit dem man ihn sonst über sieben Dächer hätte jagen können. Und Karl machte es gar nichts aus, daß Sigi anfangs ziemlich unbeholfen auf die Frau, mit der er jetzt »ging«, anspielte und dabei so tat, als habe er seinen Freund jetzt auch noch auf diesem Gebiet überflügelt ... Durchs sperrangelweit geöffnete Fenster strömte die laue Frühlingsluft herein; die Sonne hatte das lange schmale Zimmer bis in den letzten Winkel überflutet. Im Sonnenlicht strahlten die an der Wand hängenden Ölgemälde auf, die Karl im letzten Sommer in Kirchberg angefertigt hatte. Und da war ein Bild, auf das Karl ganz besonders stolz war: es stellte den Garten ihres Bauernhauses dar: im Vordergrund die Obstbäume mit einem detailliert gemalten dunkelgrünen Blätterwald, zwischen den Baumstämmen konnte man im Hintergrund das Haus durchscheinen sehen. Karl erzählte Sigi voller Begeisterung, daß er das für sein bestes Bild halte, erklärte ihm genau die Komposition und wie er die Farben abgemischt habe ... Sigi, der Karl noch nie so aufgekratzt, so wohlgemut und derart optimistisch erlebt hatte, wurde von dessen Begeisterung mitgerissen. Und er lobte die Bilder über den grünen Klee. Karl dürfe nur ja nicht den total verblödenden Beruf eines Zeichenprofessors ergreifen, wie das sein Vater von ihm verlange! stachelte Sigi den Freund auf. Denn dazu sei er viel zu talentiert. Er müsse vielmehr alles auf eine Karte setzen und sich ganz aufs Malen stürzen, so wie es auch seine großen Vorbilder van Gogh und Gauguin gemacht hatten. Denn nur der, der sich mit Leib und Seele der Kunst verschreibe, bringe solch grandiose Werke hervor, niemals der, der bieder und nach allen Seiten abgesichert vor sich hinlebe ... Da habe Sigi nicht nur hundert, nein, tausendprozentig habe er recht mit dem, was er da sage! pflichtete Karl Sigi lebhaft bei, wobei Kälteschauer über seinen Rücken jagten – so ungeheuer wohl tat es ihm in diesem Augenblick, aus dem Mund des Freundes zu hören, was er immer schon gefühlt, gedacht, gewußt hatte. Und die Phantasie riß ihn mit sich fort, und er teilte Sigi mit, daß er gleich in diesem Sommer in die Tat umsetzen werde, wovon er schon lange geträumt hatte: nämlich nur mit den Malsachen irgendwohin ans Meer zu fahren, nach Italien, nach Cinque Terre: Monterosso, Vernazza ... von diesen Orten habe er einen Farbbericht in der ›Epoca‹ gesehen; und dort wolle er wie besessen malen, sich von Oliven, Käse, Brot und Wein ernähren, das intensivste Leben führen, das man sich vorstellen könne. Was riskiere man denn schon im Leben? So schnell verhungere man nicht. Und es wäre doch gelacht, wenn er nicht hin und wieder eines seiner Bilder an den Mann bringe, und mit dem Ertrag würde er sich wieder einige Zeit über Wasser halten ... Sigi bestärkte Karl erneut in dessen euphorischer Lebenseinstellung, bevor er auf seine eigene Wunschvorstellung für ein zukünftiges Leben überleitete. Denn auch er würde nicht irgendeinen gewöhnlichen Brotberuf ergreifen, nur weil der eine Menge Geld einbringe. Er wolle ganz im Gegenteil das schwierige und meist brotlose Studium der Zoologie betreiben, sich dann aber als Meereszoologe einen Namen machen. Und bei seiner Begabung zweifle er nicht daran, daß er es früher oder später zu einem eigenen Schiff bringen werde, wie der Hans Hass mit seiner »Xarifa«; und dann würden sie sich an irgendeinem exotischen Punkt dieser Erde treffen – Plötzlich waren gewichtige Schritte zu hören, erst im Vorzimmer, dann in der Küche; und obwohl Karl noch ganz berauscht war von den gemeinsamen Zukunftsvisionen, schlug sein Herz auf einmal rasend schnell, waren seine Handflächen eiskalt und naß vor Schweiß. Da wurde auch schon die Tür aufgerissen, und Johann Sonnleitner steckte seinen roten, übers ganze Gesicht grinsenden Kopf herein. Mit donnernder Baßstimme entschuldigte er sich: er habe keinesfalls die Absicht, die Herren in ihrer Diskussion zu stören; er wolle ihnen nur einen schönen guten Tag wünschen! Daraufhin stürmte er vollends ins Zimmer, legte seinen Arm kameradschaftlich um Karls Schultern – Karl lief vor lauter Verlegenheit noch röter an als sein Vater. Er wußte nicht, ob er sich in den Boden hinein schämen oder vor Freude zerspringen sollte, weil der sich heute so leger gab –, quetschte mit der anderen Hand Sigis zarte Finger und ließ und ließ diese nicht los, während er sich ausführlich nach dem werten Befinden der Frau und des Herrn Ingenieurs erkundigte und dann Sigi scherzhaft tadelte: er sei ein »schöner Strick«, weil er sich hier bei ihnen so selten blicken lasse. Abgesehen davon, daß Sigi krampfhaft versuchte, seine Hand aus dieser schmerzhaften Umklammerung zu befreien, gab er sich wenig Mühe, ein spöttisches Lächeln zu unterdrücken, ob diesem Theater, das der Herr Professor da aufführte. Mit einer weit ausholenden Gebärde holte nun Johann Sonnleitner eine riesige Brieftasche aus der Brusttasche seines Anzugrockes, klappte diese so schmissig auf wie ein gelernter Oberkellner, entnahm ihr eine Hundert-Schilling-Note, drückte sie Karl in die Hand: die Herren würden sicher heute noch etwas vorhaben; sie sollten nur einmal gehörig feiern. Karl fiel aus allen Wolken: hundert Schilling war sonst sein Taschengeld für einen ganzen Monat. Draußen dann im Vorzimmer, gerade in dem Moment, als Karl sich bückte, um die Schuhe anzuziehen – die beiden wollten mit dem Hunderter hinaus in die Berger-Bar fahren –, machte Sigi, eingedenk des wahnsinnigen Herrn Professors, mit seiner Faust schnell eine kreisende Bewegung vor seiner Stirn, beobachtete sich dabei im Garderobe-Spiegel, mußte hinterhältig grinsen. Da richtete sich Karl auf; ihre Blicke trafen sich im Spiegel. Sigi gab sich alle Mühe, sein Grinsen sofort zu kaschieren; er wußte ja, wie empfindlich Karl reagierte, wenn man auch nur das geringste gegen seine Eltern sagte. Natürlich war es Karl nicht entgangen, daß sich Sigi soeben über seinen Vater lustig gemacht hatte. Und obwohl ihn das tief kränkte, war er heute einfach in einer zu guten Laune, so daß er das eigentlich übergehen wollte. Aber er konnte nicht anders: und wenn das auch nur der Form halber und nach außen hin geschehen würde – er würde damit Sigis

Meinung über seinen Vater überhaupt nicht ändern –: auf diese Ehrenrettung seines Vaters mußte er es als Sohn einfach ankommen lassen. Laut und deutlich meinte Karl deshalb zu Sigi, was für ein toller Bursche doch sein Vater sei, von wegen diesem Hunderter . . . Obwohl Sigi eine zynische Antwort auf der Zunge brannte, war er so gescheit, dem nichts entgegenzusetzen. Er wollte auf jeden Fall diesen schönen Nachmittag retten, und er wußte genau, daß in der Beziehung mit Karl nicht zu spaßen war. Karl konnte es einfach nicht ertragen, wenn man seine Eltern, vor allem seinen Vater, der, wie er ja wußte, genug Angriffsflächen bot, in irgendeiner Weise attackierte. Da rührte man bei ihm an eine offene Wunde. Und er konnte es deshalb nicht verstehen, wieso Sigi in letzter Zeit immer öfter und mit einem fast sadistischen Vergnügen gegen seinen eigenen Vater opponierte. Die beiden hatten doch immer ein freundschaftliches Verhältnis miteinander gehabt, Sigi hatte seinen Vater angehimmelt, in ihm das große Vorbild gesehen, hatte mit ihm über alles sprechen können; es war, als seien die beiden ein Herz und eine Seele gewesen. Und nun wurde Sigi immer aufmüpfiger gegen seinen Vater, machte ihn Karl gegenüber völlig respektlos herunter; Karl war es direkt peinlich, das mitanhören zu müssen. Wenn sie sich trafen, war es jedesmal das erste, daß Sigi voller Hohn berichtete, er habe vorm Weggehen zu Hause noch rasch »einen Keim« gelegt, damit sich sein Vater in seiner Abwesenheit »zu Tode gifte«, oder daß sich dann – was noch besser war – seinetwegen beide Elternteile in die Haare gerieten. Seit kurzem nannte Sigi seinen Vater nur mehr »diesen alten Nazi«. Karl, der allem, was mit Geschichte oder Politik zu tun hatte, mit größtem Desinteresse gegenüberstand, hatte mit diesem Begriff nichts anzufangen gewußt. Da hatte ihm Sigi in der gewohnten schulmeisterlichen Art gleich einen kurzen historischen Überblick über den Nazismus gegeben und gemeint, sein Vater sei eben damals auch ein strammer Nazi gewesen. Und wie alle strammen Nazis sei er jetzt ein hundertprozentiger Roter. Und welchem politischen Lager denn eigentlich Karls Vater angehöre? Karl mußte zugeben – und irgendwie wurmte es ihn schon, daß er nicht einmal darüber Auskunft geben konnte –, daß er weder wisse, was sein Vater gewesen war, noch was er jetzt sei. Sigi verdrehte die Augen: sowas von Naivität war ihm doch noch nicht untergekommen! Welche Tageszeitung denn sein Vater abonniert habe? Die ›Kleine Zeitung‹, gab Karl in aller Unschuld zur Antwort. Er hatte keine Ahnung, worauf Sigi mit dieser Frage hinauswollte. Er wußte nur eins: daß nämlich auf dem Titelblatt der Zeitung stand, sie sei unabhängig. Na, dann sei eh alles klar, meinte Sigi. Dann sei sein Vater ein »Schwarzer«; und er habe sich das sowieso schon gedacht, weil der doch so bigott sei und jeden Sonntag dreimal in die Kirche renne. Und ohne Karl Zeit zu einer Antwort zu lassen, begann er wieder, auf seinem Vater herumzureiten: was der im Grunde genommen für ein »Ei« sei; er bilde sich ein, den »großen Durchblick« zu haben, nur weil er jeden Tag die ›Neue Zeit‹ lese; dabei dresche er immer noch dieselben Phrasen wie unterm Hitler . . . Karl war jedesmal unangenehm berührt, wenn Sigi mit seinem neuen Lieblingsthema anfing. Er konnte sich einfach nicht vorstellen, wie man in einem derart abfälligen Ton von seinen Eltern sprechen konnte. Es erschien ihm als Gipfel der Schamlosigkeit, wie Sigi Dinge, die einzig und allein seine Familie betrafen, so ganz offen bereden und in den Schmutz zerren konnte. Hatte Sigi das denn nötig? Er hatte doch – seinen eigenen Erzählungen nach zu schließen – seit seiner frühesten Kindheit das beste Verhältnis zu seinem Vater gehabt, hatte jederzeit zu ihm kommen können, wenn ihn wo der Schuh gedrückt hatte. Das mußte doch etwas Wunderbares sein ... etwas, wonach Karl sich zeitlebens gesehnt hatte. Doch so, wie er seinen Vater tagtäglich erlebte, hatte er auch in den kühnsten Träumen nie zu hoffen gewagt, daß ein derartiges Verhältnis für ihn je Wirklichkeit werden könnte. Karl verging vor Glück allein schon bei der Vorstellung, daß er eines Tages mit seinem Vater ganz normal über irgend etwas – und sei es auch das Belangloseste – würde reden können, ohne dabei die ständige panische Angst vor einem plötzlichen Stimmungsumschwung haben zu müssen, ohne Herzklopfen bis in den Hals hinauf, ohne schweißnasse Handflächen, die er sich unablässig und verstohlen am Hosenbein abwischte ... Trotz allem wäre es Karl nie in den Sinn gekommen, etwas Negatives über seinen Vater zu sagen; ganz im Gegenteil: kein Wort über die Vorgänge zu Hause kam über seine Lippen. Und wenn man, so wie Sigi, manchmal Zeuge der Willkür Johann Sonnleitners wurde, dann tat Karl alles, um den Tatbestand zu beschönigen – und das war dann zugleich rührend und lächerlich. Es lag Karl überhaupt immer weniger daran – nicht nur, wenn es um seinen Vater ging –, vorherrschende Zustände zu bekritteln, wie Sigi das in letzter Zeit unaufhörlich tat. Und wenn Karl noch so unzufrieden war: er duldete lieber, hoffte einfach darauf, daß irgendwann einmal alles schon von selbst einen günstigeren Verlauf nehmen werde. So ertrug er auch die von seinem Vater geprägte, wahnsinnig gespannte Atmosphäre zu Haus ganz in sein Schicksal ergeben und ohne auch nur im entferntesten einen Gedanken daran zu verschwenden, wie man vielleicht etwas ändern könnte. Und dabei litt er unsäglich darunter, wie sich sein Vater ihm und seiner Mutter gegenüber verhielt. Solange er zurückdenken konnte, hatte er ständig die Angst gehabt, daß zuckersüß überspannte Freundlichkeit von einem Augenblick zum anderen umschlug in einen rasenden Tobsuchtsanfall, in eine Kette von Tobsuchtsanfällen, die oft eine Woche lang anhielten. Da schlichen dann er und seine Mutter auch in Abwesenheit Johann Sonnleitners nur auf Zehenspitzen in der Wohnung herum, total niedergeschlagen, das Gesicht seiner Mutter von Tränen förmlich durchtränkt, und Karl meinte zerplatzen zu müssen vor lauter Trauer. Und je näher der Zeitpunkt kam, wo Johann Sonnleitner zu Hause erwartet wurde, desto größer wurde Karls Nervosität. Er glaubte schon zu hören, wie sich der Schlüssel im Schlüsselloch drehte: sein Herz schlug schneller. Fehlalarm. Die Anspannung ließ etwas nach. Doch wenn dann der Schlüssel tatsächlich ins Schlüsselloch gesteckt oder die Glocke voller Ungeduld gleich mehrmals hintereinander betätigt wurde, war Karl außer sich. Und dann konnte es passieren, daß Johann Sonnleitner brüllend vor lauter Lachen zur Tür hereinschneite mit einem, meist vollkommen unpassenden Geschenk für seine Frau. Und dann war alles Liebe und Griesschmarren. Und Hermine Sonnleitner mußte sogleich auf die Laune ihres Gatten einsteigen, mußte mitspielen. Man überbot sich gegenseitig mit neckischen Worten wie Herzi und Mausi und Schnurrlibär. Und Johann Sonnleitner riß vor lauter übertriebener Aufmerksamkeit fast den »Kleinen Tisch« um, wenn er seiner Gattin beim Fernsehen die Soletti reichte. Diese Stimmung konnte unter Umständen solange anhalten, daß sich Karl und seine Mutter fast schon daran gewöhnten, daß alles eitel Wonne war, so daß sie ein bißchen lockerer wurden, weil sie sich in der trügerischen Hoffnung wiegten, es würde sich nach all den Jahren endlich alles doch noch zum Guten wenden.

Doch aus heiterem Himmel kam dann wieder der »große Tusch«, und Karl und seine Mutter ließen die Köpfe tiefer denn je hängen.

Am gefürchtetsten waren die Sonntage. Da unternahm die Familie Sonnleitner seit neuestem, statt die obligate Murvorstadt-Runde zu machen, mit dem vor kurzem erstandenen Auto einen Ausflug nach Tragöß zum Grünen See. Nicht nur, daß sich Karl für die Fahrweise seines Vaters genierte: in den Kurven nahm Johann Sonnleitner fast den halben Gehsteig mit, so daß sich die erschreckten Spaziergänger mit dem Finger auf die Stirn tippten und dem sich in Schlangenlinien fortbewegenden Gefährt kopfschüttelnd nachschauten – es war vielmehr das Mittagessen in immer demselben Gasthof, bei dem Karls Angstzustand den absoluten Höhepunkt erreichte. Schon beim Eintreten trafen sie auf eisige Ablehnung: unter dem Personal hatte es sich schnell herumgesprochen, daß dieser Professor aus Bruck an der Mur nicht ganz richtig im Kopf war und daß offenbar sein Sonntagsvergnügen darin bestand, die gesamte Belegschaft des »Lustigen Mohren« zu schikanieren. Wenn diese »drei Gestalten« überhaupt bedient wurden, dann nur, weil Johann Sonnleitner an seinen guten Tagen mit exorbitant hohen Trinkgeldern um sich schmiß. Man wies ihnen also den schlechtesten Platz zu, knallte ihnen die Speisekarten hin; die Mitglieder der Familie Sonnleitner saßen nun, von den anderen Gästen wie exotische Tiere beäugt, ganz allein an einem Tisch in der Mitte des Speisesaales. Die starke Woge der Ablehnung zu spüren, die ihnen von überall her entgegenschlug, war für Karl und seine Mutter allein schon die reinste Tortur. Und wenn dann erst Johann Sonnleitner an den Haaren einen Grund herbeizog, um einen Skandal zu inszenieren, der sich gewaschen hatte! Da waren dann die Kellner Versager, Rotznasen, Tölpel und seine Frau, die gleich zu weinen anfing, eine dumme Gans, eine blöde Kuh, eine Drecksau, die sich in einem Lokal nicht zu benehmen wußte . . . Oft brach man Hals über Kopf mitten unterm Essen auf, ließ einen aufgestörten Speisesaal voller verärgerter oder amüsierter Gäste hinter sich. Zu Hause floh Karl sofort in sein Zimmer; es dauerte Stunden, bis er sich so halbwegs beruhigte.

An einem Juniabend – es war ihr letzter gemeinsamer Samstagabend vor dem Sommer – saßen Karl, Sigi und Konrad Zach im Gastgarten der Berger-Bar in St. Dionysen. Das Gespräch drehte sich um die Zukunft von Karl und Sigi. Konrads Zukunft war ihnen nicht der Rede wert; die schien ohnehin schon bis zu seinem Tod besiegelt zu sein. Es war merkwürdig: aber die Stimmung der beiden war nicht so toll, wie es eigentlich den Umständen entsprochen hätte: jetzt, wo sie endlich die Schule hinter sich hatten, ein Sommer vor der Tür stand und im Anschluß daran das ganze Leben offen vor ihnen lag. Karl würde also einen Monat lang bei den Renovierungsarbeiten am Haus seiner Eltern in Kirchberg helfen; sein Vater bezahle ihm dafür einen Stundenlohn. Dann wolle er sich per Autostop nach Cinque Terre aufmachen. Na ja, und im Herbst werde er dann die Aufnahmeprüfung für die Akademie der Bildenden

Künste in Wien machen, nun doch aufs Lehramt hin studieren. Und Sigi? Wenn der von einer ausgedehnten Spanienreise, die er mit seinen Eltern unternehmen werde, zurückkomme, werde er an der Technik in Graz immatrikulieren. Nach harten Diskussionen mit seinem Vater habe er sich zu diesem Entschluß durchgerungen. Natürlich nur als Basis, falls es aus irgendeinem Grund mit der Zoologie nicht klappen sollte. Sein Vater habe ihm großzügigerweise angeboten, erst ein technisches Studium abzuschließen – es böte ja doch die größere finanzielle Sicherheit – und dann würde er ihm ohne weiteres auch noch das Studium der Zoologie bezahlen . . . Zu fortgeschrittener Stunde prosteten sich Karl und Sigi, die beide schon ziemlich illuminiert waren, fortwährend zu. Sie hatten sich soeben das feierliche Versprechen gegeben, daß sie einander in fünfzehn Jahren an dem und dem Tag zu der und der Stunde am Gipfel des Kilimandscharo treffen würden. Der berühmte Maler und der weithin anerkannte Experte auf dem Gebiet der Meereszoologie. Darauf mußten sie erneut anstoßen und trinken.

»Hier riecht es nach Erbrochenem!« sagte da auf einmal Konrad Zach mit einer noch nie vernommenen Aggressivität in der Stimme. Er sah erst Sigi und dann Karl unverwirrt in die Augen; dann machte er seinerseits einen tiefen Schluck aus seinem Bierglas.

Karl und Sigi schauten sich gegenseitig groß an. Sie waren baff. Zum Lachen reichte es aber nicht.

14

Warum er denn um Himmels willen zu keinem Zahnarzt gegangen sei? Manfred Brunner schielte scheinbar konzentriert auf die Spitze seines Queues, ob sie wohl gut eingekreidet war. Karl wurde erst um einen Ton blasser im Gesicht, dann lief er dunkelrot an vor lauter Zorn. Kriegte denn der Manfred nie genug davon, ihn mit dieser Geschichte zu blamieren? Er konnte sich ja selbst nicht recht erklären, warum er, im letzten Sommer per Autostop unterwegs nach Cinque Terre und in der Nähe von Mailand plötzlich von heftigen Zahnschmerzen befallen, keinen hiesigen Zahnarzt aufgesucht hatte, sondern mit immer bohrenderen Schmerzen, die ihn fast wahnsinnig gemacht hatten, den ganzen Weg nach Kirchberg zurückgestoppt war – wofür er sage und schreibe eine ganze Woche gebraucht hatte. Und als man ihn verwundert gefragt hatte, warum er denn nicht wie jeder »normale« Mensch zu einem Zahnarzt gegangen sei und dann die Reise fortgesetzt habe, hatte er darauf gar keine Antwort gewußt. Auf diese Idee wäre er nie im Leben gekommen. Da war er so großartig mit seinen Malsachen ausgezogen, hatte davon gesprochen erst im Herbst und mit reicher Ausbeute zurückzukehren – und dann war er zum Erstaunen des ganzen Dorfes schon nach knapp zwei Wochen wieder da. Er war für den Rest des Sommers in Kirchberg geblieben, hatte mit wechselndem Eifer bei den Dachausbesserungsarbeiten am elterlichen Haus geholfen, hatte von dort oben aus zusehen müssen, wie sein Vater erstmals den Versuch unternahm, den Rasen zu mähen, wobei er zum Gespött der Anrainer mit der Sense derart ungeschickt in der Wiese herumhackte, daß die Erdbrocken bis auf die Straße hinaus flogen . . . ansonsten hatte er mit der Geschichte seiner ins Wasser gefallenen Reise überall nur mitleidiges Kopfschütteln erregt. Mit einer Ausnahme. Und diese Ausnahme war Anna Pöschl gewesen. Das Mädchen war nach einer Blinddarmoperation zur Nachuntersuchung zu seinem Onkel gekommen. Dort, im Wohnzimmer, waren sie miteinander ins Tratschen gekommen. Sie waren beide sehr aufgeregt gewesen und hatten ziemlich viel Blödsinn geredet. Karl hatte dabei den Vogel abgeschossen und Anna in ungewöhnlich frecher Manier gefragt, ob sie ihm ihre Operationsnarbe zeige. Anna hatte diesen mehr als dummen Schmäh wortlos übergangen. Obwohl sie anders gehandelt hätte als er, hatte sie plötzlich in Anspielung auf seine in Kirchberg bereits legendär gewordene Reise gemeint, sie könne verstehen, warum er umgedreht habe. Und dabei hatte sie ihm so gerade und entwaffnend offen in die Augen geschaut, daß Karl ganz gerührt gewesen war. Anna hatte ihm das Gefühl gegeben, vielleicht doch nicht so anormal gehandelt zu haben, wie das die anderen alle hinstellten. Die Begegnung mit diesem Mädchen war Karl nicht aus dem Kopf gegangen. Und sogar hier in Wien, wo er seit einigen Wochen an der Akademie der Bildenden Künste für das Lehramt Kunsterziehung studierte, tauchte Anna Pöschl überraschend oft in seinen Gedankengängen auf. Natürlich: in Wien war tatsächlich einiges so, wie es sich Karl Jahre hindurch in Bruck an der Mur erträumt hatte. Er hatte endlich die Freiheit zu tun und zu lassen, was er wollte. Niemand schaffte ihm etwas an. Das Studium ging dermaßen locker vor sich, daß man von einem Zwang kaum sprechen konnte. Zudem empfand es Karl im großen und ganzen nicht als unangenehm, für ein paar Stunden am Tag in der Akademie zu sein oder abends, sofern er Lust dafür verspürte, zum Aktzeichnen zu gehen. Doch etwas enttäuscht mußte er erkennen, daß Wien nicht jene ganz große Wende in seinem Leben war, so wie er sich das vorgestellt hatte. Das heißt, er hatte sich ja kaum etwas konkret vorgestellt. Er hatte einfach immer nur davon geträumt, daß er nur einen Fuß nach Wien zu setzen brauchte, und *alles* würde anders sein als in Bruck an der Mur. Und ohne daß er von sich aus viel dazutun müsse, würde er plötzlich das intensivste Leben führen, das man sich denken konnte, jenes »sinnliche Leben«, von dem er seinem Onkel nach ein paar Gläschen Schnaps so oft vorgeschwärmt hatte; und selbstverständlich würden ihm die tollsten Frauen nur so in den Schoß fallen ... Doch gerade auf diesem Gebiet spielte sich bis jetzt in Wien überhaupt nichts ab. Freilich sah Karl manchmal auf der Straße oder sogar in der Akademie Mädchen von einer derart berückenden Schönheit, daß ihm der Atem wegblieb; doch wie sollte er jemals an so ein Mädchen herankommen? Und dabei hatte Karl so eine wahnsinnig große Sehnsucht nach einer Frau! Und da mußte er immer wieder an die Anna Pöschl denken, die zur selben Zeit irgendwo in Niederösterreich – er wußte nicht genau wo – als Internatszögling eine landwirtschaftliche Mittelschule besuchte ... An die Freiheiten, die ihm das studentische Leben bot, hatte sich Karl schnell gewöhnt, sie bald als eine Selbstverständlichkeit hingenommen. Freilich war es durchaus nicht so, daß er diese Freiheiten nicht zu schätzen gewußt hätte. Manche von ihnen genoß er sogar besonders intensiv. So war er ganz vernarrt ins Billard-Spiel. Nichts gab ihm zu gewissen Zeiten mehr, als mit Manfred Brunner, seinem alten Freund aus Kirchberg, der seit dem Herbst an der Tierärztlichen Hochschule studierte, »auf einen Stoß zu gehen«, wie die beiden das nannten. In den Kaffeehäusern, in denen die Billard-Tische standen, war eine fast weihevolle Stille. Man hörte nichts außer dem Klacken der aneinanderprallenden Elfenbeinkugeln, deren vollkommen lautlosen Lauf über das grüne Tuch man mit Spannung verfolgt hatte. Bei schönem Wetter flutete außerordentlich viel Licht durch hohe Fenster, und Gummibäume und andere großblättrige Topfpflanzen strahlten auf. Vor allem aber gab das Spiel als solches Karl Berge, weil es einem soviel Technik, Feingefühl und Konzentration abverlangte ... Wann immer er es sich leisten konnte, ging Karl ins Kino. Am liebsten in die erste Nachmittagsvorstellung um 13 Uhr in eines der Kinos in der Innenstadt. Und dann aus dem dunklen Vorführsaal herauskommen, hinein ins grelle Tageslicht und einige Sekunden lang wie betäubt und mit blinzelnden Augen inmitten des rundherum pulsierenden Lebens und Treibens stehenbleiben ... Der Prater. Die Spielhallen. Manfred Brunner war ein leidenschaftlicher Anhänger des Flipperns. Wenn er einmal an einem Flipperautomaten stand, war er so schnell nicht mehr davon wegzubringen. Karl stand eher uninteressiert dabei, sah sich vielmehr die Gestalten an, die an den verschiedenen Spielautomaten herumhingen. Aus einer violetten Musik-Box dröhnte jetzt »Satisfaction« von den Rolling Stones. Das war das Lied, auf das Karl zur Zeit am meisten stand. Da lief es ihm eiskalt über den Rücken. Es wühlte ihn auf. Dieses irrsinnig wüste Anbrüllen gegen den Stumpfsinn, gegen die Dumpfheit, die einen umgab! Mit diesem Rhythmus im Ohr trat Karl hinaus aus der Spielhalle, hinaus ins Freie, in die Allee von Kastanienbäumen, ließ Manfred drinnen am Flipper stehen. Und es war plötzlich ein so unbändiges Aufbegehren in ihm gegen die Welt und diese ganze Scheiße. Wann würde es ihm denn endlich gelingen, da durchzukommen, klarer zu sehen, zu *leben*? Und es zerriß ihn fast vor lauter Wut, und er glaubte, der Welt ein Loch schlagen zu müssen, jetzt oder nie! Daß in Bruck an der Mur alles zugewesen war und immer zubleiben würde, war sowieso klar. Aber hier in Wien? Wenn es ihm hier nicht gelang – was eigentlich? Ein erfolgreicher Maler zu werden? Die Bekanntschaft eines wunderschönen Mädchens zu machen? – wo dann? Dann könne er gleich zusammenpacken, den Hut draufhaun . . . Das Round-up, vor dem Karl jetzt stehenblieb, war eine Orgie der buntesten Lichter in der hereinbrechenden Nacht. Zur kreischenden Pop-Musik, die nur von der schnarrenden, kaum verständlichen Stimme eines Ansagers unterbrochen wurde, ließen sich die Menschen zu ihrem Vergnügen wie in einer Wäscheschleuder zentrifugieren. Obwohl Karl fasziniert zusah, hätten ihn keine zehn Pferde in dieses Gerät hineingebracht. Ein Mädchen trat aus der Nacht in den Lichtschein des Round-up. Es war vielleicht zwölf Jahre alt, hatte blondes, über die Schulter fallendes Haar. Es trug Jeans und Schuhe mit überaus hohen Korkabsätzen. Eine schwarze dünne Bluse war unter der kleinen Brust verknotet, so daß ein breiter Streifen nackter Haut zu sehen war. Bei jedem Schritt schob es den Hüftknochen vor: ein wiegender Gang, wie ihn reife Frauen haben; aber nicht so ausgeprägt, sondern eben jungmädchenhaft. Karl wurde von einer wilden Gier nach Leben erfaßt. Warum ging er nicht hin zu diesem Mädchen, schlief dann mit ihm? Schon wieder entging ihm da etwas, was nie mehr nachzuholen war. Und schon war dieses Mädchen im Round-up, war hochgeklettert und steckte nun mit seinen Korkschuhen – Innenfüße extrem nach außen gedreht, Beine weit gespreizt – in den Haltegriffen, die zum Festhalten mit den Händen dienten; mit hoch über den Rand hinausragendem Oberkörper wartete er voller Ungeduld darauf, daß sich das Ganze zu bewegen anfing. Und dann begann sich das Round-up zu drehen, immer schneller, und das Mädchen lehnte seinen Oberkörper in höchster Lust gegen die Zentrifugalkraft nach vorn, flatternde Haare im Wind . . . kreiste dort oben, als wäre es die Königin der Welt. Karl stand unten in der Dunkelheit. Mit Herzklopfen betete er dieses Mädchen an. Und dann kam es die Treppen runter, so richtig aufgeladen, mit seinem aufrechten Gang unter all den Leuten, von denen einige einen ziemlich mitgenommenen Eindruck machten. Und es ging schnurstracks auf zwei Typen zu, beide Mitte dreißig. Und während es den einen um Geld anbettelte, griff ihm der andere roh ins duftige Haar, beutelte ein bißchen seinen Kopf, als wäre es eine streunende Katze, und der andere lachte, ließ sich lange bitten, ließ es zappeln, gab ihm schließlich einen Zehner. Dem Mädchen, das mit dem Geld weglief zur Kassa, um sich erneut diesem Rausch auszuliefern, haute er noch mit aller Kraft auf den Hintern. Da wurde Karl mit einem Mal sehr traurig, er drehte sich um und ging.

Wieviel Zärtlichkeit hätte *er* für dieses zauberhafte Wesen übrig gehabt!

So wie sich Karl schon in Bruck an der Mur bei seinem Freund Sigi Gollob oft rar gemacht hatte, so ging er auch hier in Wien einem Zusammensein mit dem Manfred Brunner häufig aus dem Weg. Karl mochte den Manfred gern, weil auf ihn Verlaß war und er den letzten Groschen mit einem teilte, wenn es darauf ankam. Doch manchmal hielt er dessen Art, immer alles besser zu wissen und in jeder Situation scheinbar Herr der Lage zu sein, einfach nicht mehr aus. Und dann war er weder in seinem Untermietzimmer in der Nähe der Stadthalle anzutreffen noch auf der Akademie. Und am Abend wartete Manfred oft stundenlang in der Mensa vis à vis vom Augustiner Keller auf Karl, daß der da auftauchen würde. Umsonst. Manfreds Robustheit und wie er so unempfindlich seinen Platz im Leben behauptete, dabei alles wie einen Sterz anging und damit auch durchkam, stieß Karl von Zeit zu Zeit von seinem Freund ab; ja manchmal bekam er direkt Haßgefühle gegen ihn: wie der, seiner selbst so hundertprozentig sicher, das Studium betrieb, zwar auch herumzigeunerte, aber sich immer zum richtigen Zeitpunkt auf seine ›Hämorrhoiden niederließ‹, wie er das ausdrückte, um zehn Stunden am Tag ›wie ein Wahnsinniger zu büffeln‹. Und schon jetzt war es klar, daß er spätestens in sieben Jahren in Kirchberg seine Praxis errichten würde, zwei Jahre später dann einen Reitstall. Die deutschen Touristinnen hätten nämlich gern feurige Hengste unter ihren geilen Popos. Und dann würde er den ›vollen Schnitt‹, die ›volle Länge‹ machen. Mit verschüttetem Bier zeichnete er Karl den Grundriß seines Bungalows auf den Wirtshaustisch. Und selbstverständlich müsse ein BMW-Coupé her mit Spurverbreiterung und Spoiler, ein richtiggehender Tiefflieger. Mit dem könne er auch unter der Woche in einer sagenhaften Zeit nach Wien düsen, um in seiner Studentenbude, die er natürlich weiterhin behalten würde, die »Hasen zu knallen«, daß ihnen »Hören und Sehen« vergehe. Und indem er mit seinen breiten Knöcheln geräuschvoll die Tischplatte bearbeitete, daß sich die anderen Gäste zu ihnen her drehten, versuchte er, Karl seine Lebensphilosophie einzutrichtern: daß es nämlich mit dem Leben so sei, wie mit einem Kuchen. Und von dem müsse man sich ein möglichst großes Stück herunterschneiden. Wer das nicht tue, sei ein vollkommener Trottel! Karl wurde ganz schlecht, wenn er das hörte. Und wie überzeugt Manfred von dem war, was er da verzapfte! Aber genau das war ja der springende Punkt: Karl zweifelte nämlich keinen Augenblick daran, daß der Manfred alles, was er ihm da erzählte, auch verwirklichen würde. Manfred war ein Mann der Tat. Der verstand es, sich das Leben einzurichten. Und was hatte denn er, Karl, davon, daß er zwar sicher war, hunderttausendmal feinfühliger auf die Umwelt zu reagieren als der Manfred, wenn er sich dafür vorne und hinten nicht hinaussah? Da wollte er also Maler werden. Das war sein einziger, sein innigster Wunsch. Und was tat er? Er ließ sich da in einem Studium dahintreiben, das auf einen Beruf hinleitete, den er nie, *nie* würde ausüben können. Das war doch der blanke Wahnsinn! Es überlief Karl brühheiß bei der Vorstellung, daß er in sechs, spätestens in sieben Jahren vor eine Schulklasse würde treten müssen . . . Die Tage und Wochen vergingen. Karl war unfähig, irgend etwas anderes zu unternehmen als sich, wie bisher, weitertreiben zu lassen mit der vagen Hoffnung, daß vielleicht während seiner Studienzeit etwas eintreten könnte, was das Unterrichtengehen überflüssig machen würde. Manchmal empfand er bei diesem Sich-Treiben-Lassen sogar eine gewisse masochistische Befriedigung; auch das war ein Gefühl, ein starkes Gefühl, das sich vielleicht in Malerei umsetzen ließ. Solange dieses Gefühl anhielt, kam sich Karl gut vor, irgendwie tragisch. Doch er war zu intelligent, um diese tragische Rolle lang zu spielen. Da verschanzte er sich dann wieder hinter seinem Nihilismus, den er, mangels einer anderen Einstellung, für sich immer mehr stilisierte. Er suchte die Einsamkeit, ohne zu wissen, ob sie ihm gut tat oder nicht. Die Tage mehrten sich, an denen er dem Manfred auswich: nur mit niemandem über etwas Persönliches reden müssen, sich auf niemanden einstellen müssen! Dabei wollte er aber trotzdem unter Leuten sein: anonym in der Masse. Und er ging allein »auf einen Stoß«, spielte Billard mit sich selber, saß stundenlang allein im Wirtshaus, vor sich ein goldgelbes, beschlagenes Krügel Bier. Seine Stimmung beim Bier war wechselhaft. Nach zwei oder drei Krügeln und ein paar Salzstangerln und wenn schönes Wetter war und draußen vor dem Fenster zufällig gerade ein Mädchen vorbeiging mit wehendem Haar und einem hohen festen Hintern, da dachte er sich, daß er es – verdammt noch einmal! – schaffen würde. Er würde auf jeden Fall nach Beendigung seines Studiums versuchen, als freischaffender Maler Fuß zu fassen. Und er würde sich durchsetzen. Und er würde so ein Mädchen haben. Er mußte es eben schaffen. Er hatte ja gar keine andere Chance. Es gelang so vielen. Warum sollte es ausgerechnet ihm nicht gelingen? Bei diesen Gedanken ließ Karl unwillkürlich seine Backenmuskeln spielen. Doch selbst in diesen so optimistischen Augenblicken nagten Zweifel in ihm. War er denn wirklich talentiert genug und ausdauernd und Was-weiß-der-Teufel-sonst-noch-alles, um ein echtes Kunstwerk hervorzubringen? Und soviel hatte er schon nach der kurzen Zeit auf der Akademie mitgekriegt: daß nämlich die malerische Begabung allein für die Katz' war. Vielmehr mußte man im Kunstbetrieb die von seiner Mutter so viel zitierte Ellenbogenpolitik haben. Gefinkelt mußte man sein, mit allen Wassern gewaschen, den richtigen Dreh mußte man heraushaben, wenn man es in diesem Metier zu etwas bringen wollte. Und da sah Karl dann wieder ganz schwarz: da war seine Schüchternheit, und wie leicht er sich ins Bockshorn jagen ließ – und hinterher, wenn es zu spät war, ärgerte er sich dann zu Tode; sein totales Unvermögen überhaupt, mit Leuten umzugehen. Und da schweiften seine Gedanken weg von der Malerei hin zu jenem Problem, das ihn immer schon am meisten beschäftigt hatte: seine Unfähigkeit, mit jemandem einen richtig engen Kontakt zu haben, eine Beziehung aufzubauen, in der man völlig aufging, wo man sich ganz hingab. Was hatten seine bisherigen, eher halbherzigen Versuche – und selbst die hatten ihn schon soviel Überwindung gekostet –, sich einem Menschen anzunähern, denn eingebracht? An wen auf dieser Welt hätte er zum Beispiel jetzt denken können und sich freuen dabei? An niemanden. An keinen einzigen Menschen. Mit Ausnahme vielleicht der Anna Pöschl. Aber die kannte er ja noch gar nicht richtig. Und da fiel Karl wieder dieser Satz ein, den er irgendwo gelesen hatte und der, so traurig er auch war, doch treffend seine Anstrengungen, sich den anderen Menschen zu nähern, kennzeichnete: es war nämlich »wie der vergebliche Versuch, sich am Eis zu wärmen«.

Verzückt stand Karl vor dem in vollster Blüte stehenden Magnolienbaum im Stadtpark. Er sieht aus wie ein Brautmädchen, dachte er sich. Wer den Ausdruck Brautmädchen für einen blühenden Baum gebraucht hatte, wollte ihm aber nicht einfallen. Karl hielt sich, so oft es ging, in dieser weitläufigen Parkanlage im Zentrum der Stadt auf. Im Herbst war das Laub wie Blech zu Boden gefallen, und in den Augen der dasitzenden Enten hatte man nur das Weiße gesehen. Nun stiegen im sattgrünen Rasen vor dem Kursalon Hübner die Pfaue umher. Sigi Gollob hatte Karl vor Jahren ein Buch geborgt mit dem Titel »Der Pfau ist ein stolzes Tier«. Hatte er etwa darin den Satz gelesen, daß Pfaue nur deshalb so hoch erhobenen Hauptes dahergingen, damit sie nicht ihre häßlichen Beine zu sehen brauchten? Einmal soll ein Pfau aus dem Stadtpark zur Zeit des dichtesten Verkehrs in der Wollzeile gelandet sein. Karl konnte sich nicht vorstellen, wie diese Vögel mit ihren langen schweren Schwanzfedern mit den Pfauenaugen drinnen, fliegen konnten. Andererseits saßen sie am Abend, sich als große dunkle Masse gegen den noch lichten Himmel abzeichnend, hoch oben im Geäst der Bäume. Karl setzte sich trotz windigem Wetter auf eine Parkbank in die Frühlingssonne. Im Teich mit dem Springbrunnen schlugen zwei Schwäne mit ihren Flügeln laut klatschend das Wasser. Die anderen Wasservögel schwammen – wie im Vorspann eines Films, den er unlängst gesehen hatte – plötzlich alle los. Mit der einen Hand schützte Karl seine Augen vor der Sonne, in die er nicht schauen konnte, weil sie ihn blendete. Der Himmel um die Sonne herum war weiß wie Milch. Und wenn der Wind stehenblieb, ging die Wärme sehr rasch durch den Körper. Eine Dame schimpfte ein Kind, das ihr den Ball auf den ballonseidenen Übergangsmantel geschossen hatte, »ein dreckiges Ungeheuer«. Und: »Du Arsch«, sagte ein vorbeigehender Großvater zu seinem Enkelkind, »warum soll denn immer der Opapa mit dir spielen; spiel doch mit deinen Zehen.« Ein Inder in einem orangefarbenen Turban ging in Begleitung zweier großer dünner blasser Mädchen durch den grünen Park. Einige Stunden später, als sich Karl mit dem Manfred im Esterhazy-Keller traf, saß da der Inder mit den beiden Mädchen in einer der Nischen. Seine Zähne blitzten, seine Augen leuchteten. Redete er mit dem einen Mädchen, schmollte das andere; und umgekehrt war es genau dasselbe. Der Inder schien eine gute Zeit zu haben, während sich die Mädchen vor Eifersucht grämten. Karl und Manfred saßen da bei einem Viertel Wein, hatten sich an diesem Tag nicht viel zu sagen, beneideten – ein jeder für sich – den Inder ein bißchen um seine Frauen. Da flirtete dieser tolle Hecht doch glatt mit allen beiden. Und sie wären schon heilfroh gewesen, wenn sie nur eine da gehabt hätten, mit der sich im Verlauf des Abends etwas anfangen ließ. Als Karl auf die Toilette ging, stand dort im Vorraum beim Spiegel ein Mädchen. Es schaute mit ganz trüben Augen in den Spiegel und strich sich dabei unendlich langsam mit der rechten Hand übers Haar. Als Karl aus dem Pissoir kam, stand es noch immer dort. Indem er in den Spiegel schaute, blickte er in die trüben Augen des Mädchens, und es in die seinen. Es verzog den Mund zu einem Lächeln. Karl war noch nicht betrunken genug, daß er den Mut gehabt hätte, sich dieses Mädchen aufzureißen. Es war wirklich eine Schande: daß sich solche Gelegenheiten ausschließlich dann ergaben, wenn er nicht in Form war! Als Karl mit Manfred um 21 Uhr bei der Sperrstunde das Lokal verließ, sah er dieses Mädchen ganz allein und verlassen in der Ecke einer Nische dasitzen. Es machte den Eindruck, als wolle es nie mehr von hier weggehen; mit beiden Händen hatte es ein Taschentuch gegen seine Augen gedrückt. Karl hatte unendliches Mitleid mit diesem Mädchen. Es schien zumindest so einsam zu sein wie er. Und es war zum Auswachsen: daß er, nach einem Viertel Wein noch stocknüchtern, einfach nicht die Schneid hatte, hinzugehen und zu fragen, was ihm fehle! Wegen dieser Feigheit und weil er das Gefühl hatte, eine einmalige Chance verpaßt zu haben – dieses Mädchen hatte ihm nämlich auch rein äußerlich gut gefallen –, bekam er einen unheimlichen Haß auf sich selber. Und als Manfred noch weiterziehen wollte in die Schwemme im Augustiner-Keller, meinte Karl knapp, er gehe nach Hause; das Ganze habe sowieso keinen Sinn. Und er ging dem Manfred, der da vor dem Eingang des Esterhazy-Keller zu einem langen Überredungspalaver ansetzen wollte, einfach davon. Am Gürtel sprach ihn eine Prostituierte an: »Na, Burli, wie wär's denn mit uns zwei?« Karl ging schnell weiter. Drei Tage später saß Karl allein in einem Wirtshaus, trank ein Krügel Bier nach dem anderen in sich hinein. Schwaden von Zigarettenrauch hoben sich langsam von den blankpolierten Tischplatten aus Novopan, in denen sich das Neonlicht spiegelte, ab, stiegen empor zu den Deckenbalken, deren Holz so grün schimmerte wie Eidechsenhaut. Hinter der Theke hing ein Ölgemälde; und die Wolken darauf sahen genauso aus wie das wildbewegte Meeer, über welches sie hinwegstürmten. An den Wänden waren Kamele und Palmen aufgemalt. Am Nebentisch spielte ein Mann mit Streichhölzern Mikado. Nach dem vierten Bier verließ Karl das Wirtshaus, fand mit traumwandlerischer Sicherheit den Platz, wo ihn vor drei Tagen die Prostituierte angesprochen hatte. Sie nahm ihn mit aufs Zimmer. Ob er es Englisch oder Französisch wolle? Englisch. Karl war kaum in die Frau eingedrungen, da war es schon vorbei. Das sollte alles gewesen sein? Karl hatte geglaubt, die Welt würde verändert sein, nachdem er zum ersten Mal mit einer Frau geschlafen haben würde. Seine Enttäuschung war so grenzenlos! Er kam sich tagelang vollkommen ausgehöhlt vor. –

Karl trachtete danach, Anna Pöschl wiederzusehen. Aus diesem Grund hatte er es nach und nach so eingerichtet, daß er mit seiner Schmutzwäsche nun fast nie mehr nach Bruck an der Mur fuhr, sondern von Wien aus – meist per Autostop – gleich nach Kirchberg. Dort wurde ihm die Wäsche dann von seiner Großmutter gewaschen, die, seit ihr Sohn – Karls Onkel, Anton Auer, der Maler und Anstreicher in Bruck gewesen war – bankrott gemacht hatte, ein Zimmer im Bauernhaus von Karls Eltern bewohnte. Karl war nicht nur seiner Großmutter, die er »Omi« nannte, sehr zugetan; er hatte sich ja schon immer in Kirchberg bei weitem wohler gefühlt als in Bruck an der Mur. Freilich gelang es ihm nur selten, Anna Pöschl in Kirchberg auch tatsächlich zu treffen. Meist verpaßten sie einander, weil Anna zu einem Wochenende, an dem Karl in Kirchberg war, im Internat bleiben mußte. Und dann wieder war Karl in Wien, wenn die Anna nach Kirchberg gefahren war. Waren sie aber glücklicherweise zur selben Zeit ins Dorf gekommen, dann verbrachten sie so viel Zeit wie nur möglich zusammen. Und sie redeten irrsinnig viel miteinander. Ja, sie taten eigentlich nichts anderes als reden und reden, wobei sie alles um sich herum vergaßen. Das war für Karl etwas Neues, noch nie Dagewesenes.

Obwohl Anna drei Jahre jünger war als er, schien sie in so vielem reifer zu sein. Verblüffend schnell, fast wie aus der Pistole geschossen, hatte sie oft derart einleuchtende Antworten auf Fragen parat, wo Karl lange hin und her überlegt hatte und dabei auf keinen grünen Zweig gekommen war. Und aus lauter Verlegenheit und weil ihn die Anna immer wieder mit ihrer Intelligenz überraschte, redete er dann manchmal irgendeinen Blödsinn daher. Aber sogar das wurde von Anna toleriert. Trotz aller Mißverständnisse und Meinungsverschiedenheiten, die es zwischen ihnen gab, hatte Karl zum ersten Mal in seinem Leben das Gefühl, daß da ein Mensch war, mit dem er sich in glücklichen Momenten einfach unheimlich gut verstand. In einem Punkt allerdings blieb dieses Verhältnis für Karl unbefriedigend: sein Verlangen nach einer Frau war so stark, daß er Anna, die sich nach einer ganz behutsamen Art von Zärtlichkeit gesehnt hätte, viel zu ungestüm, ja grob bedrängte, ihr gleich beim ersten Kuß die Zunge in den Mund drängen wollte. Da sträubte sich alles in ihr. Karl verstand Annas Verhalten überhaupt nicht. Aber er hatte das Gefühl, daß sich diesbezüglich bei diesem Mädchen so bald nichts ändern würde. Und so blieb ihm also wieder nichts anderes übrig, als sich, wenn seine Sehnsucht nach einer Frau besonders stark wurde, zu betrinken, in der Hoffnung, mit den derart beseitigten Hemmungen leichter zu einer Frau zu kommen, die gleich mit ihm schlief. Und Karl betrank sich manchmal allein und manchmal zusammen mit dem Manfred. Um diese Saufereien zu finanzieren, legten sie, wenn ihnen das Geld, das sie von zu Hause bekommen hatten, ausgegangen war, im Akkord die Sonderbeilagen in die ›Kronenzeitung‹ ein. Den damit verdienten »Rubel« stellten sie meist gleich im Anschluß an die Arbeit auf den Kopf. Es waren endlose Saufgelage. Am nächsten Tag erwachte er mit einem Schädel, daß er glaubte, er würde ihm zerspringen, und ihm war speiübel. Und er schwor sich hoch und heilig, nie wieder so viel zu trinken. Seine Hoffnungslosigkeit, je eine Frau zu finden, war größer denn je. Eines Abends waren Karl und Manfred im »Bücke Dich«, einem Lokal, das bis zwei Uhr nachts geöffnet hatte, was in Wien eine Seltenheit ist. Außerdem stand dort eine Musik-Box, in der es »Play with Fire« von den Rolling Stones gab, eine Platte, die Karl Berge gab. Karl war derart im Öl, daß er überhaupt keine Hemmungen mehr kannte. Er schmiß nun wohl schon den zehnten Schilling in die Musik-Box, drückte zum zehnten Mal »Play with Fire«. Dann steuerte er auf eine junge Frau zu, die allein an einem Tisch saß und eine Zigarette nach der anderen rauchte. Karl hatte diese Frau schon lange beobachtet, hatte in rasender Geschwindigkeit ein Viertel nach dem anderen hinuntergeschüttet aus lauter Angst, es würde sich jemand anderer bei ihr anbiedern, bevor er sich den nötigen Mut dazu angetrunken hatte. Nun trat er also forsch an ihren Tisch, forderte sie zum Tanzen auf. Ohne ein Wort zu sagen, dämpfte die Frau die Zigarette im überquellenden Aschenbecher ab, stand auf, legte auf der Stelle Karl die Arme um die Schultern, begann mit ihm zu tanzen. Nach diesem Tanz nahm sie ihn in ihre Wohnung mit. Beim Frühstück am nächsten Morgen – die Frau hatte frisches Gebäck eingekauft, als Karl noch schlief – erzählte sie ihm, daß sie als Sekretärin in einer Werbeagentur arbeite. Ihr Mann und ihre Tochter seien für drei Tage aufs Land gefahren. Er, Karl, könne, wenn er wolle, die drei Tage bei ihr bleiben. Danach würden sie sich nicht wiedersehen. Karl verließ in diesen drei Tagen die

Wohnung nicht. Die Frau brachte ihm jeden Morgen das Frühstück ans Bett. Wenn sie die Wohnung verlassen hatte, um zur Arbeit zu gehen, lag er in ihrem Bett, betrachtete in dieser schönen Stille mit müden Augen durch die Ritzen des Rouleaus hindurch die sonnenbeschienene Hauswand gegenüber. Dann wartete er mit geschlossenen Augen auf das Wiedereinschlafen, fuhr mit schwindendem Bewußtsein hinein in diese Dunkelheit, hatte das Gefühl, als lifte sich im Kopf sein schwer gewordener Körper ... In der Zeit, in der die Frau zu Hause war, taten sie nichts anderes als sich mit ihren Körpern zu beschäftigen. Sie sprachen wenig miteinander. Wenn die Frau Karl berührte, überkam ihn ein tiefer Friede: jetzt würde ihm nichts, aber auch gar nichts mehr geschehen können. Sie hatte eine Art, mit seinem Glied umzugehen, daß er nicht genug davon kriegte, von ihr angefaßt zu werden. Die Bewegung ihrer Hand, der Druck, den diese ausübte, verschaffte ihm das Gefühl einer unheimlich angenehmen Beklemmung in der Brust; die stieg dann in den Hals hinauf; er mußte schlucken. Die Frau schaute mit Interesse auf sein Glied, das, während sie es behutsam und ganz ohne Eile massierte, größer und größer wurde. Ein kleiner Tropfen trat aus der Spitze der prallen Eichel. Sie verteilte die glasklare Flüssigkeit mit der Kuppe ihres Zeigefingers über die ganze Eichel, ohne dabei mit der gleichmäßigen Bewegung ihrer Hand aufzuhören. Das Wohlbefinden saß Karl jetzt im Kehlkopf. Da wurden ihre Handbewegungen mit einem Mal schneller, Karl bewegte jetzt heftig seinen Unterleib. Er wollte nur noch spritzen. Sie behandelte sein Glied flink und leicht und fest, die Sicherheit, mit der sie das machte, erhöhte seine Lust; er krallte sich mit der Hand in ihre Brust. Da spritzte ein winziger Samentropfen auf seine Wange. Ihre Handbewegungen verlangsamten sich, Karl sank in sich zusammen. Sie drückte den Samen aus seinem Glied. Beide waren jetzt ganz ruhig. Mit dem ausgestreckten Finger verteilte sie nachdenklich den Samen über seine Bauchdecke, was dort eine Kühle hervorrief ... Nach einer Ewigkeit fragte ihn die Frau, indem sie ihm ihren Finger vor den Mund hielt, ob er schon einmal von seinem Samen gekostet habe? Nein, noch nie. Dann solle er es jetzt versuchen. Mit der Zungenspitze berührte Karl ihren Finger ... Nachdem Karl die Wohnung verlassen hatte, ging er gleich zu Manfred. Er war kaum imstande, seine wahnsinnige Freude zu zügeln, als er, ohne ins Detail zu gehen, nur in diskreten Andeutungen, dem Freund von diesem traumhaften Liebeserlebnis berichtete. Manfred hatte Karl noch nie so strahlend gesehen. Er, Manfred, könne sich unmöglich vorstellen, was das für eine klasse Frau gewesen sei. Karl hörte nicht auf, davon zu schwärmen. Sie habe ihm das Gefühl gegeben, er sei der Größte auf diesem Gebiet. Er habe sich noch nie so unheimlich gut gefühlt. Er sei sich vorgekommen wie der »reinste Kaiser« ...

Es war im Herbst des Jahres 1966. Nun hatte Karl die Anna Pöschl also doch dazu überreden können, daß sie ein Wochenende bei ihm in Wien verbrachte. Schon Tage vorher war Karl aus dem Häuschen. Er hatte das mit dem Manfred so arrangiert, daß der ihm für diese beiden Tage seine kleine Wohnung überließ, da in seiner Untermiete Damenbesuch verboten war. Karl holte Anna vom Südbahnhof ab. Er nahm ihr galant die kleine Reisetasche aus der Hand. Sie gab ihm einen Kuß auf die Wange. Sie fuhren mit der Straßenbahn ins Stadtzentrum, setzten sich in ein Straßencafé in der Nähe der Oper, tranken Kaffee, rauchten aus lauter Nervosität eine Zigarette nach der anderen. Dann spazierten sie die Ringstraße entlang. Karl zeigte Anna die Akademie am Schillerplatz, wo er studierte. Endlich fuhren sie in Manfreds Wohnung. Karl hatte vorsorglich die Mappe mit seinen Zeichnungen mitgebracht. Er legte die Blätter am Boden auf. Während Anna die Zeichnungen begutachtete, begann Karl am Reißverschluß ihrer Hose herumzunesteln, der hinten angebracht war. Er fragte sie, ob er das auch dürfe. Anna nickte nur, tat, als sei sie geistesabwesend und mit den Gedanken ganz bei seinen Bildern. Dabei war sie sehr nervös. Vor allem konnte sie sich nicht vorstellen, wie sie je aus dieser Hose herauskommen würde, ohne dabei eine blöde Figur zu machen. Sie schliefen miteinander. Für Anna war es nicht so besonders. Sie verbrachten das ganze Wochenende im Bett. Karl lachte die Anna immer aus, wenn sie nichts anderes wollte, als von ihm bloß gestreichelt zu werden; herumschmusen, einfach nur so, ohne dann gleich wieder mit ihr zu schlafen, das kannte er gar nicht. Da es in der Wohnung empfindlich kalt war, hatten sie den Heizstrahler sehr nah ans Bett gerückt. An den glühenden Spiralen zündeten sie sich die Zigaretten an. Als Anna Karl am Sonntag verließ, hatte sie von diesem Strahler direkt einen Sonnenbrand bekommen . . . Wann immer es sich in Zukunft einrichten ließ, kam Anna zu Karl nach Wien, oder sie fuhren gemeinsam nach Kirchberg. In Kirchberg schlich sich Karl zu Anna ins Haus, wenn ihre Eltern schliefen. Er blieb bei ihr bis ein oder zwei Uhr nachts. Anna begleitete dann Karl bei klirrendem Frost und sternenklarer Nacht von ihrem Haus bis zum Haus seiner Eltern. Mit der Zeit wurden Karls Besuche immer länger, dauerten bis drei oder vier Uhr morgens. Schließlich geschah es, daß beide verschliefen, erst erwachten, als man schon Annas Eltern im Haus herumrumoren hörte. Anna ging hinaus und erzählte ihrer Mutter ohne Umschweife, daß der Sonnleitner Karli bei ihr im Zimmer sei. Ohne ein Wort darüber zu verlieren, brachte ihnen Annas Mutter das Frühstück ans Bett. Von da an übernachtete Karl im Haus der Anna Pöschl, wenn sie zur selben Zeit in Kirchberg waren. Sie unternahmen bei jedem Wetter weite Spaziergänge. Karl machte Anna auf den Geruch des frisch gefallenen Schnees aufmerksam, der gleißend im Sonnenlicht lag. Anna meinte, von allen Gerüchen liebe sie am meisten den von Katzen, nachdem diese im Heu herumgestiegen seien. Nach den Spaziergängen gingen sie – wenn Karls Eltern gerade nicht in Kirchberg waren – auf Besuch zur Omi, wo sie Kaffee und Kuchen bekamen. Die Omi war eine sehr ruhige Person, sprach kaum ein Wort; sie hatte die Anna vom ersten Augenblick an gemocht. Karl und Anna schliefen oft miteinander. Besonders gern liebte Karl die Anna in der Badewanne, dann, wenn draußen, nur durch die Badezimmertür getrennt, Annas Eltern beim Fernsehen saßen. Und manchmal waren das derartige Höhepunkte, und Anna war so laut, daß ihr Vater an die Tür pumperte, weil ihn die beiden mit dem Lärm, den sie da drinnen machten, beim Fernsehen störten ... Im Frühjahr folgten sie dem Bach, der an Annas Haus vorbeiführte, bis zu seinem Ursprung. Sie spielten Indianer, raubten aus einem Garten Narzissen und brachten sie als Trophäe mit heim. Gegen Abend, wenn im Wald ein ganz anderes, irgendwie unwirkliches Licht war, schliefen sie miteinander im Heidekraut. Anna kochte für Karl dessen Lieblingsspeisen: ein scharf abgebratenes Schnitzel oder ein Pfeffersteak mit Reis und Erbsen; und sie buk Süßigkeiten, Torten, vor allem aber rosarote Punschkrapfen, die Karl nicht süß genug sein konnten . . .

Es vergingen Tage, manchmal sogar Wochen, wo Karl und Anna einander nicht sahen. Karl setzte in Wien das Leben fort, das er auch sonst geführt hatte, wenngleich auch nicht mehr ganz so extensiv wie früher. Der Hauptgrund zum Saufen, um dann leichter zu einer Frau zu kommen, war ja, da Karl Anna nun als seine Freundin betrachtete, praktisch weggefallen. Und so betrank er sich weniger oft, ging noch seltener mit dem Manfred »auf einen Stoß«, weil der ihn immer aufzog: was denn in Drei-Teufels-Namen mit ihm los sei? Er saufe ja überhaupt nichts mehr im Verhältnis zu früher. Und beim Weiberaufreißen sei er auch mehr als lasch; er spare wohl seine ganze Energie für diese merkwürdige Anna auf. Tatsächlich hatte Karl wenig Interesse an anderen Mädchen, lebte eigentlich nur von einem Zusammensein mit der Anna auf das andere hin. Er ging ziemlich regelmäßig auf die Akademie, zögerte die vorgeschriebenen Prüfungen nur solange hinaus, daß er gerade noch im Rahmen des normalen Studienverlaufes blieb (ansonsten wäre ihm nämlich von seinem Vater das Geld zum Studieren rigoros gestrichen worden). Bei schönem Wetter streunte er durch die Stadt. Sooft er über den Heldenplatz kam, blieb er dort lange stehen: der Himmel war hier so hoch, der Platz so weit, daß Karl meinte, die Erdkrümmung zu sehen. Er saß oft stundenlang bei einem oder zwei Krügel Bier unter den mächtigen Kastanienbäumen in einem Gastgarten auf »Der Schmelz«. Er zeichnete mehr als früher. Im übrigen überbrückte er die Zeit, in der Anna nicht bei ihm war, indem er ihr Briefe über Briefe schrieb. In seinen Briefen war Karl ganz anders als sonst. Einzig und allein in diesen Briefen schien er ganz aus sich herauszugehen. Anna wurde, wenn sie von Karl Post bekam, hin und her gerissen zwischen der Freude, überhaupt einen Brief von ihm zu erhalten, durch den sie ihn wieder ein bißchen besser kennenlernen würde und der Traurigkeit, daß er ihr das alles nur schrieb; nie sagte er etwas dergleichen, wenn sie mit ihm zusammen war. Da war immer eine Distanz zwischen ihnen. Wie oft schon hatte sie während eines gemeinsam verbrachten Wochenendes eine derartige Wut gekriegt, hatte Schluß machen wollen mit dieser Beziehung, weil sie das Gefühl gehabt hatte, sie renne gegen eine meterdicke Betonwand an. Doch wenn Anna Karl am Sonntag abend verlassen hatte, war spätestens am Dienstag ein Brief von ihm da, der sie wieder versöhnte, der sie ganz froh machte und glücklich; und die Gedanken, die darauf abzielten, Karl zu verlassen, waren wie weggeblasen.

»Mein Liebling«, schrieb Karl, »am Samstag nach Deiner Ankunft warst Du einfach toll, fast ›die kühle Schöne‹, und mit Ausnahme, daß Du mir das Bier ausgeschüttet hast, bewundernswert. Das Wochenende war sehr schön. Aber ich möchte es viel lieber gegen eine ganz normale Woche eintauschen, ohne Programmierung der paar Stunden, die man da hat. Es geht alles so schnell, daß man sich überhaupt nichts sagen kann. Alles miteinander eine Herumhasterei zwischen Ankunft, ein paar Mahlzeiten, Schlafengehen *(Schlafengehen!)*, Biertrinken, kein Geld und Abfahrt. Ich habe manchmal einen solchen Zorn und Haß auf diese unüberwindbaren Hindernisse wie diese nämlich, daß wir einfach nicht für lange oder dauernd zusammensein können . . . Ich weiß, daß ich gewisser Dinge nicht fähig bin. Wenn ein bestimmtes Wort zu sagen wäre, versäume ich es. Ich weiß nicht, warum ich das tue. Ich kann nicht anders. Ich habe dieselben Gefühle wie Du, aber aus einem unbestimmten Grund kann ich sie nicht an die Oberfläche lassen. Wenn Du so wärst, wie ich bin, würden wir beide wahrscheinlich einfrieren. Und deshalb liebe ich Dich und brauche Dich, weil Du, was unsere Gefühle anlangt, so ganz anders bist als ich. Du empfindest so stark, fast für uns beide zusammen ... Was ich Dir eigentlich noch sagen wollte: ich bin froh, daß es Dich gibt, und daß Du mir selbst den Beweis lieferst, daß es Dich gibt ... Servus, liebes Kind, liebe Frau, liebes Mädchen.«

Ein einziges Mal konnte Karl an einem Wochenende Anna in seine Untermiete mitnehmen, da die Wohnungsinhaberin verreist war. Sie hatten vorher im »Atrium« am Schwarzenbergplatz getanzt und dann noch etwas getrunken. Karl hatte sechs Krügel Bier in sich hineingeschüttet. Er schien sich über irgend etwas sehr zu freuen und machte auch Anna gegenüber Andeutungen, er habe an diesem Abend eine Überraschung für sie. Doch ließ er seine Freundin einstweilen noch im Ungewissen; und als er sah, wie er mit seiner Geheimnistuerei Anna auf die Folter spannte, steigerte das gleichzeitig seinen Bierdurst und seine Vergnügtheit. Später dann, in der Untermiete, als sich Anna auszog, bat er sie, einen Augenblick zu warten: und sie möge nur ja ihre schwarze Strumpfhose anbehalten. Sekunden danach kam er mit einem triumphierenden Lächeln ins Zimmer zurück, eine Schere in der Hand: kaltblütig schnitt er ein Loch in die Hose, liebte dann Anna in ihrer schwarzen Strumpfhose so leidenschaftlich wie kaum jemals zuvor. Er wollte gar nicht aufhören damit, sie zu lieben. Und er bedachte sie dabei mit Kosenamen, die sie noch nie aus seinem Mund gehört hatte. Schließlich eröffnete er ihr, daß er die besten Aussichten habe, eine Wohnung von der Akademie zu bekommen; eine richtige Wohnung: Zimmer, Küche, Kabinett, das Klo allerdings sei draußen auf dem Gang. Dafür sei aber die Miete sehr gering, und da die Wohnung im 7. Wiener Gemeindebezirk liege, in der Apollogasse, könne er bequem zu Fuß in die Akademie gehen. Sie könne ihn dann besuchen kommen, wann immer sie die Möglichkeit dazu habe; und das Bitteln und Betteln beim Manfred, daß er ihnen gnadenhalber seine Wohnung überließ, höre damit ein für alle Male auf ... Anna wurde bei dieser Neuigkeit von Karls Begeisterung angesteckt, und sie redeten darüber, was alles anders werden würde, wenn Karl erst einmal in diese Wohnung eingezogen sei, redeten bis zum Morgengrauen ... Am Montag abend erhielt Anna bei der Postausgabe im Internat einen Express-Brief von Karl, den dieser noch am Sonntag, nachdem er sie zur Straßenbahn gebracht hatte, am Westbahnhof aufgegeben hatte: »Mein Liebling! Du bist es wirklich. Du bist das liebste Mädchen, das existiert. Wenn ich an Dich denke, fällt mir Deine ganze Liebe ein, die Du mir schenkst und jedesmal, wenn wir zusammen sind, wieder schenkst. Ich liebe alles an Dir: Deine Zärtlichkeiten, Deine Küsse, Dein Gesicht, Deine Gedanken, Deinen Körper, jeden Quadratzentimeter von Dir möchte ich lieben. Ich liebe Deinen Atem, Deine Stimme ... Und dann, wenn Du glücklich bist, wenn wir uns lieben, bin ich es auch. Es ist einfach das Größte. Ich schreibe gar nicht weiter, sonst werde ich verrückt ...«

In dieser Zeit war Anna so glücklich, daß sie oft weinen mußte vor lauter Glück. Doch war da immer die Angst, daß etwas kommt und dieses Glück zerstört. Und sie schrieb an Karl, daß er ja aufpassen möge auf sich in Wien; und er solle auch nicht soviel rauchen und trinken . . . Karl bekam die Wohnung in der Apollogasse; er richtete alles ein, räumte die Sachen, die er nicht brauchen konnte, ins Kabinett; den Boden im großen Zimmer strich er in seiner Lieblingsfarbe: Grün. Anna verbrachte nun fast jedes zweite Wochenende in Wien. Sie lagen die meiste Zeit im Bett, rauchten, tranken Tee. Anna kochte gebackene Champignons, eine von Karls Lieblingsspeisen. Sie wusch seine Wäsche, brachte ihm frische Handtücher und Bettwäsche mit. Als sie zum ersten Mal gekommen war, war sie ganz entsetzt gewesen: da hatte sein Leintuch ausgesehen wie ein Staubfetzen. Nur selten hatten sie soviel Geld, daß sie sich ein Kino leisten konnten. Im Winter war es in der Wohnung so kalt, daß sich Eiskristalle auf der Bettwäsche bildeten, dort, wo beim Einschlafen der Atem hinstrich. Karl schrieb Anna beinahe täglich Briefe ins Internat; Briefe, in denen er weiterhin von ihrer Liebe sprach. Zum Unterschied von früher machten sich darin aber immer öfter pessimistische Untertöne bemerkbar. Er schrieb Anna, wie schön es sei, mit ihr im Bett zu liegen, neben ihr einzuschlafen: »Das Einschlafen ist das Schönste, wenn ich Dich gerade noch spüre. Beim Schlafen ist man ja wieder allein, was man aber gar nicht merkt, weder angenehm noch unangenehm.« Und wie wahnsinnig schön es dann am Morgen sei, nach dem Erwachen, wenn man »zugleich bemerkt, wonach der andere verlangt, weil der andere ohnehin genau das verlangt, was der eine gerade tut, und man kann gar nicht glauben, daß es da neben dir, unter dir, über dir jemanden gibt, der eigentlich schon mehr du selbst bist, als ein anderer und umgekehrt . . . Die Liebe ist das einzige, was zählt. Ich glaube es wirklich, im Augenblick. Aber ich weiß auch, daß ich in einer Stunde diesen Glauben aufgegeben haben werde, wegen meiner ganzen Schwächen, wegen des Mißtrauens, das man gegen jeden hat. Und wenn jemand an die Tür klopft, ist alles wieder verschwunden.« Und er grübelte über sein Alleinsein nach: »Ich sitze an meinem Schreibtisch. Es ist Abend. Ein Gewitter zieht auf. Was ist ein Brief für ein armseliges Mittel, dem anderen, Dir, etwas zu geben! Ich habe heute einen Tag hinter mir, den ich von Früh bis Abend ganz allein verbracht habe. Ich habe nicht einmal ›ein Bier‹ oder ›einen kleinen Braunen‹ gesagt. Solche Tage tun dem Menschen, besonders mir, nicht gut, denn er muß zuviel denken. Er kommt darauf, oder wird in seiner Meinung bestärkt, daß alles Treiben in der Gesellschaft unsinnig und verlogen ist. Aber noch nicht genug. Er kommt darauf, daß er nicht glücklicher ist ohne die Gesellschaft, und daß er besser fährt, inkonsequent zu sein und mitzumachen. Aber ich kann in einer fröhlichen Gesellschaft nicht viel ausrichten. Dadurch gewinnt man natürlich keine Freunde ... Je mehr ich nachdenke, und das tue ich fast ununterbrochen, desto weniger komme ich zu einem Schluß, zu einem Entschluß, zu einem Ergebnis, desto weniger komme ich überhaupt weiter ... Ich verfalle allem so schnell, und nicht einmal das kann ich ganz. Wenn ich so nachdenke, kann ich gar keinen Erfolg haben, denn ich steige auf nichts vollkommen ein, ich kann es gar nicht. Deine Blumen hier verwelken allmählich, die Schwertlilien lassen einen violetten Saft zu Boden fallen. Das ist komisch, aber ich rühre nichts an dabei. Die Mohnblätter liegen auch schon rundherum ... Es liegt doch irgend etwas in der Luft, irgend etwas schwebt, ich kann nicht ungezwungen sein.«

An einem Frühsommernachmittag saßen Karl und Manfred im Freien an einem Gehsteigtisch des Café Aida in der Nähe der Oper. Es war ein Samstag, und Karl war sehr enttäuscht: er hatte von Anna am Vormittag ein Telegramm bekommen, daß sie an diesem Wochenende aus dem und dem Grund nicht kommen könne. Karl und Manfred hatten sich hier eigentlich getroffen, um zu beratschlagen, wie sie das sommerlich heiße Juniwochenende herumbringen könnten. Doch nun sagte keiner ein Wort. Sie schauten nur den Mädchen nach, die in ihren duftigen Sommerkleidern vorbeigingen. Da kam ein sehr junges Mädchen auf der Rolltreppe von der Opernpassage heraufgefahren. Es sah Karl unverwandt an. Es ging dann langsam den Ring hinauf in Richtung Mariahilferstraße und drehte sich mehrmals nach Karl um. Da tat dieser, was er noch nie getan hatte: er stand, obwohl er stocknüchtern war, schnell auf, sagte dem Manfred, er solle für ihn den »kleinen Gold« bezahlen, und folgte dem Mädchen nach. Als es sah, daß er ihm nachkam, blieb es wartend stehen. Karl war schon ein bißchen verlegen, aber er sagte »Servus« zu dem Mädchen, und es antwortete mit »Servus«. Karl fragte, was es denn vorhabe? Nichts? Ob es mit ihm in seine Wohnung mitgehe? Ja, warum nicht. Karl schlief mit dem Mädchen, das sechzehn Jahre alt war und noch ziemlich unerfahren; es wollte unbedingt genau zusehen, wie Karls Glied in es eindrang. Am nächsten Tag, einem strahlend schönen Sonntag, holte Manfred Karl zum Frühschoppen ab. Wo er denn seine Fee habe? Die sei noch gestern heim nach Mürzzuschlag gefahren. Karl und Manfred saßen dann unter den Kastanienbäumen im Gastgarten des »Walfisch« im Prater, aßen jeder eine Leberknödelsuppe, tranken Bier. Nach einigen Krügeln verließen sie den »Walfisch«, schlenderten in den Menschenmassen quer durch den Prater, setzten mit der Fähre – »Navigare necesse est«, hatte Karl, der schon leicht angeheitert war, gemeint – über den Donau-Kanal. In der Ungar-Gasse, im 3. Bezirk, verspürten beide schon wieder einen unbändigen Durst. Gott sei Dank war der schattige Sitzgarten des Gasthauses »Zum alten Heller« nicht weit. Und hier tranken sie dann ein Bier nach dem anderen, »stießen es in sich hinein«, wie Manfred das nannte. Er solle doch endlich erzählen, was gestern mit »diesem Hasen« losgewesen sei, drang Manfred in Karl. Also – Karl machte eine Pause, schüttelte, in Gedanken an das gestrige Erlebnis, beschämt und dann doch irgendwie belustigt lächelnd den Kopf, nahm einen Schluck aus seinem Krügel. Na, was denn! Manfred konnte es nicht erwarten. Also, hob Karl, der in nüchternem Zustand nur in höchst vagen Andeutungen von solchen Sachen gesprochen hätte – also, hob er erneut an: dieses Mädchen sei eben ein sehr reizendes Mädchen gewesen. Und er glaube nicht, daß da diesbezüglich vor ihm etwas losgewesen sei. Er setzte das Krügel wieder an die Lippen. Na und? Und weiter? Aber, fuhr Karl fort, für ihn sei das eine irrsinnige Blamage gewesen. Zwei-, dreimal sei er in ihr hin und her gefahren und schon – peng! Wie bei einem Anfänger. Ob er – dieser Wahnsinnige – der Jungfrau womöglich die »volle Ladung« gegeben habe? Nein, so blöd sei er auch wieder nicht. Er habe ihn gerade noch rechtzeitig herausgezogen und ihr auf den Bauch gespritzt. Manfred war ein wenig schadenfroh, daß das für den Karl doch nicht so toll gewesen zu sein schien. Wie er gestern gesehen habe, daß Karl mit dem »Hasen« abziehe, sei er gleich nach Hause gegangen. Er habe ja eh von Haus aus nichts anderes vorgehabt, als sich wieder einmal »ganz solid die Faust zu geben«. Und souverän fügte er hinzu, daß man es sich selber doch noch am besten mache. Karl und Manfred diskutierten nun das Thema Frauen im Allgemeinen. Nach zwei weiteren Bieren begann Karl zum ersten Mal, Manfred von der Anna vorzuschwärmen. Und wie wahnsinnig er auf dieses Mädchen sei! Und welche Höhepunkte das manchmal im Bett gebe! Er halte es kaum aus, bis das Wochenende und mit diesem die Anna da seien. Und dann sei er so stürmisch: die Wohnungstür sei noch nicht einmal zu und er wolle schon in sie hinein; die Anna könne sich gar nicht so schnell darauf einstellen und sei oft noch ganz trocken . . . Karl hatte Augen gekriegt, in denen vor lauter Sehnsucht die Tränen standen. Der Karl war völlig weggetreten; Manfred konnte sich nicht einmal mehr wundern. Was der nur an dieser Frau fand? Das war ihm ein vollkommenes Rätsel. In seinen Augen war die Anna Pöschl nicht nur häßlich wie die Nacht und zog sich noch dazu wie eine Zigeunerin an – sie war zudem auch völlig übergeschnappt, »hin im Schädel«. Seines Erachtens war sie sogar Karls Untergang. Er brauchte sich da nur an die folgende Begebenheit zu erinnern: wie er nämlich einmal den Karl rein zufällig zum Bahnhof begleitet hatte, als der die Anna abgeholt hatte. Karl hatte sich scheinbar dermaßen auf seine Freundin gefreut, daß er ganz blaß gewesen war im Gesicht. Und ganz gegen seine sonstige Gewohnheit hatte er unheimlich hektisch eine Zigarette nach der anderen geraucht. Dann war der Zug eingefahren. Die Anna Pöschl und ein Freundin von ihr waren wie zwei Primadonnen aus dem Zug gestiegen. Anna hatte Karl kühl gegrüßt und ihm, als sei er ihr Lakai, den Koffer vor die Füße geknallt: sie fahre jetzt mit der . . . –

Manfred hatte den Namen vergessen – in die Stadt Eis essen. Er, Karl, solle derweil mit dem Koffer in die Wohnung gehen. Allerdings wisse sie nicht, wie lange sie ausbleiben werde. Und abgerauscht war sie mit ihrer Freundin. Karl war noch um eine Nuance blasser geworden, hatte mit den Backenmuskeln gespielt, hatte dann tatsächlich den Koffer in die Wohnung geschleppt und dort auf die Anna gewartet. Die war dann um Mitternacht und ziemlich angesäuselt in der Apollogasse eingetrudelt, noch dazu mit dieser Freundin. Wenn Manfred an diese Geschichte dachte, kam ihm jetzt noch alles hoch. Er hatte immer schon vermutet, daß diese Frau seinen Freund halt sexuell voll und ganz beherrsche. Nach dem, was der Karl jetzt erzählt hatte, dürfte da auch was Wahres dran sein. Der Arme sah ja nach dem Wochenende immer ganz abgezehrt aus . . . Manfred konnte gar nicht hinsehen, wie Karl verzückt dasaß in Gedanken an diesen »Bauerntrampel« – so nannte er die Anna Pöschl im stillen. Laut durfte man ja nichts sagen. Da wäre dann Feuer am Dach gewesen. Um Karl aus seiner Tagträumerei herauszureißen, schlug Manfred vor, daß man aufbreche, um dann noch irgendwoanders »hineinzubrechen« . . .

Obwohl Karl, wenn er in Kirchberg war, die meiste Zeit bei der Anna Pöschl verbrachte und sich im Haus seiner Eltern kaum mehr blicken ließ, dauerte es über ein Jahr, bis seine Eltern, genauer gesagt seine Mutter, Notiz von seiner Freundin nahmen. Hermine Sonnleitner hatte schließlich im Klatschzirkel des Café Gruber, zu dessen Stammgästen sie schon lange zählte, Erkundigungen angestellt, um wen es sich bei diesem Bauernmädchen denn eigentlich handle, mit dem »ihr Karli« angeblich befreundet sei. Als man ihr erzählte, die Eltern der Anna Pöschl seien eigentlich nur Nebenerwerbsbauern, da der Vater hauptberuflich als Schmied arbeite, war ihr »dieser Umgang gar nicht recht«. Mit den Eltern wollte man unter diesen Umständen nichts zu tun haben. An die Anna erging aber eines Tages eine förmliche Einladung zu einer Sonntag-Nachmittags-Jause, die ihr Karl überbringen mußte; man wollte sich ja schließlich »ein Bild machen«. Karl war in einem nervösen Zustand: er betete darum, die Anna möge das Wohlgefallen seiner Eltern finden, er fing allein bei der Vorstellung zu zittern an, daß sein Vater vor der Anna einen seiner berühmten Wutausbrüche bekommen würde; hatte Karl doch Anna gegenüber immer versucht, seinen Vater in ein besseres Licht zu rücken, wenn wieder einmal ein Gerücht über das mehr als merkwürdige Verhalten dieses verrückten Professors aus Bruck an der Mur in Kirchberg kursierte. Und dann kam sich Karl so böd vor, weil er auf Geheiß seiner Mutter einen Anzug tragen und sich eine Krawatte umbinden mußte; er wußte, wie lächerlich ihn Anna in seinen altväterlichen Anzügen fand. Die Jause verlief in eisigem Schweigen. Sowohl Anna als auch Karl bemühten sich, so leise wie möglich zu kauen in dieser Stille. Professor Johann Sonnleitner sagte kein einziges Wort, starrte nur voller Ingrimm auf einen bestimmten Punkt an der Wand. Aus Hermine Sonnleitners Mund ertönte von Zeit zu Zeit eine Höflichkeitsfloskel, was diese Stille nur umso unerträglicher machte.

»Darf ich unserem Gast vielleicht noch eine Scheibe Vollkornbrot reichen?« sagte sie zum Beispiel.

Anna schüttelte verneinend den Kopf.

»Magst noch ein Zwieberl, Karli? Iß doch noch ein Zwieberl.«

»Nein, danke sehr«, sagte Karl und faltete die Serviette zusammen ...

Ein paar Tage später war Karl mit seiner Mutter allein im Zimmer. Er hatte absichtlich ihre Nähe gesucht, weil er gern gehört hätte, welchen Eindruck sie von der Anna bekommen hatte. Und er hoffte inständig, daß sie von ihr angenehm überrascht gewesen war. Da wurde er aber gleich enttäuscht. Ob denn seine Freundin, dieses Bauernmädel, nicht wisse, daß der Papa einen Titel habe? fing Hermine Sonnleitner feindselig an. Und warum sie ihn dann nicht damit angesprochen habe, beim Verabschieden, wie sich das gehört hätte? Könne sie denn überhaupt Hochdeutsch? Wenn ja, dann müsse sie sich sehr wundern, warum die dauernd »Sunleitna« gesagt habe, statt »Sonnleitner«. No, und der Ausschnitt am Kleid sei doch ein bißchen sehr gewagt gewesen. Sie habe wohl geglaubt, sie könne damit auch noch den Papa verführen, nachdem es ihr beim Sohn mit ihrem Sex ja schon gelungen sei ...

»Was machst Du in nächster, fernerer Zukunft?« schrieb Karl im Frühjahr des Jahres 1968 an Anna. Es ärgerte ihn einfach unheimlich, daß sie nicht immer bei ihm sein konnte. Er wollte mit ihr beisammen sein, mit ihr leben. Und er wußte auch, daß das unmöglich war, solange sie ins Internat ging. »Ich glaube, diese Frage sollten wir uns stellen«, schrieb er weiter. »Denn wäre der Augenblick befriedigend, wäre es nicht notwendig. Stell Dir vor: Gut, Du kommst vielleicht in zwei Wochen wieder nach Wien. Gut, wir werden miteinander schlafen, auch schön. Wir gehen vielleicht ins Kino oder sonstwas. Dann schweigen oder reden wir vielleicht miteinander, aneinander vorbei, das ist ja ohnehin egal.

Auf jeden Fall fährst Du wieder weg, und in zwei Tagen wird es so sein, als wärst Du nie hier gewesen; alles wird so sein wie vorher. Gut, dann kommt der Sommer. Du in Kirchberg, ich in Kirchberg. Gleich wie im vorigen Sommer, im vorvorigen Sommer, gleich wie immer. Ich erwarte mir nichts davon, überüberüberhaupt nichts. Vielleicht Verliebtspielen. Am Samstag abend zum Malissa ins Wirtshaus. Am Sonntag den ganzen Tag im Bad. ›Der Karli geht mit der Anna.‹ Alles zusammen zum wahnsinnig werden. Fahren wir weg, verstehst Du mich, weg von hier, von all dem Kram, nach Italien, Griechenland: ans Meer. Ich habe ein Zelt. Mit 2.000 Schilling leben wir den ganzen Sommer, von Juni bis September. Die Eltern werden nicht gefragt. Eine Karte aus dem Ausland genügt.«

Da Anna in den Ferien zwei Monate lang Praxis auf einem Bauernhof in Vorarlberg machen mußte, fuhren sie in diesem Sommer nicht ans Meer. Karl lungerte in der Zeit in Kirchberg herum. Er zeichnete viel, fuhr mit dem Manfred am Abend in die umliegenden Diskotheken; er ging baden, betrank sich ziemlich oft, schrieb Briefe an die Anna. Und er schlief mit seiner älteren Cousine. Noch Tage später war er ganz verstört deswegen, weil er das nicht gewollt hatte und das Mädchen ja mit ihm verwandt war. Bei einem Besäufnis erzählte er dem Manfred davon, als habe er das größte Verbrechen begangen. Er sei selbst überrascht gewesen, daß das so gekommen sei. Er habe in seinem Zimmer gezeichnet. Und da sei, wie schon hundert Male vorher, seine Cousine hereingekommen, habe ihm erst zugeschaut, sich dann aber auf sein Bett gelegt. Und plötzlich sei er aufgestanden, habe sich auf sie draufgelegt. Sie sei noch Jungfrau gewesen: und dann der Bettüberzug voller

Blut ... Was ihn aber am meisten gewundert habe war, wie unheimlich weit sie die Beine auseinander gebracht habe ...

Im darauffolgenden Herbst wurden Karls Briefe, die er Anna nach wie vor beinahe täglich schrieb, immer deprimierter. Er beklagte ständig den Umstand, daß sie dort und er hier sei, das Beisammensein so kurz, die Trennung so lang sei. Er sei ihr aber »ungeheuer dankbar« dafür, daß sie seine »Nacktheit« ertragen könne; sie sei, »so lieb«, er »ein Stockfisch«. Im übrigen müsse jeder bewußte Versuch, ihn glücklich zu machen, scheitern; da könne er nichts dafür; das sei schon bei seiner Mutter so gewesen ... Ein gewisser Umschwung in dieser Stimmung trat ein, als es sicher zu sein schien, daß im kommenden Sommer mit Griechenland nun endlich alles klappen würde. Und nicht nur das. Karl und Anna waren übereingekommen, daß Anna nach Beendigung ihrer Schule nicht irgendeinen Beruf ergreifen würde, der mit der Landwirtschaft zusammenhing – da wäre sie wahrscheinlich wieder nicht bei ihm in Wien gewesen –, sondern daß sie die Aufnahmeprüfung an der Akademie für angewandte Kunst riskieren würde, um Keramikerin zu werden. Anna hätte sich das von alleine wohl nie zugetraut, weil sie glaubte, dazu nicht genug Talent zu haben. Aber Karl hatte ihr Mut zugeredet und gemeint, sie schaffe das spielend; sie werde schon sehen: die Akademie sei nichts Besonderes; da würden sonst eh nur lauter Trottel und Tachinierer herumrennen und sich wunder wie gut dabei vorkommen. Und dann würden sie im Herbst also endlich, *endlich!* zusammenziehen und sich auch nach einer größeren Wohnung umschauen. Das Geld für die Griechenlandreise verdiente sich Karl, indem er den ganzen Mai und den halben Juni – da war auf der Akademie ohnehin nicht mehr viel los – als Gehilfe eines Restaurateurs in einer Kirche in Oberösterreich arbeitete. Und obwohl er Anna schrieb, es sei eigentlich ein Wahnsinn, auf was er sich da eingelassen habe: »Mit einem winzigen Hämmerchen sämtliche Wände, Pfeiler, Träger einer Kirche abklopfen, um die unterste Farbschicht freizulegen. Es ist wirklich eine Arbeit, die Zentimeter für Zentimeter vor sich geht . . .«, schien er mit der Aussicht auf die bevorstehende Griechenlandreise und das sich daran anschließende gemeinsame Leben guten Mutes zu sein. Die paar Wochen, die zwischen dem Ende seiner Arbeit und dem Schulschluß der Anna klafften, verbrachte Karl in Kirchberg. Er zeichnete und malte so viel wie nie zuvor. »Ich habe soeben ein Bild fertiggemacht«, schrieb er Anna ins Internat. »Es ist zweifellos das Beste, das ich bis jetzt gemacht habe. Ich wollte es ursprünglich nach dem Stück ›Change‹ von Wolfgang Bauer benennen. Es geht ziemlich wild und orgiastisch darin zu. Ich habe das Zermürbende darin, das unendlich Traurige und in Abgründe Führende, herausgegriffen. Und, wie meistens, bin ich plötzlich mitten drinnen, was ich aber nicht wollte; ich konnte mich aus dieser Atmosphäre nicht befreien, und mir stieg das Blut in den Kopf. Da habe ich ganz unten unter dem verschlungenen Treiben des Bildes, einen kleinen Mann aus einer dunklen Tür über Treppen hinaus ins Freie gehen lassen. Ich habe das noch nie zuvor erlebt, aber es hat tatsächlich mir selbst geholfen.« Als Karl die Anna Anfang Juli in Gleisdorf vom Zug abholte, hatte Anna das Gefühl, Karl freue sich nicht so richtig darüber, daß sie nun endlich da sei und daß es von nun an mit den langen Trennungen ein Ende haben würde. Anna war kaum ein paar Stunden in

Kirchberg, da war ihr schon zu Ohren gekommen, was die Spatzen von den Dächern pfiffen: daß der Sonnleitner Karli ein Verhältnis mit der Elke aus Stuttgart angefangen habe, einem Mädchen, das schon seit ein paar Jahren mit den Eltern zur Sommerfrische nach Kirchberg kam, und das sich hier – umschwärmt von der männlichen Dorfjugend – wie ein kleiner Star feiern ließ. Es hieß, diese Elke arbeite als gefragtes Mannequin auf dem Laufsteg; manche glaubten zu wissen, sie sei ein Schlagersternchen. Elke hatte sich tatsächlich in Karl verknallt; sie sah in ihm den großen Künstler, hatte nur überschwengliches Lob für seine Bilder. Und er war der einzige, den sie in den Genuß *ihrer* Kunst kommen ließ: an regnerischen Tagen trällerte sie ihm in seinem Zimmer stundenlang ihre Liedchen vor, begleitete sich dazu selbst auf der Gitarre. Natürlich hätte Karl gern mit der Elke geschlafen, weil sie wirklich ganz anders war als die Mädchen, die er bis jetzt gekannt hatte: sie war immer so toll angezogen und von einer Selbstsicherheit, die er grenzenlos an ihr bewunderte. Aber ihre Selbstsicherheit machte ihn gerade noch schüchterner als sonst, und er wußte nicht, wie er das anpacken sollte, ohne sich vor dieser Frau womöglich eine Blöße zu geben. Und so geschah eigentlich nichts zwischen ihnen. Nur einmal kam es so weit, daß Karl, der sich nach dem Konsum von einigen Krügeln Bier mit der Elke auf einem Mondscheinspaziergang befand, sie darum bat, sich den dünnen Pulli auszuziehen, sich dann an einen Baum zu lehnen: er wolle nur ihre wunderschönen Brüste im Mondlicht betrachten dürfen – ein Wunsch, den ihm, dem Künstler, die Elke mit der größten Selbstverständlichkeit erfüllte. Dieser Mondscheinspaziergang wurde im Ort unheimlich aufgebauscht. Und als die Anna nach

Kirchberg kam, waren Karl und Elke als *das* neue Liebespaar abgestempelt. Anna war dermaßen enttäuscht. Sie hatte ein so großes Vertrauen in Karl gehabt. Nie wäre sie auf die Idee gekommen, er könne sie mit einer anderen Frau betrügen. Das hämische Gerede der Leute machte sie vollkommen fertig. Weinend und am ganzen Körper zitternd ging sie ins Schlafzimmer ihrer Eltern und holte aus dem Nachtkastl die Pistole ihres Vaters. Mit der Waffe, die sie unter der Bluse versteckt hatte, ging sie hinüber zum Haus von Karls Eltern. Sie würde erst Karl umbringen und dann sich selber. Die Tür zum Eingang in Karls Zimmer war nur angelehnt. Anna stieß die Tür auf. Sie hatte gleich auf Karl angelegt, der mit dem Rücken zur Tür auf seinem Bett lag. Doch als sie sah, wie ahnungslos Karl dalag, war es ihr unmöglich, abzudrücken. Da drehte sich Karl plötzlich um: und es war so viel Erstaunen und Ungläubigkeit in seinen Augen, daß Anna hemmungslos zu schluchzen anfing. Karl war auch schon aus dem Bett gesprungen, hatte ihr blitzschnell die Pistole aus der Hand genommen. Während er Anna ziemlich unbeholfen in die Arme schloß, versuchte er, sie zu trösten: sie solle doch nicht so dumm sein und sich das so zu Herzen zu nehmen. An dem ganzen Gerede der Leute sei nichts. Er habe mit dieser Elke überhaupt nichts gehabt. Nicht einmal im Traum habe er daran gedacht, mit der was anzufangen. Sie, Anna, möge ihm doch bitte glauben. Die Elke schaue ja nicht schlecht aus, zugegeben. Aber ihm sei sie viel zu aufgeputzt; im Grunde genommen sei das eh nur eine blöde Gans, die sich weiß Gott was auf ihre Schönheit einbilde ... Nachdem Karl und Anna sich versöhnt hatten, brachten sie heimlich die Pistole zurück, legten sie genauso ins Nachtkastl, wie sie drinnen gelegen hatte.

Wäre Annas Vater daraufgekommen, was seine Tochter in ihrer Verzweiflung unternommen hatte, hätte sie von ihm trotz ihrer zwanzig Jahre links und rechts ein paar Ohrfeigen bekommen.

»Wie herrlich es auf einmal riecht«, sagte Karl zu Anna, die neben ihm an der Reling lehnte. »Dieser Duft kommt uns wohl schon von Sifnos entgegen.« Er zeigte auf eine Insel, die blaugrau und massig aus dem Dunst heraustrat. Plötzlich kam es Karl auch viel wärmer vor. Landluft, dachte er. Seine Hände pickten vom Salzwasser. Sie waren nun schon seit mehr als zehn Stunden auf diesem uralten dunkelblau gestrichenen Schiff unterwegs, das den Namen »Evangelistria« trug. Von einem deutschen Touristen hatte Karl vernommen, dieser Kahn werde ohnehin nur noch von Kotze und Farbe zusammengehalten. Wenig später liefen sie im Hafen von Sifnos, der Kamares heißt, ein. Anna fand es hier im Hafen nicht so besonders einladend; sie wollte, wie fast alle anderen Passagiere, die hier ausgestiegen waren, mit dem Autobus in eine der anderen Dörfer fahren. Doch Karl versteifte sich darauf, dazubleiben. Eine Frau hatte sie angesprochen: sie habe Zimmer zu vermieten. Und Karl wollte unbedingt gleich mit dieser Frau mitgehen. Sie würden dann nicht irgendwoanders stundenlang in dieser Hitze nach einem Zimmer suchen müssen. Und wie könne man denn wissen, ob es dort schöner sei als hier. Karl und Anna wohnten die ganzen vierzehn Tage in Kamares. Sie hatten ein Zimmer mit einem breiten altmodischen Bett, daß bei jeder Bewegung fürchterlich laut knarrte; Terrazzoboden, eine blaue Tür und blaue Fensterläden, gegen die am Nachmittag »der Glutmugel«, wie Karl die Sonne scherzhaft nannte, anbrannte.

Zum Frühstück wurde ihnen von der Frau Griechischer Kaffee oder »Sweet on Spoon« ans Bett serviert. Dann gingen sie zu ihrem Badeplatz. Unweit ihres Badeplatzes saß jeden Tag ein schneeweißes Mädchen, das von Sommersprossen übersät war, ganz einsam und allein unter einem großen Sonnenschirm. Einmal, als Karl und Anna schon lange in der sengenden Sonne gelegen waren, kriegten sie beide plötzlich eine irrsinnige Lust aufeinander; und sie gingen ins Meer, um sich zu lieben. Doch das Wasser war so kalt, daß ihnen, als sie drinnen waren, alle Lust vergangen war. Während der ärgsten Mittagshitze brachten sie die Zeit auf ihrem Zimmer zu. Sie schliefen miteinander auf dem knarrenden Bett. Karl war die Vorstellung peinlich, daß diese unmißverständlichen Geräusche unter Umständen von den Wirtsleuten mitgehört wurden. Als sich Anna einmal besonders laut gebärdete, fuhr er sie brutal an, sie solle doch endlich »die Goschn« halten. Es war für Anna wie ein eiskalter Guß. Sie war tief in ihren Gefühlen verletzt. Zwei Tage lang redeten sie kein Wort miteinander.

Zur Zeit des Sonnenunterganges saß Karl oft auf dem Balkon der Pension, fertigte Skizzen an von den einlaufenden Yachten, deren vorherrschendste Farbe er als »Schmetterlingsweiß« bezeichnete. Sie durchstreiften die Insel gegen Abend, wenn es nicht mehr so heiß war. Hoch oben auf einem Berg stießen sie auf eine gut erhaltene Ruine hinter der die Felsen senkrecht ins Meer abfielen. An einem Brunnen begegnete ihnen eine alte, ganz in Schwarz gekleidete Frau, die Anna segnete und ihnen beim Wassertrinken den Vortritt ließ. In einem abgemähten Getreidefeld sahen sie seltsame Vögel sitzen. Aus einem strahlend weißen Kloster ertönte ein monotoner Männergesang. Wenn es dunkel zu werden begann, schlugen sie den Weg nach Apollonia ein. Dort oben aßen sie meist, gingen dann, leicht angeheitert, in stockfinsterer Nacht zurück hinunter in den Hafen. In diesen vierzehn Tagen hatten sie sehr oft Streit miteinander. Karl kam Anna noch verschlossener vor als sonst. Als sie einmal auf ein Klosterfest gingen, waren da auch so Hippie Typen, die mit ihren Gitarren Musik machten und Karl und Anna einluden, sich doch zu ihnen zu setzen. Als Karl merkte, daß Anna erfreut Anstalten machte, dieser Einladung zu folgen, mußte Hals über Kopf von diesem Fest aufgebrochen werden. Natürlich wurde Anna sehr zornig: sie sah überhaupt nicht ein, warum sie dauernd das tun sollte, was Karl wollte; und der nahm auf sie nicht die geringste Rücksicht. Doch sie merkte, daß ihr nichts anders übrig blieb, als nachzugeben, wenn die Stimmung nicht noch schlechter, der so langersehnte Griechenlandurlaub nicht ein totaler Verhau werden sollte. Ein einziges Mal war Anna beinahe vollkommen glücklich. Sie waren wieder einmal in der Nacht auf dem Weg von Apollonia zurück hinunter nach Kamares. Sie hatten mehr Retsina getrunken als sonst. Da blieb Karl stehen. Und ganz ergriffen meinte er, die Nacht, der zunehmende Mond, die Stille, der unbeschreibliche Duft der vielen Kräuter . . . alles sei doch immer gleich gewesen und werde wohl immer gleich sein; und er, Karl, und sie, Anna, könnten nur kurz daran teilnehmen: jetzt, in diesem Augenblick; und das sei vielleicht gerade das Schönste daran. Dann setzten sie ihren Weg fort. Karl drückte die Anna fest an sich. Er schüttelte selig den Kopf und meinte, er könne nicht so recht begreifen, was für ein wahnsinnig netter Kerl da neben ihm hergehe. Dann blieb er wieder stehen, zeigte hinauf in den Sternenhimmel: in dieser Nacht sähen die Sterne genauso aus, wie Flaubert das beschrieben habe: wie »zerbrochene Kronen« . . .

15

Von so einer Wohnung hatte Karl schon immer geträumt: von einer Wohnung, in der er, wenn er die Eingangstür öffnete, gerade durch die anderen Türen in die anderen Räume gehen konnte. Karl und Anna hatten diese Wohnung, die hinter dem Westbahnhof gelegen war, über ein Vermittlungsbüro besichtigt. Und obwohl sie eigentlich kein fließendes Wasser hatte, wie ihnen im Büro gesagt worden war, sondern nur das Klo, hatten sie beschlossen, die Wohnung zu nehmen. Nicht zuletzt deswegen, weil im Hof ein großer Apfelbaum stand. Und in der Nacht konnte man vom Wohnzimmerfenster aus sehen, wie von den anderen Fenstern ringsum das Licht auf dessen Blätter fiel. Das Saubermachen der Wohnung, das Ausmalen, das Fensterstreichen, das Einrichten machten sie mit einer richtigen Begeisterung und Liebe. Im Vorzimmer, wo die Fenster voller Taubendreck waren, klebten sie Papier drüber, damit man das nicht mehr sah. Die Wände behängten sie mit Karls Bildern. Für das Schlafzimmer, das ganz in Rot und Weiß gehalten sein sollte, kauften sie einen riesigen roten Schrank. Den Betten, die sie auf Annas Dachboden gefunden hatten, sägten sie die Beine ab, damit sie ganz am Boden aufsaßen und nicht mehr so altmodisch aussahen. In diesem Schlafzimmer war eine Frau verbrannt, und die Wände waren noch ganz schwarz. Manfred Brunner hatte ihnen eine billige Tapete besorgt, die sie darüberzogen. Allerdings reichte die Tapete nicht aus, so daß ein schwarzer Streifen übrigblieb, den zu überkleben, sie nie mehr dazukamen. Zu Weihnachten, als sie von ihren Verwandten ein bißchen Geld bekamen, kauften sie einen Tisch, vier Korbsessel und eine große runde Lampe aus Papier, die genau über dem Tisch angebracht wurde. Karl und Anna setzten sich in die neuen Sessel, schauten auf die strahlend weißen Wände, die grüngestrichenen Fenster, den frischgewachsten Holzboden, auf den Tisch und die Lampe und die schwarze Kleidertruhe, wo ein weißes Fell lag: sie hatten eine irrsinnige Freude: unglaublich, wie schön es nun in ihrer Wohnung war: sie hatten es jetzt so richtig gemütlich, genau nach ihrem Geschmack. Und sie lebten zusammen in dieser Wohnung, und nie mehr würden sie sich trennen müssen . . . Als Karls Eltern erfuhren, daß ihr »Herr Sohn« mit diesem Bauerndirndl in eine neue, bei weitem kostspieligere Wohnung gezogen war, wo er doch eh schon eine Wohnung gehabt hatte, war Johann Sonnleitner außer sich: von heute auf morgen wurde Karl die finanzielle Unterstützung von daheim gestrichen. Nicht einen roten Heller würde er mehr bekommen. Laut Studienordnung müßte er ohnehin unmittelbar vor Beendigung seines Studiums stehen. Wenn er jetzt auf einmal anfange, herumzutrödeln, habe er die Konsequenzen zu tragen. Eine »Herumtreiberei« unterstütze er, Johann Sonnleitner, auf keinen Fall; da gäbe es keinen Pardon; schließlich habe er sein Geld nicht in der »Lux-Lotterie« gewonnen. Karl und Anna lebten eine Zeitlang ausschließlich von dem Geld, das ihr ihre Eltern schickten und von dem Stipendium, das ihr zugesprochen worden war, nachdem sie die Aufnahmeprüfung in die Hochschule für Angewandte Kunst zu ihrer eigenen Überraschung doch geschafft hatte. Tagtäglich aßen sie nichts anderes als abwechselnd Reis mit Paradeissauce oder Erdäpfel mit Paradeissauce. Es waren Suppenteller mit einem Berg Reis oder Kartoffeln drinnen, und bis zum Rand voll mit der roten Sauce. Jetzt, da man Karl die Unterstützung von zu Hause entzogen hatte, sah er gar keinen Grund mehr, auf die Akademie zu gehen: wo doch sein ganzes Sinnen und Trachten nur darin bestand, das Unterrichten-Gehen-Müssen solange wie möglich hinauszuschieben. Er ließ sich nach wie vor nur allzugerne von dem etwas utopischen Gedanken leiten, daß es genüge, diesen Zeitpunkt nur möglichst lange hinauszuzögern – und dann würde wohl etwas eintreten, was ihm die Ausübung dieses Berufes, der ihm jetzt schon Alpträume verursachte, aus denen er schweißgebadet erwachte, für alle Zukunft ersparen würde. Doch es ereignete sich nichts. Karl saß die meiste Zeit zu Hause herum – außer Haus zu gehen hatte eh keinen Sinn, da er ja keinen Groschen Geld besaß –, machte sich hin und wieder unentschlossen an ein Bild oder eine Zeichnung; aber nie wollte etwas Rechtes daraus werden. Und andauernd gab es Streitereien mit der Anna, weil er immer mißgelaunt war, unzufrieden mit sich und der Welt. Mit der Zeit ging ihr sein ewiges Lamentieren auf die Nerven: daß er vier lange Jahre vergeudet hatte mit etwas, womit er jetzt nichts anfangen könne; *nie* würde er unterrichten können, er sähe sich völlig außerstande, jemals vor eine Klasse zu treten: denn wie könne er, gerade *er,* der sich selbst vorne und hinten nicht heraussah, für die jungen Leute denn jemals ein Vorbild abgeben? Und seine Malerei? Wahrscheinlich habe er einfach nicht das Zeug zu einem wirklich guten Maler. Sie, Anna, solle sich doch bloß seine letzten Sachen ansehen. Alles Ausschuß, unterdurchschnittlicher Dreck . . . Und es waren die drückenden Geldsorgen, die zusätzlich ständig Anlaß zu Reibereien zwischen den beiden gaben. Wenn Anna ihr Stipendiengeld bekam und damit dringend notwendiges Geschirr anschaffte, machte ihr Karl Vorwürfe: warum sie keine Ölfarben für ihn gekauft habe. Und wenn sie sich alle heiligen Zeiten einmal ein Eis leistete, war er eingeschnappt, weil er überhaupt nicht einsehen wollte, daß er wegen »so einem Luxus« auf sein Bier verzichten mußte. Seinen Freund Manfred sah Karl nur noch ganz selten. Der kam zwar manchmal bei ihm in der Wohnung vorbei, um ihn auf »einen Stoß« einzuladen, aber meist war Karl zu stolz, um die Einladung anzunehmen, redete sich damit heraus, daß er dringend ein Bild fertig machen müsse. Auch ging ihm Manfreds Art, dauernd auf der Anna herumzupekken, auf die Nerven: er, Karl, stehe wohl total unter dem Pantoffel seiner Alten, wenn er sich nicht einmal getraue, Billard spielen zu gehen, ohne vorher »die Gnädigste« um Erlaubnis gefragt zu haben. Wenn Karl sich dann doch wieder einmal dazu überreden ließ, mitzugehen, um Manfred zu beweisen, daß dem nicht so sei, kam, kaum daß sie mit dem Spiel begonnen hatten, auch schon Anna ins Caféhaus hereingeschneit. In Manfred stieg die Wut hoch: da hatte ihr der Karl, dieser Trottel, wohl wieder einen Zettel hinterlegt, wo sie anzutreffen sein würden. Anna strebte in ihrer hektischen Art, ohne zu grüßen oder sonst ein Wort zu sagen, auf einen Platz in der unmittelbaren Nähe des Billardtisches zu. Sofort fing sie an, provozierend laut in den Illustrierten zu blättern;

jedoch nicht, um darin zu lesen, sondern weil sie genau wußte, daß ihre Anwesenheit in Verbindung mit dieser aufreizenden Geräuschkulisse genügte, Manfred zur Weißglut zu bringen und Karl, der sich ja vor seinem Freund wie unter Kuratel stehend vorgekommen sein mußte, zu beschämen. Erzielte sie damit nicht gleich den gewünschten Erfolg – den Abbruch des Spieles nämlich, die Trennung der beiden Freunde –, entfachte sie zum Beispiel im Aschenbecher ein Feuer, was den Kellner auf den Plan rief. Da war es Manfred zu viel. Wutentbrannt schmiß er den Queue auf den Tisch. Er hatte, seit dieser »komische Vogel« das Café betreten hatte, ohnehin einen Stoß nach dem anderen verpatzt. Er schleiche sich jetzt, meinte er zu Karl. Unter den Umständen könne ein normaler Mensch ja nicht spielen. Und er würde wieder einmal bei ihm vorbeischauen, wenn »die Luft rein« sei. Manfred bezahlte und ging. Vor dem Lokal mußte er sich gleich einen »Tschik« ins Gesicht stecken, um sich abzureagieren. Er konnte nur den Kopf schütteln. Sagenhaft, was dieser Trampel aus dem Karl gemacht hatte. Der war ein echt armer Hund. Wie der alles einsteckte, ohne Muh oder Puh zu sagen. Na, diese Alte hätte an ihn, Manfred, geraten sollen: der hätte er die Waden nach vorn gerichtet . . . Weiß wie die Wand hatte sich Karl zu Anna an den Tisch gesetzt. Anna würdigte ihn keines Blicks, strafte ihn mit Sprachlosigkeit, blätterte genauso nervös wie zuvor durch die Illustrierten. Er konnte nur dasitzen und ihr zuschauen. Er wollte keinen Streit im Caféhaus, nur ja kein Aufsehen erregen. Plötzlich schlug Anna die Zeitung zu, stand, indem sie eine Münze auf den Tisch legte, auf, verließ das Lokal. Karl mußte erst beim Ober ihren Kaffee bezahlen, lief ihr dann auf der Straße nach. Er machte ihr heftige

Vorhaltungen: sie habe überhaupt kein Recht dazu, wie ein Wachhund überall hinter ihm her zu sein; und sie habe Manfred nie gemocht, habe von Anfang an versucht, einen Keil in diese Freundschaft zu treiben ... eifersüchtig sei sie auf den Manfred, ja, nichts als Eifersucht sei das. Karl bemühte sich, seiner Stimme einen höhnisch triumphierenden Klang zu geben, um Anna zu verletzen. Doch Anna sagte gar nichts, ging nur, mit geziert hochgezogenen Schultern und kleinen, schnellen Schritten auf dem Gehsteig dahin; diese Art, einfach nichts zu sagen, sondern ihn an sich abprallen zu lassen, machte Karl rasend, hatte ihn schon immer rasend gemacht. Am liebsten hätte er ihr eine schallende Ohrfeige heruntergehauen. Aber Karl tat nichts dergleichen, hielt schließlich auch den Mund. Er ließ sich etwas zurückfallen, ging fünf Meter hinter der Anna her nach Hause. Den ganzen Abend sagte er kein einziges Wort ... Mit der Zeit bekam es Karl satt, Tag für Tag ohne einen einzigen Groschen dazustehen und ganz auf die Anna angewiesen zu sein. (Er hatte sie angefleht, ihren Eltern ja nicht zu sagen, daß er von zu Hause nichts mehr bekäme. Er genierte sich für seine Eltern, daß die ihn, obwohl es ihnen finanziell doch ganz gut ging, so plötzlich ohne Unterstützung gelassen und so in die Zwangslage gebracht hatten, vom Geld ihrer Eltern zu leben.) Karl ging also auf Jobsuche, legte dann doch wieder Reklamebeilagen in die ›Kronenzeitung‹ ein. Einmal nahm er den Auftrag eines Großkaufhauses an: für 3000 Schilling sollte er binnen einer Woche tausend kleine Vögel aus Gips herstellen, die mit einem bunten Federkleid ausgestattet sein mußten. Allein um die Form für einen solchen Vogel herzustellen, benötigte er dreieinhalb Tage. Als er den ersten Vogel nach dem Guß aus der Form nehmen wollte, zerbröselte ihm dieser in der Hand. Da gab er dieses Vorhaben auf. Und er hätte sich nachträglich zu Tode ärgern können, daß er diesen Wahnsinnsauftrag überhaupt angenommen hatte. Als Anna in den Sommerferien eine Stellung als Verkäuferin antrat, um die ewige Geldmisere ein wenig zu lindern, fand es Karl gleich nicht mehr der Mühe wert, sich weiterhin um eine Arbeit umzusehen. Wenn Anna in der Früh aus dem Haus ging, schaute er ihr vom Fenster aus nach ... Alle fünf oder sechs Wochen fuhren Karl und Anna – wegen Geldmangels meist per Auto-Stop – nach Kirchberg. Diese Heimfahrten waren immer das größte Fiasko. Karl überließ es Anna, die Autos anzuhalten: als Mädchen habe sie bei den Autofahrern die größeren Chancen. Das war aber nur eine plumpe Ausrede. In Wirklichkeit war es ihm einfach peinlich, wie ein Bettler am Straßenrand zu stehen und auf die Mildtätigkeit irgendwelcher fremder Menschen angewiesen zu sein. Wenn es Anna dann endlich gelungen war, ein Fahrzeug zu stoppen – oft dauerte das Stunden, da sie immer einen unübersehbaren Haufen Gepäck hatten – mußte sie, obwohl ihr das unheimlich zuwider war, auch noch die Unterhaltung mit dem Fahrer bestreiten. Karl saß ohne ein Wort zu sagen da, schaute, als ginge ihn das Ganze nichts an, höchst interessiert hinaus auf die vorbeiziehende Landschaft. Manchmal hätte Anna Karl umbringen können, so zornig war sie auf ihn. Da überkamen ihn nämlich oft so Schnapsideen, wie zum Beispiel: wenn sie auf der Bundesstraße nicht weiterkämen, dann würden sie es eben auf der Autobahn versuchen. Anna wendete ein, daß das ein kompletter Stumpfsinn sei: das Stoppen auf der Autobahn sei bekanntlich verboten; außerdem könne sie mit ihren hohen Stöckelschuhen unmöglich das

Gepäck bis dorthin schleppen. Es müsse aber sein. Sie werde sehen, von dort gehe es ruck-zuck. Kaum hatten sie sich mit Sack und Pack auf der Autobahn postiert, da kam auch schon prompt die Gendarmerie angefahren und verwies sie von dort. Und sie mußten sich zu Fuß über die Auffahrt und querfeldein über Wiesen zur Bundesstraße zurückquälen. Oder es wurde Karl überhaupt zu blöd, da am Straßenrand auf dem Gepäck herumzuhocken, während Anna die vorbeifahrenden Autos anwinkte. Und er wollte sie unbedingt dazu bringen, daß sie mit dem Zug weiterfuhren. Das sah aber Anna wieder nicht ein. Da hätten sie sich ja gleich in Wien bequem in den Zug setzen und diesen ganzen Krampf ersparen können. Das dauernde Nachgeben fiel ihr in letzter Zeit sowieso immer schwerer. Und Karls Art, gleich aufzugeben, alles anzufangen und nichts zu Ende zu führen, machte sie ganz krank. Wenn sie sich früher nach einem Streit gleich wieder versöhnt hatten, so dauerte es jetzt Tage, bis sie wieder zueinander fanden. Und manchmal konnte Anna beim besten Willen nicht ergründen, warum Karl von einer Minute auf die andere muffig wurde und nichts mehr mit ihr redete. Da hatte sie sich einmal im Badezimmer im Haus ihrer Eltern von Kopf bis Fuß gewaschen. Als sie zurück ins Wohnzimmer gekommen war, war Karl verschwunden. Der Karli sei plötzlich aufgestanden und, ohne ein Wort zu sagen, davongegangen, hatte ihr der Vater, der auf der Couch beim Fernsehen lag, erklärt. Anna war Karl nachgegangen, hatte ihn aber nicht dazu bewegen können, mit ihr zurückzugehen. Tagelang hatte er sich, wie sie fand, so komisch aufgeführt. Erst Wochen später, als sie im »Wienerwald« saßen und er schon einige Krügel Bier getrunken hatte, rückte er mit dem Grund für sein damaliges merkwürdiges Benehmen heraus: sie, Anna, habe ihn mit ihrer Schamlosigkeit vor den Kopf gestoßen, ja tief verletzt: nie im Leben würde ihm eingehen, wie sie sich im Badezimmer splitternackt habe zur Schau stellen können – bei sperrangelweit geöffneter Tür, so daß der Vater ihr ganz genau dabei habe zuschauen können!

Vor genau vierundzwanzig Stunden war Karl mit Manfred aus dem Restaurant »Akropolis« hinausgetorkelt. Die beiden waren total »im Öl« gewesen. Sie hatten schon am Vormittag mit dem Saufen begonnen. Und als Anna am späten Nachmittag ins Caféhaus nachgegangen war, hatte sie die zwei nicht wie üblich über den Billard-Tisch gebeugt angetroffen, sondern sie waren in einer Fensternische beim Wein gesessen, von dem Karl sowieso nicht viel vertrug, hatten die Köpfe zusammengesteckt gehabt. Als sie an den Tisch getreten war, hatten sie sie nur spöttisch angegrinst. Manfred hatte gleich davon gesprochen weiterzuziehen: Heute würden sie einmal so richtig auf die Pauke hauen. Mit seinem für dieses Quantum charakteristischen, idiotischen Grinsen im Gesicht, hatte Karl sein Einverständnis ausgedrückt. Da hatte Anna nicht mehr viel zu bestellen gehabt. Sie hatte sich aber nicht abwimmeln lassen, sondern war mit ihnen in das griechische Lokal am Naschmarkt mitgegangen, damit sie Karl wenigstens halbwegs unter Kontrolle hätte. Nachdem Manfred und Karl einige Gläser Retsina nur so in sich hineingeschüttet hatten, hatten sie Anna bald überhaupt nicht mehr beachtet, hatten sich immer mehr hineingesteigert, daß sie alles hinhauen würden, das Scheißstudium, die ganze spießbürgerliche Existenz, die ihnen bevorstand. Aufs Schiff würden sie gehen, heute noch. Einen unheimlichen Rubel würden sie da verdienen. Die Frauen aus aller Herren Länder würden eh nur auf sie warten: Negerinnen, Asiatinnen . . . Wer einmal eine Schlitzäugige gebumst habe, schaue sowieso keine Weiße mehr an, hatte Manfred gemeint. »Genau«, hatte ihm Karl recht gegeben und dabei verschwommen ans »Kamasutram« denken müssen, von dem sein Onkel eine illustrierte Prachtausgabe besaß. Wieder hatten sie sich zugeprostet. »Ex!« hatte Manfred geschrien. Und sie hatten den Wein in sich hineingeleert, bis kein Tropfen mehr in den Gläsern gewesen waren. Anna hatte das nicht mehr länger mitansehen wollen, aber auch nicht gewußt, wie sie die zwei Besoffenen auseinanderbringen und Karl heimbugsieren hätte können, damit er seinen Rausch ausschlief. So schnell hatte sie gar nicht schauen können, wie die beiden plötzlich aufgestanden und auch schon draußen gewesen waren aus dem Lokal. Bis sie hinausgekommen war auf den Naschmarkt, hatte sie grade noch die Schlußlichter von Manfreds altem VW gesehen, der die linke Wienzeile hinaufgeröhrt war . . . Jetzt war es zehn Uhr abends am nächsten Tag. Anna hatte den ganzen Tag keinen Schritt vor die Wohnung gesetzt. Sie konnte sich unmöglich vorstellen, daß Karl und Manfred wirklich aufs Schiff gegangen waren; dazu kannte sie Karl zu gut. Der würde umkehren, sobald die Wirkung des Alkohols verflogen war. Trotzdem machte sie sich Sorgen. Wie leicht konnten sie in diesem Zustand in einen Unfall verwickelt werden. Sie hatten ja zum Schluß kaum noch stehen können. Trotz aller Sorgen hatte Anna dann doch wieder das sichere Gefühl, daß gar nichts passiert sei, daß bald die Türglocke läuten würde und draußen stünde Karl. Und in Gedanken legte sie sich schon zurecht, wie sie ihn zusammenstauchen, ihm den

Kopf zurecht richten würde ... Sein Verhalten ihr gegenüber war ja wirklich eine Gemeinheit. Nie würde sie ihm das verzeihen. Als es kurz vor Mitternacht an der Tür klingelte, schlug Annas Herz zwar schneller, doch war da auch eine gewisse Befriedigung. Sie ging mit besonders festen Schritten durchs Vorzimmer. Karl sollte schon durch die Tür hindurch eine Ahnung von den Vorwürfen bekommen, die gleich über ihn hereinbrechen würden. Anna öffnete die Tür. Da stand tatsächlich Karl. Und der ganze Unmut, der sich in Anna während der endlos langen Warterei aufgestaut hatte, war wie weggeblasen: da war nur noch ein leichtes Entsetzen und tiefes Mitleid. ›Der sieht ja aus, als hätte er einen Krieg überstanden.‹ Sprachlos stand Anna in der offenen Tür. Sie trat einen Schritt zur Seite. Ohne ein Wort zu sagen, ging Karl an ihr vorbei ins Vorzimmer, ging schnurstracks durch den Wohnraum ins Schlafzimmer. Als Anna ein paar Minuten später nachging, lag Karl schon im Bett, mucksmäuschenstill, das Licht abgedreht. Anna zog sich im Finstern rasch und leise aus, hob die Bettdecke, legte sich zu Karl ins Bett. Sofort hatte sie bemerkt, daß er hellwach war. Ganz vorsichtig versuchte sie, zärtlich zu ihm zu sein. Doch er reagierte überhaupt nicht auf ihr Streicheln. Schließlich hielt sie inne. Als er zu reden begann, war seine Stimme brüchig, so daß er sich räuspern mußte und nochmals von vorn anfing. Sie seien schon auf der Westautobahn gewesen, auf dem Weg nach München zunächst; und von dort hätten sie dann weiter nach Hamburg gewollt. Da seien sie draufgekommen, daß sie ihre Pässe in Kirchberg hatten. Also umdrehen und hinunter nach Kirchberg. Das habe sie schon ziemlich ernüchtert. Sie seien aber dann doch noch das Murtal aufwärts gefahren, durchs Palten- und Liesing-

Tal . . . kurz und gut: in Salzburg sei Endstation gewesen. Da hätten sie, vollkommen ernüchtert, eingesehen, daß das ein ausgemachter Blödsinn gewesen sei; das komme nur von der verdammten Sauferei. Schon am frühen Nachmittag seien sie wieder zurück in Wien gewesen. Er sei aber bis jetzt allein durch die Straßen gegangen . . . Während Karl erzählt hatte, hatte Anna unwillkürlich wieder damit begonnen, ihn zu streicheln. Jetzt war er verstummt. Aber da war noch immer diese gewaltige Spannung im Raum. Und obwohl Annas Finger nun ganz eindeutig eine Erwiderung ihrer Zärtlichkeiten forderten, um – wie auch sonst nach einem Zerwürfnis – das Ganze auch diesmal mit leidenschaftlichen Umarmungen zu begraben, blieb Karl unempfindlich, lag vollkommen regungslos da. Dann schob er Annas Hand sachte von seinem Körper weg. Ob es denn wirklich so sei, ertönte auf einmal seine Stimme in der Dunkelheit, ob es denn wirklich wahr sei, daß sein Vater gar nicht sein Vater sei? Anna war zutiefst erschrocken. Sie hatte immer schon gewußt, daß man diese Tatsache Karl unmöglich sein ganzes Leben lang verheimlichen würde können; immer schon hatte sie auf eine Möglichkeit gepaßt, es ihm so schonend wie möglich beizubringen. Nun war sie schockiert. Von wem er das denn habe? Vom Manfred, gab Karl zur Antwort. Der habe es ihm gestern beim Besäufnis gesagt. Und er habe es so hingestellt, als wüßte das ohnehin ein jeder – außer ihm selbst. Und nun möge sie, Anna, ihm bitte sagen, ob das stimme oder nicht. Ja, es stimme, sagte sie nach einem kurzen Zögern. Und sie streichelte jetzt sein Gesicht, wollte ihn sanft auf den Mund küssen. Aber Karl drehte sich einfach weg, gar nicht heftig; er drehte Anna nur den Rücken zu, lag dann da, ohne sich zu rühren, schlaflos, die ganze Nacht . . .

»Servus, Zach.« Karl wischte sich verlegen seine Hand in der Hose ab, bevor er sie Konrad reichte. Immer, wenn er jemandem die Hand schütteln sollte, überzog sich seine Handfläche plötzlich mit kaltem Schweiß.

»Servus, Karl.« Konrad zwinkerte Karl nervös an.

Weil sich die beiden ehemaligen Freunde nicht gleich was zu sagen wußten, standen sie ein paar Augenblicke lang an dem Straßeneck, wo sie zufällig ineinander gerannt waren. Wenn sich ihre Blicke für einen Moment trafen, flogen sie gleich wieder auseinander, schweiften über den vorbeifließenden Verkehr.

»Na, wie geht's immer?« Karl hatte sich als erster erfangen.

»Danke, gut. Und dir?«

»Man lebt. Danke.« Ob sie nicht vielleicht auf ein Bier gehen sollten, wo sie sich eh weiß Gott wie lange nicht gesehen hatten, machte Karl einen Vorschlag; dann müsse ihn aber, so peinlich es ihm auch sei, Konrad dazu einladen; er habe keinen Groschen Geld bei sich. Das sei doch wohl das wenigste; wohin würden sie denn gehen? erklärte sich Konrad sofort mit Karls Vorschlag einverstanden ... Beim Bier erkundigte sich Karl, was der Sigi mache, wie es ihm gehe. Er, Karl, sei ja schon eine Ewigkeit nicht mehr in Bruck an der Mur gewesen; er wisse überhaupt nicht, was dort so vor sich gehe. No ja, er, Konrad, fahre jedes zweite Wochenende in die Steiermark; wegen der Wäsche und auch, weil seine Mutter jetzt »allein angekommen« sei. Vor einem Jahr habe er sich einen gebrauchten Fiat angeschafft und nun kutschiere er halt zum Wochenende seine »Frau Mama« und »ihre Damen« ein bißchen in der Gegend herum: zum Beispiel, wenn der Jörg Demus in einer Kapelle in der Umgebung ein Konzert gebe ... Ja, und dem Sigi gehe es, soweit er informiert sei, recht gut. Der arbeite als Techniker bei den Elin-Werken in Weiz in der Oststeiermark; er habe ja auch schon eine Familie mit Kind und Kegel. Das habe ihm seine Mutter erzählt, warf Karl ein: daß der Sigi diese Frau geheiratet habe; dieselbe, mit der er damals, kurz vor der Matura, gezogen sei. Genau. Und das Kind, ein Mädchen, komme nun schon in die Schule. Er, Konrad, habe es schon öfter gesehen; seine Eltern würden es oft genug nach Bruck zu den Großeltern abschieben. Hin und wieder treffe er auch Sigi selbst; sie würden dann auf ein Bier gehen und sich halt über die »alten Zeiten« unterhalten. Karl mußte daran denken, wie wenig ihn das alles eigentlich berührte, was der Zach da erzählte. Es war, als berichte er X-Beliebiges von irgend jemandem, den er nie gekannt hatte, und nicht Neuigkeiten von einem Freund, mit dem er jahrelang fast täglich zusammengewesen war. Was er, Zach, für eine tolle Frisur habe, sagte Karl, nur um irgend etwas zu sagen. Das sei eine »Stützwelle«, erklärte Konrad voller Stolz. Eine »Stützwelle« komme zwar erheblich teurer als ein normaler Haarschnitt; er brauche aber eine derartige »Stützwelle«, um – Konrad zerteilte sein Haar am Haaransatz mit beiden Händen: Karl solle nur genau hinsehen – die extrem stark ausgeprägten Geheimratsekken, die er von seinem Vater geerbt habe, elegant zu überdecken. Wie es bei ihm, Zach, denn mit den jungen Mädchen stehe, wollte Karl nun noch wissen, ehe das Bier zur Neige ging. Karl solle ihm doch mit den »jungen Dingern« vom Leibe bleiben. Er, Konrad, bevorzuge reife Frauen; Frauen, die mit beiden Beinen fest im Leben verankert seien; die wüßten, wo es lang gehe. Zach habe doch früher manchmal davon gesprochen, daß er seinen Bankberuf früher oder später an den Nagel hängen wolle, um Journalist zu werden? Nein, nein, solche Ambitionen habe er keinesfalls mehr. Das seien ja völlig unrealistische Hirngespinste gewesen. Er gehörte ja erschlagen, wenn er jetzt, nach so vielen Dienstjahren, die sich nun auch gehaltlich ziemlich massiv auszuwirken begännen, aus der Bank austrete. Mit dem Geld, das er dort verdiene, könne er seine Bedürfnisse bequem befriedigen; mehr strebe er nicht an. Und Karl müsse sich eines vor Augen halten: er, Konrad, verbringe immerhin mehr Zeit außerhalb der Bank als drinnen. Karl schwenkte den letzten Rest vom Bier im Krügel, damit sich Schaum bildete, bevor er austrank. Zach schien ja keine Anstalten zu machen, ein zweites Krügel zu spendieren. Da fiel Konrad offenbar eine besonders wichtige Meldung ein: sein Augenzwinkern vestärkte sich, er bot Karl noch eine Marlboro an. Ob Karl schon wisse, stieß er aufgeregt hervor, gespannt auf dessen Reaktion lauernd, daß sich der Stockschwert aus ihrer Klasse umgebracht habe? Er könne sich doch noch an den Stockschwert erinnern? Das sei der gewesen, der immer so ausgefallene Fremdwörter gewußt habe, wie zum Beispiel »prophylaktisch«; Fremdwörter, mit denen es ihm immer wieder gelungen sei, sogar die Professoren zu verblüffen. Karl konnte sich freilich noch genau an den Stockschwert erinnern. Aber eher deswegen, weil der so wahnsinnig viel vertragen konnte: der hatte fünfzehn Krügel Bier im Hotel »Zum schwarzen Adler« am Minoritenplatz gesoffen und war dann mit seinem Motorroller heimcnach Kapfenberg gefahren. Und der sollte sich umgebracht haben? Ja, genau der; und zwar mit Rattengift; man habe ihn im vorigen Monat in seinem Schrebergarten tot aufgefunden. Ob Karl wisse, was das für ein qualvoller Tod sei, mit Rattengift? Da Karl nichts sagte, sondern nur vor sich hin in den Aschenbecher starrte, begann Konrad, die näheren Umstände, die zu diesem Selbstmord geführt haben mochten, zu schildern: Der Stockschwert habe Betriebswissenschaften in Graz studiert, habe dann mitten während der Diplomarbeit das Studium abgebrochen, habe dann angeblich so merkwürdige Sachen gemacht, wie sich zum Spaß Blutegel angesetzt, lebende Forellen in der Badewanne gehalten, die dann erstickt seien; in welchen Raum auch immer er gekommen sei, habe er Wasser versprüht, um die Luftfeuchtigkeit zu erhöhen. Ja und dann – Karl möge sich das doch illustriert vorstellen – habe er auf den Almen am Seeberg mit seinem R 4, auf den er zuvor mit einem Farbspray »Es lebe die Revolution« gesprüht habe, Jagd auf die dort weidenden Kühe gemacht. Da sei er dann nach Graz in den »Guglhupf» eingeliefert worden. Und als er wieder herausgekommen sei, habe man ihn angeblich nicht wiedererkannt. Er, der sonst soviel gesoffen und mit seinem Humor jede Gesellschaft unterhalten habe, sei auf einmal den ganzen Tag mit glanzlosen Augen vollkommen stumm bei einem Cola im Kaffeehaus gesessen. Na ja, und kurz danach sei es eben zu dieser furchtbaren Tragödie gekommen . . . Konrad wartete offensichtlich darauf, daß Karl irgendeinen Kommentar zu diesem schrecklichen Ereignis abgab. Da Karl aber nichts sagte, steckte Konrad seine Zigaretten ein. Sie standen auf. Vor dem Selbstbedienungsrestaurant, beim Händeschütteln, trug Karl dem Konrad auf, daß der den Sigi schön von ihm grüßen solle, wenn er ihn wieder einmal treffe. Er werde nicht vergessen, den Gruß auszurichten, sagte Konrad.

Es war kurz vor Weihnachten. Manfred Brunner

wußte, daß die Anna Pöschl schon voraus in die Ferien nach Kirchberg gefahren war; also war »die Luft rein«. Als er die letzten Treppen zu Karls Wohnung hochstieg, wunderte er sich: die Eingangstür stand ja halb offen. Höflichkeitshalber betätigte er die Klingel, um sein Eintreten zu signalisieren; dann stieß er die Tür ganz auf, trat in die Wohnung ein: Karl lag in einer riesigen Lache Erbrochenem regungslos mitten im Vorzimmer. Manfred schleppte Karl zur Sitzbank ins Wohnzimmer. Karl war leichenblaß, seine Augen waren verdreht, so daß man nur das Weiße sah. Manfred schlug ihm ein paarmal mit dem Handrücken leicht ins Gesicht – ohne Erfolg. Er schien bewußtlos zu sein. Da wußte sich Manfred nicht anders zu helfen: von der nächsten Telefonzelle aus rief er die Ambulanz an. Im Nu war diese zur Stelle. Die Männer kamen gleich mit der Tragbahre an, packten Karl, ohne lang zu fackeln, gleich da drauf. Als sie die Gurte festzogen, lallte Karl kaum verständlich Annas Namen und dann: »Es ist sowieso alles einmal aus.« Da fiel Manfred den Männern in den Arm: wo sie denn hin wollten mit ihm? Na, in die Psychiatrische am Steinhof. Was er denn geglaubt habe, was sie mit den Besoffenen, die sie aufsammeln mußten, machen würden? Wenn er das gewußt hätte! Eins war klar: jetzt mußte er Himmel und Hölle in Bewegung setzen, damit er Karl möglichst rasch wieder aus der Klapsmühle herausbekam. Krampfhaft überlegte er hin und her. Da fiel ihm ein, daß er unlängst einen jungen Arzt kennengelernt hatte. Den rief er sofort an. Der versprach auch zu helfen: er kenne da jemanden, und Manfred solle unbesorgt sein . . .

Als Karl nach zwanzig Stunden ohnmachtähnlichem Schlaf die Augen aufschlug, wurde ihm ganz anders: er hatte nicht den geringsten Schimmer, wo er sich da befand. Doch noch ehe es so richtig in sein Bewußtsein dringen konnte, daß er in eine Irrenanstalt eingeliefert worden war, hatte man ihn schon aus dem Bett geholt, durch lange Korridore geführt, ihm sein besudeltes Gewand ausgehändigt und aus der Anstalt entlassen. Karl war ganz verwirrt, niedergeschlagen; er fühlte sich unheimlich schwach und hinfällig. Da er genug Geld in der Tasche hatte, fuhr er direkt zum Südbahnhof, aß dort im Stehen ein Paar Frankfurter, stieg in den nächsten Zug nach Graz. Ein paar Stunden später war er bei Anna in Kirchberg. Die stellte gar keine langen Fragen: sie schälte ihn behutsam aus seinen dreckigen Kleidern, steckte ihn in die Badewanne, wusch ihn von Kopf bis Fuß, was er mit sich geschehen ließ, als habe er kein Leben in sich. Von seinem Körper war eine einzige Dreckbrühe geronnen ... Während der ganzen Weihnachtsferien sprach Karl kaum ein Wort. Erst am Neujahrstag – es war das Jahr 1972 – kam er während eines langen Spazierganges, den er mit Anna durch die verschneite Landschaft unternahm, auf diesen Vorfall zu sprechen: wie Anna wisse, habe er ja noch vor Weihnachten diesen Auftrag in der Agentur abliefern müssen, weswegen er ja in Wien geblieben sei. (Karl war es zuletzt gelungen, einen kleinen Auftrag von einer Werbeagentur zu ergattern.) Er sei also dann dort hingefahren, um den fertigen Entwurf abzuliefern und das Geld zu kassieren, sei mitten in eine Weihnachtsfeier geplatzt. Zu viert hätten sie im Handumdrehen eine Flasche Whisky geleert, seien dann auf Wodka übergegangen. Plötzlich sei da die schwangere Frau von einem dieser Männer aufgetaucht und er, Karl – Anna möge sich vorstellen, was für ein Trottel er sei – habe anzüglich ›Ts, ts, ts‹ gezischt und ihr auf den Hintern geklopft. Da habe ihm der Mann eine reingehaut, daß ihm ganz schwindlig geworden sei. Er habe sich aber nicht gewehrt, sondern in ein Eck zurückgezogen. Und als niemand mehr damit gerechnet hätte, sei er plötzlich aufgesprungen, habe diesem Mann mit der Faust ins Gesicht geschlagen. Na ja, dann hätten sie ihn in ein Auto verfrachtet und nach Hause geführt. Daß er schon im Auto alles angekotzt habe, daran könne er sich noch erinnern, an alles andere nicht mehr . . .

In den ersten Monaten des Jahres 1972 war Anna Pöschl oft nahe daran, ihre Beziehung zu Karl Sonnleitner abzubrechen. Sie konnte seinen Wankelmut, seine ständige Verdrossenheit kaum mehr aushalten. Sie stritten sich über die kleinsten Kleinigkeiten. Sogar nach dem Kino gab es neuerdings Hader und Zwietracht. Früher war das gemeinsame Kinogehen fast immer ein schönes Erlebnis gewesen: während der Vorführung im dunklen Kinosaal stumm nebeneinandersitzen, auf die Leinwand schauen und genau spüren, wie das, was dem einen gefiel oder mißfiel, auch dem anderen gefiel oder mißfiel. Und nach dem Kino dann die erhöhte Freude, ja fast das triumphale Gefühl erleben, wenn sie beim Reden über den Film mit jedem Wort mehr entdeckten, wie toll eigentlich ihre Übereinstimmung war: nicht nur, was die feinsten Gefühlsregungen anlangte, für die dieser Film ein Anstoß gewesen war; auch an der Problemstellung, an der Beantwortung der darin aufgeworfenen Fragen, hatten sie sich gemeinsam entzünden können. Und so hatten sie, indem sie über den Film sprachen, gemerkt, wie wahnsinnig gut sie eigentlich zusammenpaßten. Doch nun konnte es vorkommen, daß sie ganz begeistert aus dem Kino hinausgingen; zehn Minuten später fuhr

Karl die Anna an, daß er überhaupt nicht verstehe, wie ihr ein derartiger Dreck gefallen könne – um dann diese Meinung wieder zu revidieren. Und am nächsten Tag fing er wieder damit an, diesmal allerdings, um den Film über den grünen Klee zu loben. Und dann war da seine Sprunghaftigkeit, was seinen künftigen Beruf betraf. Es gab Tage, an denen Karl ganz zuversichtlich war: er werde halt in Gottes Namen diese letzte Prüfung machen und dann im Herbst unterrichten gehen. Und gleich setzte er sich zu seinen Büchern, saß stundenlang darüber gebeugt. Plötzlich fing er dann zu zittern an: nein, er könne unmöglich diese letzte Prüfung machen, *unmöglich,* denn dann gäbe es ja für ihn wirklich keinen Grund mehr, nicht unterrichten zu gehen . . . Daß Karl seine Meinungen und Standpunkte über alles und jedes ununterbrochen änderte, begann Anna mit der Zeit zu zermürben. Sie glaubte, er quäle sie absichtlich, aus purer Bosheit, um sie aus irgendeinem Grund fix und fertig zu machen . . . Dann kam das Frühjahr, jene Jahreszeit, die Karl immer schon am meisten geliebt hatte. Und er stürzte sich mit Feuereifer in seine Malerei, die er in den vergangenen Monaten komplett vernachlässigt hatte. Diese neuen Bilder zeigte er niemandem außer Anna. Wenn sie am Abend von der Hochschule heimkam, legte er die Blätter auf den Boden. Sie standen dann, indem sie einander umschlungen hielten, da, schauten auf die Bilder hinunter: Karl war stolz und voller Hoffnung: das würde ein neuer Anfang sein. Auch Anna fand Gefallen an den neuen Arbeiten: sie hatten so frische Farben: Grün. Gelb. So leuchtend. Und sie hatte das Gefühl, daß es von nun an bergauf gehen würde . . . Karl begann dann an einem Zyklus von menschlichen Köpfen zu malen, nur den Umriß; und drinnen im Kopf war ein leuchtend grüner Farbfleck. Diesen Zyklus benannte er »Ein Apfel im Bewußtsein«.

Anna war diesmal allein nach Kirchberg gefahren, um die Wäsche zu waschen. Karl hatte seine Arbeit nicht unterbrechen wollen. Am Samstagabend läutete bei den Pöschls in Kirchberg das Telefon: Karl rief von Wien an: er wolle die Anna sprechen. Er habe so eine gute Idee, sagte Karl, als Anna an den Apparat gekommen war. Welche denn? Das würde er ihr erst verraten, wenn sie in Wien sei, gab er spitzbübisch zur Antwort. Als Anna Sonntagabend am Südbahnhof ankam, mußte sie sich gleich wieder ärgern. Karl hatte es nicht einmal der Mühe wert gefunden, sie abzuholen, wo er doch wissen mußte, daß sie einen riesigen Haufen Wäsche mitschleppte. Nun mußte sie sich erst ein Taxi nehmen. Als sie an der Wohnungstür läutete, ging die Tür sofort auf, als habe Karl wartend dahinter gestanden. Nun stand er vor ihr. Anna blieb vor Schreck wie angewurzelt stehen: *Es waren seine Augen!*

16

Ich kann mir nicht helfen, aber dieses Kind hat ein Gesicht wie eine zerkochte Kartoffel, dachte sich Franziska Gollob, die über den Kinderwagen des fünf Monate alten Markus, dem Enkelkind der Gertrude Kotnik, gebeugt war und eine Kinderrassel vor dessen Kopf hin und her schwenkte. Das Kind zeigte kaum eine Reaktion, deutete nur manchmal mit der rechten Faust eine Greifbewegung an. »Der Markus ist nicht gerade eine Schönheit«, wandte sich Franziska Gollob nun laut an die auf der Bank vor dem Schrebergartenhäuschen sitzende Gertrude Kotnik »– welches Kind ist denn das auch schon in diesem Alter? – er hat aber eine ausgesprochen liebe Art.«

»Purzl!!!« schrie in diesem Moment Gertrude Kotnik außer sich, schlug mit einer zusammengefalteten Zeitung klatschend auf einen Dackel ein, daß der jaulend und mit eingezogenem Hinterteil das Weite suchte. »Dieses Rabenviech bringt mich noch ins Grab. Wenn's nach mir ginge, hätt ich ihn schon längst über sieben Dächer gehaut. Schau dir jetzt meinen Paletot an, Franzi!«

»Geh, tu dir was an, Trude, wegen dem bißchen Schmutz. Wenn der Paletot hin ist, kauft dir halt der Sepp einen neuen.«

»Pah, da kennst du den Sepp schlecht. Der sitzt auf jedem Grochen. Du kennst ja eh das alte Sprichwort: ›Wie gewonnen, so zerronnen‹.«

Franziska Gollob hatte ein kariertes Tischtuch über den Campingtisch gebreitet, der auf der kleinen Terrasse vor dem Gartenhaus stand; nun holte sie aus dem Inneren des Häuschens eine Thermosflasche mit Kaffee, ein Tablett mit Kuchen ... Heute war die Gertrude Kotnik, die zwei Parzellen weiter selbst einen Schrebergarten hatte, bei ihr zum Kaffee. Morgen würde es umgekehrt sein.

»Schau, Frau Kotnik, was mir die Oma gekauft hat.« Die fühnfjährige Nathalie, das Enkelkind Franziska Gollobs, trat zur Bank, auf der Gertrude Kotnik saß, hielt ihr zwei verschiedenfarbige Fischformen zum Sandkuchenbacken hin.

»Die sind aber schön. Du hast aber eine liebe Omi, gelt Nathalie?«

»Dafür muß mir die Nathalie aber auch ein dickes Bussi geben«, redete Franziska Gollob dazwischen, die gerade mit einem Kännchen Milch und einer Schale Würfelzucker aus dem Holzhaus trat.

»Ich geb dir aber kein Bussi«, sagte Nathalie.

»Dann nehm ich dir die Fische wieder weg.«

»Du kannst mir ja die Fische nicht wegnehmen. Du hast sie mir ja gekauft.«

»Und ob ich das kann!« in Franziska Gollob begann es zu kochen. Zerfahren ließ sie den Blick über den Tisch schweifen, ob wohl alles da war? Ausgerechnet vor der Trude mußte die Nathalie wieder die Bockige spielen, wo die eh nur darauf wartete, daß sie ihr einen Baum aufstellte. »Ich nehm dir die Fische einfach weg«, wandte sie sich jetzt scharf an Nathalie, »trag sie ins Geschäft, und dort bekomm ich das Geld zurück.« Sie wollte dieses Thema beendet haben.

»Du bekommst das Geld gar nicht zurück«, redete Nathalie dagegen.

»Natürlich bekomm ich das Geld zurück.«

»Gar nicht.«

»Ich kann die Fische aber auf jeden Fall gegen einen Warengutschein eintauschen.«

»Ich geb dir aber trotzdem kein Bussi.«

Na, das wird ja einmal ein schönes Früchterl, dachte sich Gertrude Kotnik. Das Kind scheißt ja den Alten jetzt schon auf den Kopf . . . Recht geschieht's ihnen, freute sie sich, als sie sah, wie die Franzi die kleine Nathalie zornig anfunkelte, die aber trotzig, fast ein wenig verächtlich dem Blick der Großmutter standhielt. Das haben die jungen Gollobs von ihrer »antiautoritären Erziehung«. Der Sigi, der Neunmalgescheite, der glaubt ja auch, er ist etwas Besonderes als Diplomingenieur. Und die Sigrid, seine Frau, kommt daher wie die Gräfin Pompsti, rührt den ganzen Tag kaum einen Finger, läßt sich die Sonne in den Arsch scheinen, läßt das Kind Kind sein . . . »Du mußt ganz ganz lieb sein zu deiner Omi, Nathalie«, schaltete sich Gertrude Kotnik jetzt zuckersüß ein, um den Disput zwischen Großmutter und Enkelkind noch ein bißchen weiter zu treiben. »Geh hin zu deiner Omi und gib ihr ein Bussi. Dann darfst du die Fische behalten.«

»Ich will aber nicht!«

»Das werden wir ja sehen!« Mit einer raschen Handbewegung hatte Franziska Gollob ihrem Enkelkind die Fische aus der Hand gerissen.

Indem es ihr nur mit Mühe gelang, die Tränen zu unterdrücken, drehte sich Nathalie um, ging langsam die abschüssige Wiese hinunter zu den Obstbäumen, wo ihre übrigen Spielsachen verstreut lagen.

»Wenn die Jungen sie auch noch so verwöhnen – der Sigi hat ja streng verboten, daß man sein Kind schlägt, ihm auch nur den kleinsten Klaps gibt –, ich werd' diesen Trotzkopf schon noch brechen!« Um ihre Erregung zu meistern, goß Franziska Gollob Kaffee in die Schalen nach, hielt der Freundin den Kuchenteller hin.

»Glaub mir eins, Franzi«, wiegte Gertrude Kotnik zweifelnd den Kopf, wischte sich mit dem Ringfinger ein Kuchenbrösel von der Lippe, »mit guten Worten allein ist es bei den Kindern nicht getan. Da wachsen sie dir über den Kopf. Wenn ich denk', was die Inge Prügel gekriegt hat! Und heut' ist sie mir dankbar dafür. Viel zu wenig sind es noch gewesen . . . Aber wie kannst du die Fehler, die die Jungen in der Erziehung machen, in den paar Wochen im Jahr, wo du die Kleine unter deiner Aufsicht hast, ausmerzen?«

»Und ob ich das kann!«

Zum Zeichen, daß sie dieser letzten Behauptung ihrer Freundin mehr als skeptisch gegenüberstand, sagte Gertrude Kotnik gar nichts, sondern hob, indem sie den kleinen Finger kerzengerade wegstreckte, die Tasse an den Mund, nahm einen Schluck Kaffee, dann noch einen . . .

»No ja, der Sigrid rutscht eh oft genug die Hand aus, nur darf das der Sigi nicht erfahren . . . Die Sigrid ist ja so nervös . . .«

»Von was ist die denn nervös?« Gertrude Kotnik stellte die Tasse zurück auf die Untertasse. Mit Genugtuung registrierte sie, daß ihr die Franzi mit dieser Äußerung indirekt zu verstehen gab, daß sie gelegentliche Prügel durchaus gerechtfertigt fand, daß sie also diese Erziehung, die der Sigi seiner Tochter angedeihen lassen wollte, für genau das zu halten schien, wofür sie, Gertrude Kotnik, die antiautoritäre Erziehung immer schon gehalten hatte: für einen »ausgesprochenen Fimmel«, eine »reine Modeerscheinung«, die sich »nie im Leben durchsetzen« würde . . . »Nichts für ungut, Franzi, aber . . .« – nun, da sich Gertrude Kotnik wieder einmal in ihrer Ansicht bestätigt fand, war sie wenigstens vorübergehend bemüht, ihrer Stimme einen sanften, versöhnlichen Klang zu geben – «. . . Also ich kann mir beim besten Willen nicht vorstellen, Franzi, wieso die Sigrid so nervös sein soll. Die führt doch einen modernen Haushalt: Waschmaschine, Geschirrspüler, Müllschlukker . . . Heutzutage wird einem doch eh schon ein jeder Handgriff von der Technik abgenommen . . . Der Mann ist den ganzen Tag in der Arbeit, das Kind im Kindergarten . . .«

»No ja, du darfst eins nicht vergessen, Trude: die Sigrid ist mehr als genau. Die hat richtiggehend den Putzfimmel. Die geht den ganzen Tag herum, klaubt da ein Stäuberl auf vom Spannteppich und dort ein Stäuberl. Da kannst du kommen, wann du willst: die Wohnung ist immer blitzblank. Bei der kann man vom Boden essen. Die Zahnputzbecher wäscht sie dreimal am Tag mit ATA aus . . .«

»Also, Franzi, ich bitt' dich, erzähl mir doch keine Märchen! Die Sigrid war doch ihr Lebtag nie so besonders etepetete. Ich war nur ein einziges Mal bei deinen Jungen in der Wohnung, als sie noch in Bruck waren; ich will bei Gott nicht sagen, daß sie im Dreck erstickt wären; aber wunder wie sauber? Also, ich weiß nicht . . . Na, und was soll denn dann die Inge sagen? Die hat eine Riesenwohnung, den Hund, das Kind, den

Mann, den Beruf. Und am Abend kommen dann noch die Nachhilfeschüler.«

Die schaut ja auch aus wie das leidende Elend, und er, der Alex, ihr Mann, kommt daher, zaundürr, wie so ein grüner 7er, dachte sich Franziska Gollob. »Denen bist aber auch du eine große Stütze«, sagte sie laut. »Du kochst, bügelst, paßt aufs Kind auf . . . Du bist ja schon mehr bei den Jungen drüben, als bei dir zu Haus. Was sagt denn da übrigens –«

Gertrude Kotnik hatte Franziska Gollob die Hand auf den Arm gelegt, deutete nun mit dem Kopf hinunter auf den Kreckerweg, der am Fuß der Schrebergärten entlangführt und so etwas wie die Promenade der Brucker ist. Dort unten gingen gerade gemächlichen Schrittes zwei Frauen vorbei, die einander eingehakt hatten.

»Ist das nicht die Mörth mit ihrer Tochter?«

»Genau. Wenn man nicht wüßte, daß das Mutter und Tochter sind, könnte man direkt glauben, das seien Geschwister. Die Wilma ist ja schon genauso in die Breite gegangen wie die Alte.«

»No! Wie schwerfällig die gehen! Heut' einen Schritt, morgen einen Schritt.«

»Die beiden führen auch ein trübsinniges Dasein.« Franziska Gollob, die sich eine Zigarette angezündet hatte, blies nun den Rauch aus. »Zum Wochenende stapeln sie gemeinsam der Wilma ihre Reizwäsche um – das hat mir seinerzeit schon die Hermine Sonnleitner erzählt – und dabei spielen sie auf tausend Peter Alexander und Gerhard Wendlandt Platten. Das hallt durchs ganze Haus.«

»Daß die Junge, die Wilma, keinen Mann kriegt?«

»Na ja, erst war ihr der nicht recht und der nicht, und jetzt sind die Angestellten in ihrem Alter alle schon verheiratet, und ein Arbeiter ist ihr natürlich zu minder. Und da ist noch etwas, was auch nicht gerade besonders anziehend auf die Männer zu wirken scheint – erzähl's aber nicht weiter, Trude.«

»Mein heiliges Ehrenwort!«

»Ich weiß das vom Alfons; die Wilma hat ja eine Zeitlang bei ihm in der Abteilung gearbeitet – also, die soll eine derart scharfe Ausdünstung haben, unheimlich, sag' ich dir. Und natürlich weiß sie das selber und beschüttet sich literweise mit Eau de Cologne. Da haben sie in der Abteilung alle Viertelstunden das Fenster aufreißen müssen wegen ihr; sogar im strengsten Winter; das sei einfach nicht zum Aushalten gewesen. Und dann, stell dir vor: sie hat angeblich eine so starke Körperbehaarung, daß sie sich praktisch den ganzen Körper regelmäßig rasieren muß.«

»Na, hast' Worte!« Da war Gertrude Kotnik echt baff.

Die beiden Frauen sahen stumm der Wilma Mörth und ihrer Mutter nach, wie die langsam in der Ferne hinter den wegbegrenzenden Kastanienbäumen verschwanden.

»Weil du vorhin die Hermine Sonnleitner erwähnt hast«, machte nun Gertrude Kotnik der ungewöhnlich langen Gesprächspause ein Ende. »Siehst du sie noch manchmal?«

»Die hab' ich schon eine Ewigkeit nicht mehr gesehen. Die ist wie vom Erdboden verschluckt.«

»Und ihr Sohn, der Karli? Der Sigi und er, das waren doch die dicksten Freunde.«

»Keine Ahnung. Ich glaub', die haben sich seit der Matura nicht mehr getroffen. Der Sigi hat ihm ein paarmal von seinem Urlaub aus Gabicce Mare geschrieben, in das Dorf, wo sie das Bauernhaus haben. Er hat aber nie eine Antwort gekriegt. Ich weiß nicht, aber irgendwie ist mir dieser Bub schon immer wie so ein typischer Eigenbrötler vorgekommen.«

»No wie sie, die Mutter. Die tut ja auch mit niemand den Kopf zusammen. Die ist einmal mit der dick und dann mit der, aber es hält nie lange. Und jetzt scheint sie ja vollkommen von der Bildfläche verschwunden zu sein . . . Was hat der Bub denn schnell studiert? Irgendsowas Ausgefallenes . . .«

»»Sowas mit Kunst, glaub' ich . . .«

»Kunstgeschichte?«

»Wenn ich ehrlich bin, Trude: da bin ich überfragt . . . Aber sag! Toll! Ich denk' mir schon dauernd: irgendwie schaut die Trude heute so verändert aus. Ist die neu?!« Franziska Gollob hatte sich zu Gertrude Kotnik hinübergeneigt und ließ die einzelnen Perlen einer Perlenkette durch die Finger gleiten, die Gertrude Kotnik vom Hals hing.

Gertrude Kotnik sagte gar nichts, schaute nur mit stolzgeblähtem Hals auf ihre Kette hinunter.

»Täusch' ich mich, oder ist die wirklich länger als die, die du zu Weihnachten bekommen hast?« Franziska Gollob hatte noch immer nicht aufgehört, die Perlen zu befingern.

»Ein ganzes Trumm ist die länger. Und die Perlen sind um ein Hauseck größer; schau' dir diesen Glanz an . . .«

Franziska Gollob konnte sich nicht losreißen von dieser Kette. Das schien ja wirklich ein einmaliges Stück zu sein. Dabei hatte sie sich zu Weihnachten, als die Trude diesen Persianer bekommen hatte, der fast viermal soviel gekostet hatte wie der ihre, dazu die Perlenkette und als Draufgabe noch eine Krokotasche – schon damals hatte sie sich geschworen, daß sie es in Zukunft einfach übergehen oder höchstens mit ein paar belanglosen Worten abtun würde, wenn die Trude wieder einmal mit so einem sündteuren Klimbim daherkommen sollte. Seit der Sepp Lipka diesen Patzen Geld geerbt hatte, blies sich die Trude ja sowieso schon auf, daß sie fast platzte, kam jeden Tag anders behängt daher, mit Goldreifen bis zum Ellenbogen hinauf, wie ein Christbaum. Und nun diese Kette! Ihr Alfons, der doch dem Sepp geistig und überhaupt in jeder Beziehung überlegen war, hätte gut und gern ein halbes, wenn nicht gar ein ganzes Jahr lang arbeiten müssen, wenn er ihr ein solches Präsent hätte machen wollen. Und die Trude hängte sich das einfach zum In-den-Garten-gehen um. Wenn das keine Angabe war! »Der Sepp verwöhnt dich ja ganz schön, direkt fürstlich«, konnte sie sich nicht enthalten zu sagen. »Da kannst du dich jetzt wohl nicht mehr beklagen.«

»–Eh«, sagte Gertrude Kotnik. »Ich beklag' mich eh nicht.«

Franziska Gollob glaubte aus der Stimme ihrer Freundin plötzlich einen anderen, irgendwie traurigen, fast schon verzweifelten Klang herausgehört zu haben. Da schwieg sie am besten. Wenn die Trude was auf dem Herzen hatte, mußte man so tun, als merke man nicht das Geringste davon; da rückte sie dann schon von alleine damit heraus.

»Weißt, Franzi, es ist eben nicht alles Gold, was glänzt«, seufzte Gertrude Kotnik, nachdem sie eine Weile gedankenverloren in den Obstgarten hinuntergestiert hatte, wo die kleine Nathalie neben dem Purzl saß und den Hund streichelte. »Ob du es mir glaubst oder nicht: aber manchmal verbringe ich schlaflose Nächte; da wälze ich mich von einer Seite auf die andere . . .«

Franziska Gollob schaute ihre Freundin fragend an.

»Kannst du dir vorstellen, Franzi, was das für eine enorme Verantwortung bedeutet, das viele Geld? Manchmal wär' mir fast lieber, wir hätten den ganzen Plunder erst gar nicht geerbt.« Als ekle ihr direkt vor dem neuen Reichtum, zog Gertrude Kotnik die Mundwinkel nach unten.

Also das ist doch die Höhe, wurmte es Franziska Gollob. Jetzt will sich dieses falsche Luder für die Millionen, die ihnen völlig unverhofft in den Schoß gefallen sind, auch noch bemitleiden lassen. »Aber geh!« mußte sie sich überwinden, so zu tun, als habe sie nur eines im Sinn: nämlich der Freundin in dieser schwierigen Lage Trost zu spenden. »Merk' dir eins, Trude: nur wer Geld hat, fährt. Ohne Geld bist du erschossen. Und dir ist es eh nie so besonders rosig ergangen.«

»Das schon. Aber wenn du glaubst, Franzi –« auf einmal hatte Gertrude Kotnik ihre Stimme zu einem geheimnisvollen Raunen gesenkt, als säßen in den umliegenden Gärten hinter den Büschen überall Lauscher, denen das Folgende keinesfalls zu Ohren kommen durfte. »Wenn du tatsächlich glaubst, daß man ein Geld einfach so auf der Bank liegen lassen kann und abheben, wenn man eins braucht, dann hast du dich schwer getäuscht. Das wird dann *sukzessive* immer weniger. Ein Geld muß *arbeiten!*«

»Genau.« Franziska Gollob wollte auch in diesem Punkt ihren Senf dazu geben. »Das sagt der Alfi auch immer. Dieses Jahr bekommen wir unseren Bausparvertrag heraus, und da machen wir dann gleich die Küche –«

»No sowieso«, gab ihr Gertrude Kotnik recht, ohne überhaupt zugehört zu haben. »Und genau das ist das große Problem, das uns tagtäglich Kopfzerbrechen bereitet: wie das Geld anlegen?«

»Ja, ja. Das liebe Geld. Hast keins, verhungerst. Hast viel, hast auch deine Sorgen. Du brauchst dir ja nur die Prominenten anzuschauen –«

»Na, eben. Ich sag's dir ja.« Daß Franziska Gollob in diesem Zusammenhang die Prominenten erwähnt hatte, schmeichelte Gertrude Kotnik; einen Augenblick lang, fühlte sie sich selber wie eine Prominente.

»– den Curd Jürgens zum Beispiel, diesen alten Charmeur«, fuhr Franziska Gollob fort. »Der hat doch alles, was das Herz begehrt: Ruhm, Geld, Frauen ... Mit der Simone ist er ja jetzt schon eine Ewigkeit zusammen ... No, und der kann wieder keine Kinder kriegen ...«

»Da ist aber noch etwas, Franzi, worüber ich eigentlich gern mit dir reden wollte, worüber ich mir Sorgen mach' ...«, redete Gertrude Kotnik um den heißen Brei herum.

Franziska Gollob schaute ihr Gegenüber erwartungsvoll an.

»Also, kurz und gut: manchmal bilde ich mir ein, daß der Sepp gern eine Jüngere hätt'.«

»Geh, laß dich auslachen, Trude! Der Sepp und eine Jüngere?«

»No, sag's zweimal. Ich bin ja doch um zehn Jahre älter als er. Und jetzt, wo er Geld hat ... Schau: jetzt ist er auf Kur in Hofgastein. Was mach' ich, wenn ihm dort so ein junges Pupperl die Augen verdreht. Die sind ja sowieso alle nur auf's Geld aus. Abgesehen davon ist der Sepp ja auch ›diesbezüglich‹ noch voll da. Ich will dem Viktor – Gott laß ihn selig ruhen – keine schlechte Nachrede stellen; das war auch ein Mann. Aber der Sepp, ich sag's dir ehrlich, Franzi, der Sepp ist diesbezüglich eine Wucht; der kann sich beherrschen, der hat sich eisern in der Hand; der hört nicht früher auf, bevor die Frau nicht voll und ganz auf ihre Rechnung gekommen ist . . . No, und jetzt ist er drei Wochen mit der dicken Brieftasche allein in Hofgastein . . . Schau mich an, Franzi ich bin schließlich nicht mehr die Jüngste. Mit sechzig kannst du dir die Falten halt nicht mehr wegbügeln . . .«

Tatsächlich, dachte sich Franziska Gollob. Die ist in der letzten Zeit wirklich alt geworden. Die schaut ja mindestens wie fünfundsechzig aus.

»No, ja, wenn es wirklich so weit kommen sollte, steh' ich da wie die Kuh vorm neuen Tor und hab' das Nachsehen. Schließlich hat sich der Sepp ja nie fix binden wollen. Und ich hab' ihn jahrelang bemuttert von vorn bis hinten; vor mir hat der ja kein richtiges Zuhause gekannt . . .«

»Aber geh, Trude, jetzt, wo ihr euch so lange Jahre kennt und zusammengerauft und gestritten habt, ausgerechnet jetzt soll der Sepp dich sitzen lassen?«

»Ich sag dir nur eins Franzi: wenn der Sepp – so ein herzensguter Kerl er manchmal auch sein kann – wenn der an die Richtige gerät, der geht mir auf und davon, ohne mit der Wimper zu zucken! Und dabei hätt' ich ihn wenigstens noch gern soweit gebracht«, fing Gertrude Kotnik nun fast zu jammern an, »daß er wenigstens der Inge was vermacht; aber es ist ja überhaupt nichts Schriftliches vorhanden . . .«

»Also nein, Trude . . .«, Franziska Gollob war gar nicht mehr ganz bei der Sache. Sie hatte soeben ihren Gatten in Begleitung einer älteren Dame und eines jungen Mannes erblickt, die sich unten am Krecker-Weg langsam dem Garten näherten. Die Dame und der junge Mann, in denen sie jetzt die verwitwete Frau Zach und ihren Sohn Konrad erkannte, schwiegen reserviert, während ihr Mann den beiden scheinbar ein Loch in den Bauch redete.

»Also nein, Trude«, wiederholte Franziska Gollob rasch, um das Thema zu beenden. »Für den Sepp leg' ich meine Hand ins Feuer!«

»Daß du dich nur nicht verbrennst, Franzi« . . . Gertrude Kotniks Stimme ging im Kreischen der Gartentür unter . . .

»Juhu!« schrie Alfons Gollob schon von draußen. Er hatte Maria Zach und Konrad, die eher widerwillig einzutreten schienen, den Vortritt gelassen. Purzl sprang bellend an Konrad hoch. Der wurde weiß wie die Wand, trat ängstlich einen Schritt zurück. Als sich der Hund schwanzwedelnd zu Alfons Gollob wandte, putzte sich Konrad mit dem Taschentuch Purzels Pfotenabdrücke von seiner »ausgestellten« cremefarbenen Cordhose. Da hatte Ing. Alfons Gollob auch schon die kleine Nathalie, die noch immer im Gras inmitten ihrer Spielsachen saß, an der Hand hochgerissen, schwang sie wie rasend im Kreis durch die Luft. Sie schrie nicht, ließ das mit sich geschehen; ihre Augen, schreckgeweitet, versuchten nur, sich an einem fixen Punkt in der sich um sie drehenden Landschaft festzuhalten. Alfons Gollob hatte mit Nathalie auch schon wieder zur Landung angesetzt; die verlief allerdings ein wenig zu hart. Als das Kind wieder auf festen Boden zu stehen kam, knickte es mit dem rechten Bein ein, rieb sich dann mit beiden Händen am Knie. Alfons Gollob fuhr Nathalie mit der Hand in den blonden Lockenkopf, zog diesen etwas nach hinten, so daß er dem Kind besser ins Gesicht, vor allem in die Augen sehen konnte; standen dort etwaige Tränen? Nein, keine Tränen. Alfons Gollob ließ den Kopf des Kindes los, gab ihm einen Klaps auf den Hinterkopf.

»Wissen sie, gnädige Frau«, Ing. Alfons Gollob schlug die Hacken zusammen, machte vor Maria Zach eine zackige Verbeugung, lud sie mit einer galanten Handbewegung ein, mit ihm gemeinsam den gepflasterten Weg zu beschreiten, der zum Schreberhaus hinaufführte. »Wissen Sie, gnädige Frau«, begann er voller Eifer von vorn, als sie emporstiegen – Konrad zockelte hinterdrein, »ich erzieh' halt den kleinen Gschrapp nach demselben Motto wie schon meinen Sohn, den Sigi: nach dem Motto ›Ein Indianer kennt keinen Schmerz‹. Die Kleine war erst derart ängstlich. Die hat sich – mit Verlaub gesagt – vor jedem Schas gefürchtet. Und ihre Eltern haben nicht gewußt, was dagegen tun. Na, da hab halt ich, der alte Gollob Opa, mir die Kleine geschnappt, bin mit ihr hinaufgegangen zum Komposthaufen – dort oben wurlt es nur so von Ringelnattern – no, und dann hab' ich die Nathalie gezwungen, eine Ringelnatter in die Hand zu nehmen. Damit die Jungen tatsächlich *sehen* können, daß wir Alten halt auch noch was von der Erziehung verstehen und noch lang' nicht so blöd sind, wie sie uns dauernd hinstellen, hab' ich diese Szene gleich mit meiner Agfa Optima festgehalten. Das Foto hab' ich ihnen dann postwendend nach Weiz geschickt . . .«

Sie waren jetzt oben auf der Terrasse angekommen. Allgemeines Händeschütteln, Platz nehmen. Alfons Gollob wieselte herum, entkorkte einen Doppler, machte aus dem Verkosten des ersten Schlucks eine große Show, stellte Gläser, die mit grünen Weinranken verziert waren, auf den Tisch, Soletti, Teufelsroller; zwischendurch erklärte er, er habe die gnädige Frau mit dem Konrad bei der Evangelischen Kirche getroffen; und da sie ›unsere Ranch‹ sowieso noch nicht kennen, habe er die Herrschaften kurzerhand zu einer Besichtigung eingeladen. Das Gespräch kam erst langsam in Schwung, als sich Alfons Gollob endlich hingesetzt hatte.

(Gertrude Kotnik, der das gar nicht paßte, daß der Alfi diese Zach, die sie ja kaum kannte, angeschleppt hatte,hatte mittlerweile den Purzl, der auch mit dabei sein wollte, mit ihrer Zeitung wieder in den Obstgarten vertrieben. Markus gab in seinem Kinderwagen nach wie vor keinen Muckser von sich.)

»Also gestern haben wir uns endlich unsere pudelnakkerte Miß World, die kleine Staier Evi, in diesem Rolf Thiele Film vergönnt, gelt Franzi?« ging Alfons Gollob in medias res.

Franziska Gollob nickte ihrem Gatten zu.

»Da machen's so ein Tam Tam mit dem Trutscherl«, regte er sich gleich auf wie ein Hühnerdreck, »dabei ist die vorn wie ein Brettl und hinten wie ein Laden. Aber eins hat sie, das muß ihr der Neid lassen«, Alfons Gollob ließ seinen Blick lüstern in die Damenrunde schweifen, »ein richtig tolles Blasinstrument hat sie, so einen aufgeworfenen Blasermund, wie sich das gehört –«

»Also Alfi! Der Konrad –«

»Was wetten, daß der Konrad mehr übers Blasen weiß, als wir Alten; stimmt's oder hab' ich recht Konrad?«

Konrad zwinkerte seine Mutter hilfesuchend an. Peinliches Schweigen.

»Ich habe gehört, gnädige Frau, Sie reisen sehr viel«, wandte sich Alfons Gollob, geistesgegenwärtig das Thema wechselnd, an Maria Zach.

»Soweit es halt meine bescheidenen Mitteln erlauben«, antwortete Maria Zach. »Nach Venedig, Ravenna, Florenz . . . Silvester verbringe ich meist in Abbazia . . .«

»Apropos Reisen: vorletzte Woche war ich am Flughafen Wien-Schwechat. Ich hab' müssen dienstlich nach

Zürich«, erläuterte Alfons Gollob den Grund seiner Reise. »Da steh' ich auf der Rolltreppe und vor mir eine Lady in einem Pelzmantel: echter Chinchilla, denk' ich mir, habe die Ehre! Da dreht sich die Lady um: war das doch glatt die Juliette Greco! Ich hab' mich aber nicht viel geschert: ›Bonjour, Madame‹, hab' ich zu ihr gesagt. Da hat mir die ein Lächeln zugeworfen, so was hat die Welt noch nicht gesehen . . . wie eine Sphinx . . . Also wenn ich nicht in eine andere Richtung hätte fliegen müssen«, Alfons Gollob fixierte grinsend seine Frau, deren Gesicht immer länger geworden war, »mit dieser Puppe wär' ich mir schnell einig geworden.«

»No ja, wir reisen auch privat sehr viel, gelt Alfi,« bemühte sich Franziska Gollob, ihren Gatten endlich auf ein unverfängliches Thema zu bringen. »Unser letzter Urlaub nach Ägypten war doch gottvoll!«

»Genau«, stimmte Alfons Gollob begeistert zu. »Bei jedem Mittagessen hab' ich mir vier Liter Bier genehmigt. Allerdings: soviel Dreck wie in Ägypten hab' ich noch nie gesehen. Es ist direkt eine Schande, daß die sich einen Krieg zu führen getrauen. Die sollten doch zuerst das eigene Haus bestellen. Das ganze Volk gehört von Grund auf umerzogen. Und wie diese Fellachen bucklig und verzogen daherkommen . . . Die Soldaten haben schon eine etwas strammere Haltung. Von früh bis spät hört man dort nur ein Wort: Bakschisch. Und manche können noch ein deutsches Sprichwort, das sie bei jeder passenden und unpassenden Gelegenheit verwenden: Eile mit Weile.«

»Ihr seid ja die richtigen Globetrotter«, schaltete sich Gertrude Kotnik nun zum ersten Mal ins Gespräch ein. »Wissen Sie«, wandte sie sich an Maria Zach, »die Gollobs kennen ja fast schon die halbe Welt.«

»No ja, jetzt hab' ich die ganze Mittelmeerküste von Spanien bis Isreal gemacht«, brüstete sich Alfons Gollob, wobei er im Sitzen leicht das Gewicht verlagerte und sich ungeniert dort kratzte, wo man unter der Hose das Geschlechtsteil vermuten durfte. »Und auf der anderen Seite Tunesien und jetzt Ägypten. Als nächstes kommt dann Marokko dran.«

»Geh hör auf, Alfi«, rief Gertrude Kotnik und machte eine Handbewegung, als wolle sie damit etwas Lästiges abtun, »mir wär' das viel zu anstrengend.«

»No ja, Trude, du darfst eins nicht vergessen, daß wir uns den Urlaub ja auch immer in zwei Teile teilen: im Frühjahr der Bildungsurlaub und im Sommer dann ein paar Wochen Malij Losinj; da liegen wir dann den ganzen Tag nur nackert am Strand und patzen uns einmal so richtig aus.«

»Ja, genau«, pflichtete Franziska Gollob ihrem Gatten bei. »Da schalten wir dann ganz ab.«

Alfons Gollob goß reihum die Gläser nach, so daß sie fast übergingen.

»Prost!« rief er in die Runde.

»Prost!« antworteten die anderen, jedoch mit weit weniger Enthusiasmus.

»Ja, sag einmal, Konrad, was hast du dir denn da am Finger getan?« Beim Zuprosten war es Alfons Gollob aufgefallen, daß Konrads Mittelfinger in einem Fingerling steckte. »Da hat das Mädel wohl eine Hornhaut gehabt?«

»Na, deswegen bin ich ja im Krankenstand«, Konrad war nun überhaupt nicht mehr Herr über sein Zwinkern. »Ich war beim Fußballmatch unserer Bank, Ledige gegen Verheiratete, als Tormann aufgestellt; auf Seite der Ledigen, versteht sich; da ist das Malheur.«

»Das hat er wieder notwendig gehabt.« Aus Maria Zachs Stimme war unmißverständlich herauszuhören, daß sie für solche Eskapaden überhaupt kein Verständnis hatte.

»Na, das kann doch aber wirklich einem jeden passieren, gelt, Herr Konrad«, ergriff Franziska Gollob dessen Partei.

Konrad zwinkerte Franziska Gollob dankbar an.

»Aber sagen Sie«, wandte sich Franziska Gollob weiter an Konrad Zach, » weil die Frau Kotnik und ich vorher zufällig auf den Sonnleitner Karli zu sprechen gekommen sind: Haben *Sie* mit ihm noch irgendeinen Kontakt, wo sie doch auch in Wien sind?«

»Kontakt wäre zuviel gesagt. Wir treffen uns halt zufällig alle heiligen Zeiten und gehen dann miteinander auf ein Bier . . . Aber halt, da fällt mir ein«, Konrad tippte sich auf die Stirn. »Vor kurzem haben wir uns getroffen, der Karl und ich, und da hat er mir noch extra Grüße für den Sigi aufgetragen.«

»Da wird sich der Sigi aber sehr freuen . . .«

Maria Zach war die erste, die zum Aufbruch drängte: im Freien sei es um diese Jahreszeit doch noch recht kühl. Sie solle kein Frosch sein. Sie würden »die Tafel aufheben« – mit einem Ruck hatte Alfons Gollob den Campingtisch mit all den Flaschen und Gläsern drauf, angehoben –; drinnen in der Hütte würde es erst so richtig gemütlich werden. Und mit vor Anstrengung zusammengepreßten Lippen ging er daran, den Tisch hinein in die Hütte zu bugsieren. Doch Mar-ia Zach ließ sich nicht umstimmen. Sie verabschiedete sich von den Damen. Alfons Gollob ließ es sich trotzdem nicht nehmen, die gnädige Frau und ihren Herrn Sohn bis zur Gartentür zu geleiten.

Außer Hörweite meinte Maria Zach: »Also, der alte Gollob, der kann mir wohl gestohlen bleiben.«

Und Konrad antwortete: »Also, mir ist dieser Mensch auch im höchsten Grad unsympathisch.«

17

Anna glaubte nicht im Blickfeld von Karls Augen zu sein, so wie diese sie ansahen. Noch am selben Abend machten sie zusammen einen Spaziergang auf die Schmelz. Karl erzählte Anna seine Idee: heiraten sollten sie und von Wien weggehen. Anna reagierte auf diesen Vorschlag nicht mit der von ihm erwarteten Begeisterung. Denn erstens wollte sie nicht weg von Wien und zweitens hatte sie doch erst mit der Akademie angefangen. Karl war sehr bedrückt: er habe immer mehr das Gefühl, daß diese Mauer um ihn herum anwachse und immer undurchdringlicher werde; sowohl für ihn als auch für andere. Früher habe er wenigstens noch die Möglichkeit gehabt, anderen Leuten von sich aus ein wenig entgegenzukommen. Und jetzt sei das auch aus. Er würde gern einen herzlicheren Kontakt zu anderen Menschen haben und Geselligkeit um sich. Aber er könne eben keine neuen Leute mehr kennenlernen. Ausgeschlossen. Tränen stiegen ihm in die Augen. Er schäme sich, daß er ihr, Anna, seine geheimsten Gedanken anvertraut habe. Schließlich habe schon seine Mutter immer gemeint, daß es nicht gut sei, wenn wer zuviel über einen wisse . . . Zwei Stunden später hatte Karl seinen Plan schon widerrufen. Er wolle auf jeden Fall weg von

Wien. Sie könnten auch vorher heiraten; er würde irgendwohin unterrichten gehen und Anna solle ruhig in Wien bleiben. Wenige Tage danach eröffnete Karl Anna, daß er nach München fahren werde. Aber nicht, weil er die Beziehung zu ihr abbrechen wolle, nein, ganz im Gegenteil: weil er sie dadurch retten könne. Wann er zurückkehre, wisse er aber nicht, er wolle nämlich versuchen, dort seine Malerei an den Mann zu bringen; er sei sicher, München werde für ihn ein neuer Beginn sein. Tags darauf machte er sich mit dem Zug nach München auf. Nach zirka einem Monat stand Karl, ohne sich vorher angemeldet zu haben, plötzlich ziemlich ohne Lächeln vor der Wohnungstür. Er berichtete Anna, daß diese Zeit in München für ihn schon sehr wichtig gewesen sei. Er habe neue Erkenntnisse gewonnen. Er glaube nun, Gott gefunden zu haben. Und Anna solle sich ja nicht unterstehen, zu freveln. Karl schlief nachts meist sehr schlecht, tagsüber ging er zu Fuß sehr weit, oft vier oder fünf Stunden stadtauswärts, bis er gar keine Stadt mehr sehen konnte. Wenn er abends heim kam, mußte sich Anna mit ihm auf dem Boden niederknien; gemeinsam beteten sie das »Vater Unser« und Kindergebete, die ihnen noch in Erinnerung waren. Einmal hörte Karl eine Stimme, die ihm befahl, er solle, nur mit der Bibel als Gepäck, auf eine griechische Insel reisen. Er ging zum Naschmarkt, um einen Lastwagenfahrer zu suchen, der nach Griechenland fuhr. Er fand auch tatsächlich jemanden, der bereit gewesen wäre, ihn mitzunehmen. Doch da stellte sich heraus, daß Karl seinen Paß in der Wohnung hatte. An diesem Tag rutschte Karl Sonnleitner auf den Knien vom »Ring« die ganze Mariahilfer-Straße hinauf, in Richtung Wohnung. Erstaunten Passanten teilte er mit, er tue Buße, wie es auch die Pilger im Vatikan täten.

Mit durchgescheuerten Hosen, voll Staub und Dreck, erreichte er schließlich seine Wohnung. Er beschwichtigte Anna, die zuerst annahm, er habe einen Unfall gehabt, indem er sich hinter sie auf einen Sessel setzte, sie mit beiden Armen zärtlich umschlang: er berichtete, was vorgefallen war, fügte lächelnd hinzu, daß die Leute gar nicht so blöd reagiert hätten; und dann: »Ich liebe dich, Anna, ich liebe dich. Du allein bist meine Rettung.« Zwei Tage später fiel Karl über Anna her, würgte sie, rannte dann in Panik aus der Wohnung. Anna hatte irrsinnige Angst, daß sich Karl umbringen würde. Obwohl es ihr ziemlich aussichtslos vorkam, rief sie die Polizei an; sie wollte ihn suchen lassen. Kurz darauf standen zwei Polizisten vor der Tür. Anna wußte nicht recht, wie sie sich verhalten sollte. Sollte sie von vorneherein sagen, daß sie glaube, es liege vielleicht ein geistiger Schaden vor? Sie habe sich mit ihrem Freund gestritten, sagte sie dann, und sie habe Angst, daß der nun Selbstmord begehen könnte. Die Polizisten, die die Würgemale an ihrem Hals nicht übersehen hatten, meinten, daß man in so einem Fall nicht viel machen könne; das Fräulein solle wieder bei ihnen anrufen, wenn ihr Freund zurückgekehrt sei. Zwei Stunden später war Karl zurück, totenblaß. Er setzte sich auf einen Sessel: Anna solle nur ja nicht in seine Nähe kommen. Und sie möge die Polizei anrufen, daß sie nicht mehr zu kommen brauchten. Morgen würde er mit ihr zu einem Arzt gehen. Zehn Minuten später war die Polizei dann doch da. Sie würden Karl mit auf die Wache nehmen und dem Amtsarzt vorführen; sie, Anna, solle mitkommen und sich keine Sorgen machen; es werde schon alles gut ausgehen; sie solle einfach sagen, es sei halt ein Streit gewesen, weiter nichts. Auf der Wache unterhielt sich der Amtsarzt eingehend mit Karl. Gerade in dem Moment, als der Arzt meinte, es sei alles »in Butter« und er, Karl, könne mit seiner Freundin wieder nach Hause gehen, sprang Karl auf, stieß einen zufällig im Weg stehenden Wachebeamten zur Seite, rannte davon, hinaus auf die Straße. Der Wachebeamte setzte ihm nach. Nach etwa hundert Metern blieb Karl stehen, ließ sich von seinem Verfolger widerstandslos einfangen. Als man Karl nötigte, in das grüne Polizeiauto zu steigen, daß ihn zur Untersuchung in die Psychiatrische Klinik auf der Baumgartnerhöhe, im Volksmund Steinhof genannt, bringen würde, kam sich Anna wie eine Verräterin vor. Karl sah so verzweifelt aus, wie ein eingefangenes Tier ... Es war ein außergewöhnlich langes Gespräch, das Karl nach seiner Einlieferung am Steinhof mit einem sehr jungen Arzt führte. Unter anderem erzählte er, daß er sich lange und ausgiebig mit indischer Philosophie beschäftigt habe und Yoga und so ... Der Arzt war bereits geneigt, den ganzen Vorfall als einen »einmaligen Ausrutscher« zu betrachten. Da ballte Karl plötzlich die Faust und schlug sie dem Arzt mitten ins Gesicht. Nun behielt man ihn in der Anstalt. Es wurden ihm derart starke Medikamente verabreicht, daß er total benommen war. Als Anna Karl ein paar Tage später im Steinhof besuchte, war sein Gesicht eingefallen, auf seinen unrasierten Wangen standen Tränen.

Um neun Uhr morgens betätigte Anna Pöschl an der Wohnungstür der Familie Sonnleitner in Bruck an der Mur die Klingel: es rührte sich nichts. Sie hatte um sechs Uhr früh von Wien aus angerufen: dem Karli sei etwas passiert. Und sie würde mit dem Sieben-Uhr-Zug nach Bruck kommen. Sie setzte sich auf die Stiege und wartete, klingelte immer wieder. Endlich, so gegen zehn

Uhr, sah sie durchs Milchglasfenster eine Gestalt vorbeischlurfen. Auf ihr erneutes Läuten öffnete Hermine Sonnleitner, die ein Schlafhauberl aufhatte und noch ganz verschlafen war. Anna berichtete, daß der Karli im Spital sei, weil er einen »Nervenzusammenbruch« gehabt habe. Also das sei ja doch die Höhe, fing Hermine Sonnleitner fast das Weinen an, wie könne er ihnen nur so etwas antun? Noch dazu jetzt, vor den Großen Ferien, wo sie und ihr Gatte eh so erholungsbedürftig seien; eine Rücksichtslosigkeit sei das sondergleichen . . . Ob sie, die Frau Professor, oder ihr Gatte, der Herr Professor, vielleicht trotzdem mit nach Wien kämen? Sie, Anna, habe keinerlei Verfügungsgewalt, was die Behandlungsmethoden anlange etc. . . .? Es dauerte einen ganzen Tag, bis sich Johann Sonnleitner dazu durchgerungen hatte, nach Wien zu fahren. Mit Anna im Speisewagen sitzend, lief er zur Hochform auf: er gab Kriegserlebnisse zum besten, erläuterte seine Unterrichtsmethoden: wenn ein Mädchen versuche, ihn geschlechtlich aufzureizen, schreie er es an: »Runter mit dem Rock, du Sau!« Durch sowas sei *er* nicht aus der Fassung zu bringen. Karls »plötzlicher Ausbruch« war ihm allerdings unerklärlich. Wo er doch alles Menschenmögliche für seinen Sohn getan hatte . . . Wann der Herr Professor den Karli denn besuchen gehen wolle, erkundigte sich Anna, als sie in Wien angekommen waren. Besuchen? Nein, nein, dazu habe er keine Zeit. Wo denke denn das Fräulein hin? Er erledige nur die Versicherungsangelegenheiten; dann habe er wieder höchste Eisenbahn! Außerdem werde der Karli eh schlafen. Und schließlich würde ja seine Gattin bald hier eintreffen . . . Ein paar Tage später kam Hermine Sonnleitner in Wien an. Sie schien es keinesfalls eilig zu haben, ihren Sohn zu besuchen. Sie wollte erst einmal in die Kärntnerstraße, einen Schaufensterbummel machen, dann in den Prater gehen ... Hermine Sonnleitner war ganz begeistert von Wien. Sie fand, daß das eine »ausgesprochen liebe Stadt« sei. Und sie lobte Annas »supermodernen Haushalt«, weil sie herausgefunden hatte, daß sie Nescafe statt gewöhnlichen Löskaffee verwendete ... Endlich war es Anna gelungen, Hermine Sonnleitner in die Klinik auf der Baumgartnerhöhe zu lotsen. Hermine Sonnleitner warf nur einen ganz kurzen Blick auf Karl, fand, daß der eh ganz friedlich schlafe. Dem behandelnden Arzt stellte sie – mit einem Seitenblick auf Anna – die Frage, ob die Krankheit ihres Sohnes vom »Sex« herrühre? Der Arzt lächelte sie mitleidig an. Ob die gnädige Frau einer Behandlung mit Elektroschocks zustimme? Freilich, ja natürlich. Beim Verlassen der Klinik wandte sich Hermine Sonnleitner an Anna: man solle den Karli nur fest schocken; vielleicht werde er dann »unten endlich ruhig« ... Anna Pöschl gelang es schließlich, eine Überführung Karls ins Psychiatrische Landeskrankenhaus nach Graz zu erwirken; die Überführungskosten von öS 2.000.– bezahlte sie aus eigener Tasche. In Graz kam Karl zuerst in die geschlossene Abteilung, in ein schönes helles Zimmer, mit ingesamt sechs Patienten; der Blick ging hinaus auf eine ausgedehnte Wiese, wo seltene Vögel herumstolzierten. Es war der Sommerbeginn des Jahres 1972. Nach etwa zwei Wochen wurde Karl in die offene Abteilung überstellt. Er durfte nun auch hinaus ins Freie. Anna, die nach Graz zu einem Onkel gezogen war, kam Karl jeden Tag solange wie möglich besuchen. Als man in Graz erfuhr, daß Karl Sonnleitner in Wien mit Elektroschocks behandelt worden war, wurde die Behandlung darauf beschränkt, ihm einfach Medikamente zu verabreichen. Ein einziges Mal versuchte eine Ärztin, Karl zum Zeichnen zu bewegen; vergeblich. Karl nachher zu Anna: »Ich bin doch nicht blöd; die lesen dann da ›weiß Gott was‹ heraus.« Karls Zimmernachbarn waren ein alter Amerikaner, der immer tanzte und Karl eine selbstgebastelte Pfeife schenkte. Es war da auch ein Professor, der immer davon sprach, ein Buch schreiben zu wollen. Mit ihm spielte Karl Schach und Dame. Als der Weltumsegler Sir Francis Chichester auf hoher See verschollen war, erklärte Karl Anna, sie brauche sich keine Sorgen zu machen: Er, Karl, habe Verbindung mit Sir Francis, und Sir Francis lebe, das wisse er genau ... Anna hatte das Gefühl, daß sich Karl in Graz zeitweise sogar ziemlich wohl fühlte. Er schmiedete Heiratspläne, stellte eine genaue Liste auf, wen sie zur Hochzeit einladen, was sie kochen würden. Oft suchte Karl auch nach einer Erklärung für seinen derzeitigen Zustand, redete dann aber immer nur seiner Mutter nach dem Mund, die ihm bei jedem ihrer Besuche vorhielt, daß dieses Wien eben nichts für ihn gewesen sei: das ausschweifende Leben, sein Umgang mit dem Manfred Brunner ... Karl war fest entschlossen, wieder zu seiner Mutter zurückzukehren; dort würde er ein Dach über dem Kopf haben, sein Essen, und malen würde er auch dürfen. Und wieder und wieder beklagte er, daß sie, Anna, zu viel über ihn wisse. Er liebe sie überhaupt nicht mehr, meinte er dann. Und sie brauche nie mehr zu kommen – und nach zehn Minuten beteuerte er genau das Gegenteil.

Karl und Anna saßen im Sonnenschein draußen im Anstaltsgarten, wo jetzt viele Rosen blühten. Plötzlich sprang Karl erregt auf: das Verhältnis, das sie miteinander hätten, müsse doch »teuflisch« sein! Denn daß einmal sie ihn und dann er sie habe umbringen wollen, das sei doch nicht normal! Das komme bei anderen Menschen sicher nicht vor. Und Karl warf Anna an den Kopf, daß einzig und allein sie schuld an seinem Untergang sei.

Nach wenigen Wochen wollte Karl plötzlich unbedingt raus aus der Anstalt. Die Ärzte waren nicht damit einverstanden, meinten, er solle damit noch ein wenig zuwarten. Doch Karl ließ, unterstützt von seinen Eltern, nicht locker. Nachdem man ihn schließlich einen aus 600 Fragen bestehenden Test absolvieren hatte lassen, stand seiner Entlassung nichts mehr im Wege. Als der Tag gekommen war, an dem ihn seine Eltern abholen sollten, fand Anna, daß Karl auf einmal wieder »solche Augen« habe. Ob er nicht doch lieber hierbleiben wolle? Ja, er sähe das ein; hier sei er doch besser aufgehoben. Doch als dann seine Eltern da waren, bestand Karl darauf, daß man nun doch nach Kirchberg fuhr. Während der Fahrt im Auto spürte Anna, daß Karl bis zum äußersten gespannt war, sich nur mit Mühe beherrschen konnte. Er war schneeweiß im Gesicht und hatte wieder »diesen Blick«. In Kirchberg angekommen, wollte Karl mit Anna gehen, um bei ihr zu übernachten. Er drehte jedoch auf der Schwelle um und ging wieder nach Hause zurück. Seine Mutter meinte schadenfroh: »Siehst du, Karli, nun bist du extra *deswegen* aus dem Krankenhaus herausgekommen und jetzt schickt sie dich wieder weg.« Am nächsten Tag, nach der Mittagessenszeit, ging Anna hinüber zu den Sonnleitners. Hermine Sonnleitner empfing sie schon vor der Tür; sie war ganz aus dem Häuschen: sie habe Angst, der Karli werde womöglich über sie herfallen; sie sei soeben in seinem Zimmer gewesen: er liege dort splitternackt auf dem Bett, habe sie mit »diesem Blick« angeschaut und aufgefordert, sich zu ihm zu legen. Mit diesen Worten hatte Hermine Sonnleitner Anna vor Karls Zimmertür geführt. »Der Karli braucht jetzt sicher dringend eine Frau«, wisperte sie und schob Anna auch schon ins Zimmer hinein. Karl lag auf dem Bett. Anna zog sich aus, legte sich neben ihn. Das gehe jetzt nicht, rief er, sprang auf, zog sich in Windeseile an. Er wolle wieder zurück in die Klinik. Nein, er wolle lieber in ein Kloster. Aber nein, ein Kloster sei auch nicht das richtige. Er wolle doch lieber in die Klinik . . . Johann Sonnleitner hatte keine Zeit, mit Karl nach Graz zu fahren; er erwartete Besuch. Anna und Karl unternahmen einen Waldspaziergang, wie in alten Zeiten. Auf diesem Spaziergang hatte Anna vor Karl Angst; sie schämte sich deswegen, aber sie hatte trotzdem Angst. Nachdem sie sehr lange vollkommen schweigend nebeneinanderhergegangen waren, fing Karl an, Anna die Geschichte vom »Nachtflug« zu erzählen. Er habe eine Geschichte gelesen, begann er: »Es gibt nämlich nicht drei Heilige Könige, sondern vier. Der vierte ist eigentlich nie richtig ans Ziel gekommen, weil er sich vorher immer verzettelt hat. Er ist aufgebrochen von seinem Heimatland und hat Baumwolle mitgehabt, ganz feine, ziemlich viel. Unterwegs trifft er Leute, ziemlich viele Arme, und gibt die Baumwolle weg, bis er halt keine Geschenke mehr hat. Er trifft ein junges Mädchen, in das er sich verliebt und mit dem er beisammen ist. Aus irgendeinem Grund trennt er sich von ihr. An einem Meeresstrand sieht er ein Galeerenschiff und eine Mutter, die sehr weint. Er fragt sie, warum. Sie sagt, ihr Sohn muß auf das Schiff. Er geht statt ihrem Sohn und bleibt dreißig Jahre drauf. Sie kommen erst zurück, als Jesus gekreuzigt wird. Unter dem Kreuz trifft er wieder das Mädchen, das nun schon eine alte Frau ist. Er sagt zu ihr, daß er nun nichts mehr hat, was er ihr geben könnte, außer seinem Herzen.« . . . Karl und Anna waren jetzt in der Abenddämmerung auf dem Heimweg.

»Du hast Angst vor mir, Anna.« Karl sagte das plötzlich, ohne sie anzusehen.

Ob er nicht doch zum Arzt gehen wolle, damit der ihm eine Spritze gäbe? drückte sich Anna um die Antwort. Das sei ein vollkommener Blödsinn. Ihm könne sowieso kein Arzt mehr helfen. Er sei zwar momentan ruhig. Aber das sei nur die Ruhe vor dem Sturm. Hand in Hand gingen Karl und Anna durchs Dorf. Vorm Gasthof Gruber riß sich Karl plötzlich los, rannte in den Festsaal, den man gerade für eine am Abend stattfindende Feierlichkeit herrichtete, kniete dort mitten unter den Menschen mit gefalteten Händen nieder. Später, als sie an der Kirche vorbeigingen, wollte Karl unbedingt die Beichte ablegen. Der Pfarrer bedauerte: er habe jetzt leider keine Zeit; Karl möge doch nach der Abendmesse wiederkommen. Den Abend verbrachte Karl im Hause der Anna Pöschl. Er wollte nun nicht mehr beichten. Irgendwie hatte Anna das Gefühl, daß Karl in Gefahr sei; sie ließ ihn kaum aus den Augen. Sie waren schon eine ganze Weile vor dem Fernseher gesessen. Karl ging hinaus. Anna folgte ihm nach. Im Klo brannte Licht. Sie ging zurück in die Küche. Da hörten sie den Schuß. Anna dachte im Moment gar nicht an einen Schuß; sie dachte an die Heizung, an der irgend etwas explodiert sei. Anna und ihre Mutter gingen ins Vorzimmer, standen vor der Klotür. Ihre Mutter ging an die Tür, rüttelte daran. Was sie denn da tue? Anna behandelte ihre Mutter wie ein kleines Kind; sie solle doch lieber das große Fleischbrett holen und das Fenster einschlagen! Es war erstaunlich, wie das Blut floß: Anna hätte sich nie gedacht, daß in den Schläfen so blutreiche Gefäße sind. Sie schleppten den Körper ins Wohnzimmer. Es war für Anna das schlimmste, daß Karl nicht mehr gehen konnte. Sie versuchten, ihn zu verbinden. Doch auch die dicksten Sachen waren sofort durchgeblutet. Sie riefen den Arzt und die Ambulanz an. Die Leute aus den Nachbarhäusern kamen ins Zimmer: das sei aussichtslos, den brauche man gar nicht ins Spital zu bringen. Anna wusch sich ununterbrochen die Hände. Merkwürdig, dachte sie sich, meine Mutter, der die Hände von Blut triefen, denkt nicht daran, sie sich zu waschen. Karl lag ganz ruhig auf dem Diwan. Er wurde immer blasser, um den Mund herum dunkelviolett. Wenig später kam die Ambulanz. Es wurde Anna nicht erlaubt, mitzufahren.

Karl Sonnleitner starb auf dem Transport ins Krankenhaus; er hatte noch gestammelt, er wolle leben, leben . . . Um Karl noch ein letztes Mal zu sehen, ging Anna in die Aufbahrungshalle. Im Sarg kam Karl ihr viel größer vor. Anna konnte nicht glauben, daß ein Mensch so kalt sein kann: es war, als berühre sie Eis.